황 제 의 귀 환

캐릭터 소개

Knights

텐쇼인 에이치
3학년 부활동/홍차부(부장)

사쿠마 리츠
2학년 부활동/홍차부

츠키나가 레오
3학년 부활동/궁도부

세
3학년

나루카미 아라시
2학년 부활동/육상부

스오우 츠카사
1학년 부활동/궁도부

히비키 와타루
3학년 부활동/연극부(부장)

후시미 유즈루
2학년 부활동/궁도부

히메미야 토리
1학년 부활동/테니스

Ra*bits

이즈미
부활동/테니스부

시노 하지메
1학년 부활동/홍차부

마시로 토모야
1학년 부활동/연극부

텐마 미츠루
1학년 부활동/육상부

니토 나즈나
3학년 부활동/테니스부(부장)

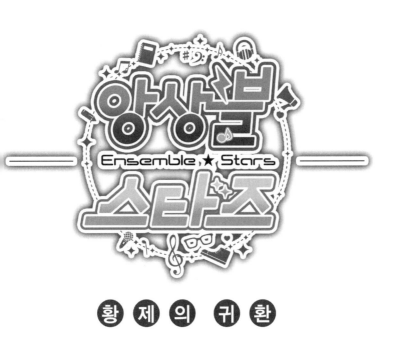

앙상블 스타즈

Ensemble ★ Stars

스타즈

황 제 의 귀 환

아키라 지음
Happy Elements 주식회사 일러스트

앙상별 스타즈
Ensemble ★ Stars
황 제 의 귀 환

CONTENTS

✎ *Supernova* ⟡✦

　사립 유메노사키 학원은 압도적 권력을 가진 학생회가 지배하는 제국이다.

　학생들은 개성이 짓밟혀 명령에 순순히 따를 뿐인 무력한 대중……. 라이브는 학생회의 단순한 시위행위에 지나지 않으며, 학생들에게도 지배자에게 바치는 충성심을 표현하기 위한 의식으로 정착되어 있었다. 의무적이고, 열광과는 연이 없으며, 공허하고 메말랐다.

　분명 그랬을 텐데.

　라이브 공연장인 유메노사키 학원 '강당'은 지금 혼돈의 도가니 속이었다.

　모르는 사이에 폭탄이라도 떨어져 모두 패닉에 빠진 게 아닐까 싶을 정도의 광태와 광란. 모두 자기 자리를 거의 무시하고 일어서 여기저기 뛰어 다니며 손뼉을 치고 외친다.

　이상하리만치 조명이 모두 꺼져 있어 관객들이 흔드는 야광봉의 빛이 눈에 띈다. 나는 극채색 별하늘 속을, 꿈속에 있는 듯한 심정으로 조심조심 걸었다.

　가차 없이 부딪히는 팔꿈치나 어깨에 산산이 부서질 것만 같아서, 숨 쉬는 것도 겨우겨우.

미친 듯이 날뛰는 사람들 사이에 시달려, 어떻게 하지도 못하고 쩔쩔매고 있으니──.

"여기예요, 전학생 씨♪"

난감해하는 내게, 사랑스러운 구세주가 손을 내밀어 주었다. 『Ra*bits』의 멤버──오늘도 세상 어느 미소녀보다도 귀여운, 시노 하지메 군이다. 유메노사키 학원 바다색 교복에 연한 물빛을 띤 긴 머리카락이 아름답게 녹아들어 있다.

아무래도 난감해하는 날 발견하고 구해 주러 온 모양이다. 내 손을 소중한 듯 감싸 쥐고서 비교적 관객이 적은 방향으로 안내해 준다.

"역시, '강당' 안은 굉장히 복잡하네요."

몇 번인가 입을 뻐끔뻐끔하고는 하지메 군은 내 귓가에 가까이 와 속삭였다.

그의 목소리는 작고, 주변은 소란스럽기에──이렇게 하지 않으면 목소리가 들리지 않는다.

"어두우니, 발밑을 조심하세요. 넘어져서 다치시기라도 하면 아케호시 선배께 죄송하……꺄앗!?"

어둠 속에서 불안한 움직임을 하고 있었기에 하지메 군이 균형을 잃고 쓰러질 뻔한다.

재빨리 내가 힘을 주고 그의 몸을 받쳤다. 이런 데서 넘어지면 날뛰는 군중에 밟혀 죽고 만다.

가냘픈 하지메 군을 아슬아슬하게 끌어안고 안심한다. 이 아이는 내가 지켜야지.

조금 놀랐는지, 그는 새빨갛게 얼굴을 붉히며 죄송해했다.

"죄, 죄송해요. 오히려 제가 넘어질 뻔했네요. 매달려서 죄송해요! 으으, 믿음직하지 못해 죄송해요……!"

거듭 머리를 숙이고서, 하지메 군은 진지하게 앞을 바라본다.

"그래도 모처럼 '접수원' 권한까지 동원해 특등석 티켓을 확보했으니까요. 맨 앞줄까지 무사히 안내하고 싶어요. 저를 꼭 잡고 계세요, 에스코트해 드리겠습니다~♪"

다시금 하지메 군은 내 손을 잡고 안내해 준다. 아무래도 사람이 많은 곳은 좋아하지 않는지 안색이 별로 안 좋은데, 다른 사람과 부딪힐 때마다 비틀거리고 가여울 정도로 사과하고……. 걱정이 되어 오히려 마음이 아프지만, 그 호의는 기뻤기에 감사하며 조용히 따랐다.

"에헤헤. 전학생 씨 말고도, 저와 친구들 것까지 특등석 티켓을 사버렸어요. 양심이 조금 찔리긴 하지만, 가끔은 괜찮겠죠."

그런 이야기를 하는 하지메 군과 함께, 열심히 전진한다.

얼마 안 가서 인파가 조금 줄어들었다. 다소 요금이 비싼 티켓을 갖고 있어야 들어갈 수 있는 특등석 부근에 도착했기 때문이다.

여기서도 관객들은 상당히 야단법석을 떨고 있었지만, 일반석에 비하면 인구밀도가 적다. 상당히 걷기 편해져, 나는 그제야 안심했다.

" '교내 아르바이트'로 벌었던 자금을 몽땅 털었지만요. 아케호시 선배의 활약을 보기 위해서니 전혀 아깝지 않아요."

그런 나를 보고 하지메 군이 '생긋' 웃고서, 갑자기 묘한 표정을 지었다.

"……선배님들, 이길 수 있겠죠?"

운명의 순간은 코앞에 다가와 있다.

아니다. 이미 모든 것은 시작되어 움직이고 있다.

무수히 흐른 눈물들에 녹슬고 썩어 문드러진 유메노사키 학원에 혁명을 일으키기 위해, 하지메 군이 존경하는 선배인 아케호시 스바루 군과──『Trickstar』멤버들은 결전으로 향한다.

이 『S1』에서 면밀히 짠 기습작전을 실행해, 현재 학생회의 최고봉이자 상징인 『홍월(紅月)』을 쓰러트린다. 실패는 용납될 수 없다. 모든 것을 건 특공이다.

이 자리에 오기까지가, 처음부터 어려움의 연속이었다.

모든 걸 바꾸기 위해, 네 사람의 남자애들이 일어섰다.

처음엔 그들──『Trickstar』는 자신을 빛나게 하는 방법도 알지 못하고, 그저 괴로움에 몸부림치고 있었다. 각자가 무거운 슬픔을 안고, 그대로 짓눌릴 것만 같았다. 하지만 서로 손을 맞잡고, 이야기를 나누고, 격려하며 지금까지 걸어 왔다.

혼자서는 미약한 빛일지라도. 모이면 태양 못지않게 빛날 수 있다. 기적 같은 그들은, 그 이름처럼 희망의 별로서 확실히 반짝임을 내뿜기 시작했다.

유메노사키 학원 사상 첫 『프로듀서』이자, 그 이전까지는 아이돌과에 존재할 수 없었던 여학생인── 나라는 불확정 요소를 들여서.

학생회에 필적하는 실력자, '삼기인(三奇人)' 사쿠마 레이 씨의 힘을 빌려.

정말 짧은 시간으로 싸울 역량을 얻기 위해 지옥의 특별 훈련을 거듭하여.

몸과 마음을 쥐어짜고, 생각할 수 있는 모든 것들을 바치고, 피와 땀과 눈물을 모조리 흘려버리고…… 때로는 약한 소리를 하며, 길을 헤매며, 절망감에 휩싸이면서도──.

『Trickstar』는 누구도 도망치지 않고, 포기하지 않고 오늘까지 달렸다. 모두가 두려워하는 학생회의 심장에 그동안 갈고닦은 칼날을 박기 위해, 그걸 가능토록 만들기 위해 죽을힘을 다해 노력해 온 것이다.

하지만 그들이 보답받을 수 있을지는 알 수 없다.

큰 바위처럼 견고한 학생회의 권위에 흠집 하나 내지 못하고, 그대로 튕겨나가 쓰러지고 짓밟혀 비참한 최후를 맞이하게 될지도 모른다. 그만큼 학생회는 강대하고 난공불락이다.

유메노사키 학원에서, 지금까지는 모두가── 저항할 기력도 내지 못하고 그저 따르기만 했다. 그러는 게 편하니까. 불만이나 불평을 참고, 현명한 척 단념하고서.

하지만 그렇기에──『Trickstar』는 혁명의 깃발을 내건 것이며, 그 행위에는 가치가 있다. 가장 가까이에서 그들을 지켜봤으면서도 거의 도움이 되지 못한 나지만, 적어도 그 사실만큼은 큰 소리로 주장하고 싶다.

　마지막의 한순간까지 그들을 지켜보고 싶다. 긍정하며, 믿고, 적어도 성원과 박수를 보내고 싶다. 다행히 그런 마음을 공유하고 있는 건 나 혼자만이 아니다.

　하지메 군도 그렇다. 정말 좋아하는 사람들과 열심히 노력해 만든 무대를 누구에게도 선보일 수 없었던 『Ra*bits』…… . 하지만 그들은 먹이가 되기만 하는 작은 동물이 아니다. 몸을 맞대어 열을 발생시켜, 전해 주었다.

　그들도 『Trickstar』를 응원하며 힘을 빌려주고 있다. 냉랭한 우주 속에선, 금방이라도 얼어붙어 사라져버릴지 모르는 연약한 열량…… . 하지만 그것 또한 『Trickstar』를 밀어주기 위한 연료가 됐다.

　『Trickstar』가 내뿜기 시작한 반짝임에 감화되어, 소중한 것을 받고 연쇄적으로 빛을 내기 시작한 자들이 있다. 언젠가 그 빛이 모이고 합쳐져── 이 세상 모든 곳에서, 무시무시한 어둠을 깨끗이 걷어내는 날이 올지도 모른다.

　오늘이, 그날이 될지도 모른다.

　아니다── 그런 미래를 쟁취하기 위해, 화살은 이미 시위를 떠났다.

　"저희의 원수를 갚아 줬으면 하는 마음도 있지만요. 잘 표현은 못하겠지만, 여기서 선배들이 이기지 못한다면 '거짓말'이 되잖아요?"

　입을 우물거려 말을 음미하며, 하지메 군은 소중한 마음이 담긴 질문을──솔직히 드러내 준다.

"그러면 더는 꿈도 희망도 없어요. 선배들이 못 이기면……
앞으로 저희는 무얼 믿고 아이돌의 길을 걸어야 할까요?"

아름답고 고귀하고 상처받기 쉬운, 그의 마음을.

"꿈과 희망을, 우리가 갈 길을 밝혀 줄 반짝임을, 선배들이 보
여줄 거라 믿고 있어요. 기도하고 있어요, 빌 수밖에 없다는 게
답답하지만요."

"와하하☆ 그렇게 어두운 표정 짓지 말라구, 하지메 쨩!"

고개를 떨구고 있던 하지메 군이, 갑자기 터진 기운 넘치는 목
소리에 반응해 얼굴을 든다.

어느새 목적지인 특등석── 무대 바로 앞에 도착해 있었다.
어째선지 주변의 소란도 천천히 가라앉아, 관객들도 열광의 여
운을 남기면서도 자리에 앉는다. '우리가 뭔가 저지른 걸까?'
하고 하지메 군과 둘이서 불안한 눈길로 주위를 둘러보았다.

어느새 노랫소리와 연주가 끊겨, 음악 음량도 천천히 줄어들
고 있다. 아무래도 무대 위 퍼포먼스가 일단락된 모양이다.

나는 계속 『Trickstar』의 의상 준비니 미팅이니 일하고 있었
고, 여기에 오는 데도 고생했기에……. 도착이 늦어져, 결국 먼
저 라이브를 하고 있었을 『UNDEAD』의 공연을 거의 보지 못
했다.

방송위원회가 전교에 배치된 디스플레이를 통해 내보내고 있는 생방송 영상은 작업을 하면서 일단 체크하고 있었지만. 될 수 있으면 영상이 아니라 현장에서 직접 보고 싶었다. 모처럼 얻은 특등석 티켓이 조금 아깝다.

　나는 손님이 아니라 이래 봬도 일단 『프로듀서』니까……. 즐기는 건 나중의 문제고, 느긋하게 관전하고 있을 여유도 없었지만.

　조금 아쉽게 여기면서도, 여기까지 안내해 준 하지메 군에게 감사의 뜻을 전하고 바로 옆에 있는 좌석에 앉는다. 여담이지만 좌석 번호는 내 티켓에 적혀 있었다.

　내 티켓은 하지메 군이 준비해 준 모양인지라, 하지메 군——과 그 동료인 『Ra*bits』 멤버들에게 둘러싸인 위치에 좌석이 있었다.

　즉, 『Ra*bits』 멤버들 사이 가장 중앙에 내 자리가 있다.

　무대가 조금 높기에, 몸집이 작은 아이들이 많은 『Ra*bits』는 다소 무대를 올려다보고 있어—— 목과 어깨가 피곤해 보인다.

　좌석을 확보하고 있었던 건지, 두 자리를 점령해 뒹굴고 있는 남자애가 있다. 『Ra*bits』의 멤버, 텐마 미츠루 군이다.

　"웃는……자에게 복이 온다는? 그런 말도 있잖아~?"

　말의 의미를 제대로 이해하고 있는 건지, 다소 이상한 발음으로 말하는 미츠루 군. 그를 일으켜 세워 하지메 군이 앉을 장소를 내어주며, 마시로 토모야 군이 미소 짓는다.

　"꽤 늦었네, 하지메. 서 있으면 다른 관객들에게 방해가 되잖아, 여긴 맨 앞줄이니까."

두 사람도 오늘은 완전히 관객 모드인지 교복 차림이다. 아이돌 의상을 입은 모습밖에 본 적이 없었기에, 조금 신선하다.

덤으로 미츠루 군은 장난꾸러기 아이라는 인상. 토모야 군은 다소 평범한, 친숙해지기 쉬운 외모의 남자애다. 각자 하지메 군과는 또 다른 사랑스러움이 있다.

하지메 군은 동료들을 보고 안심했는지, 감격한 것처럼 가볍게 '폴짝' 뛰어올랐다. 긴 머리칼이 살랑살랑 흔들렸다.

"여러분…… ♪ 어라, 『S1』은 스탠딩 금지였나요?"

"그럴 리가, 일어서서 발을 구르며 신나게 노는 게 아이돌의 라이브야."

오랫동안 하지메 군이 자리에 돌아오지 않아 걱정했는지, 토모야 군이 안도한 듯한 표정과 함께 목소리를 낮춰 대답한다.

"지금은 투표 집계 중이라, 그동안 앉아 있어야 하지만."

"저는 접수처에 있어서 『홍월』이나 앞 순서로 나오셨던 분들 무대는 보지 못했는데. 어땠나요, 선배들 이길 수 있을까요……?"

다소곳하게 자리에 앉고, 하지메 군이 가장 중앙에 있는 내 옆에서 얼굴을 내밀어 반대편에 있는 토모야 군과 소곤소곤 이야기를 나누고 있다. 그렇다면 자리를 바꾸는 게 좋지 않을까 생각했지만.

"이기려고 『Trickstar』가 노력해 왔잖아. 우리도 도왔고."

조금 안절부절못하는 나를 보고 "?" 하고 고개를 살짝 갸웃거리며, 토모야 군이 이야기를 계속한다.

"뭐, 난 아무것도 한 게 없지만. 하지메는 접수처에서 나눠주는 팸플릿에 몰래 설명을 추가하거나, 이렇게 전학생 선배를 모셔 오기도 하고……. 대활약이잖아?"

"응응, 하지메 쨩은 정말 노력파라구! 할 땐 확실하게 하는 아이라구 ♪"

어디서 소리가 났나 했더니, 어느새 미츠루 군이 내 바로 뒷자리로 이동해 있었다. 거기가 본래 미츠루 군의 자리인 듯하다. 그럼 왜 아깐 하지메 군 자리에서 뒹굴고 있었던 걸까……. 잘 모르겠지만, 아무튼 차분하지 못한 아이다.

어느새 손에 들고 있는 큰 종이컵에, 미츠루 군은 스스럼없이 손을 넣어 무언가 냠냠 먹고 있다.

"팝콘 먹으면서 얘기하지 마, 미츠루. 부스러기가 엄청 튀잖아!"

혼자만 뒷자리라서 쓸쓸한지 몸을 불쑥 내미는 미츠루 군을, 토모야 군이 억지로 '꾹꾹' 밀어내고 있었다.

"에헤헤, 둘은 사이가 참 좋네요…… ♪"

그런 동료들을 보고 포근하게 미소 지으며, 하지메 군이 떨어진 팝콘을 부지런히 줍고 있었다. 모두 맘대로 움직이고 있지만, 뭔가 균형이 잡힌 느낌—— 굉장히 사이가 좋다. 작은 동물이 놀고 있는 것 같아, 보면서 나도 마음이 푸근해졌다.

"그런데……. 합동 공연 형식의 투표 방법이라든지 지시대로 팸플릿에 정보를 추가하긴 했지만, 어떤 의미가 있었던 걸까요?"

질문하는 하지메 군을 도와 나도 팝콘을 줍는다. 그리고 부스러기가 잔뜩 붙은 미츠루 군의 입가를 손수건으로 닦아 주거나 하면서, 모두의 이야기를 조용히 들어둔다.

실제로 나는 늦게 도착했기에 상황을 제대로 파악하지 못했다. 물론 예정은 들었고 어느 정도는 파악하고 있지만, 현재 상황을 좀 더 정확하게 이해해 둬야겠지.

"전혀 모르겠어! 어려운 건 모른다구~ ♪"

"모르면 그냥 조용히 있어⋯⋯. 니~쨩이 사쿠마 선배란 사람과 손잡고 뭔가 꾸민 것 같은데 말이야."

내가 듣고 싶었던 것을 물어주는 하지메 군과 천진난만하게 크게 의미는 없는 반응을 보이는 미츠루 군—— 그런 두 사람을 어이없다는 표정으로 바라보며, 토모야 군이 어깨를 움츠렸다.

"자세한 건 나도 잘 모르겠어, 나중에 니~쨩에게 물어보면 되지 않을까?"

동년배의 거리낌 없음 때문인지, 토모야 군이 다소 풀어진 말투로 그렇게 말했다.

✦❖✦·❖✦

"그런데 니~쨩은 어디 있죠? 니~쨩 티켓도 준비했는데⋯⋯ 보이질 않네요?"

사방에 흩어진 팝콘을 모두 줍고서, 내가 주운 것도 모아 손수건으로 싸고는 하지메 군이 만족스러운 듯 생긋 웃었다.

그런 우리를 보고 쓴웃음을 지으며, 토모야 군이 질문에 대답해 준다.

"응. 니~쨩은 이번 『S1』 촬영과 영상 중계로 엄청 바쁜 것 같아, 방송위원회니까. 물론 그 영상은 일부러 엉성하게 편집해서 방출하고 있는 것 같아."

사전에 듣기는 했었지만, 다소 가슴이 철렁해지는 이야기를 입에 담고 있다.

천진난만한 『Ra*bits』에게 악행의 한 축을 지게 한 것 같아 조금 마음이 괴롭다. 이 아이들이, 아니── 나즈나 씨가 직접 제안해 준 것이긴 하지만.

그들도 싸우고 있다, 자신이 할 수 있는 범위에서. 튀는 피를 맞고 더러워지는 것도 감수하면서. 그 용감함, 열중하는 모습은 칭찬받아야 할 것이다.

이것은 『Ra*bits』의 복수다, 궁지에 몰린 쥐가 고양이를 문다.

하지만, 그런 그들을──소년병까지 기용해 전장에 세운 건 우리의 죄다. 책임을 지고 반드시 승리해야 할 필요가 있다. 질 수 없는 이유가 많이 있다.

"아무래도 대놓고 영상을 조작하면 문제가 생기겠지만. 엉성하게 편집하는 정도면 책임을 묻기도 애매하잖아. 나중에 선생님께 살짝 혼나는 정도로 끝날 거야."

어두운 표정을 짓는 나를 걱정해서인지, 토모야 군이 변명하듯 말을 덧붙였다.

"우리처럼 티켓을 입수한 사람들은 예외로 치고……. 유메노사키 학원 학생 대부분은 교실에서 영상을 보고 투표해. 그 영상이 초라하게 편집되면 자연스레 채점 기준도 엄해질 거야."

그러고 보니 지금은 득표 집계 중이다. 그래서인지 모두 야광봉을 같은 색으로 유지하고 켜 놨다. 일전의 『B1』——【용왕전】과 같은 비공식전과 다르게, 공식 드림페스는 기계로 집계된다고 들었다. 힘들게 야광봉을 높이 들지 않아도, 내장된 기계에서 전파가 나가 자동으로 득표수가 산출된다.

그래서 모두 제각기 야광봉을 옆에 놓아두거나, 미츠루 군의 경우엔 빈 팝콘 통에 꽂아두고 있었다. 중요한 물건이라고 하니, 조금 더 소중히 다뤄야 할 것 같은데. 나는 어쩔까? 라이브는 보지 않았었는데.

투표수에 들어갈지는 알 수 없지만, 일단 야광봉을 켰다. 누가 뭐라고 혼내면 끄면 된다. 일단 『UNDEAD』의 최고평가를 나타내는—— 보라색으로 했다.

고작 플러스 10점이지만, 없는 것보단 낫겠지.

토모야 군이 내 움직임을 보고, 의도를 이해했는지 부드럽게 미소 지어 주었다.

"뭐, 그래 봤자 언 발에 오줌 누기겠지만. 우리 학원 학생은 우선적으로 학생회에 투표하니까."

"그야말로 온갖 수단을 다 동원했단 느낌이네요. 그야 이기려면 수단을 가릴 수 없겠지만요."

처음부터 야광봉을 계속 보라색으로 빛내고 있던 하지메 군이, 그것을 자신의 가슴에 소중히 꼭 끌어안는다. 관객에 불과

한 우리에겐, 이것이 유일한 최고의 무기다.

"저도 『S2』 때 일로…… 패배의 분함을, 눈물의 괴로움을 알고 조금은 이해하게 된 것 같아요. 본래는 학생회에 이길 가능성은 없었어요. 하지만 우리 도움이 0%의 가능성을 1%로 만들 수 있었다면 그걸로 만족해요."

마음 약하고 순수한 하지메 군이, 그 순간만큼은 칼싸움을 펼치는 전사의 얼굴을 했다.

"선배들이라면 그 '작은 가능성'을 잡아 주실 거예요…… ♪"

"그래, 믿고 지켜보자."

의연하게 얼굴을 들고, 토모야 군도 자신이 존경하는 선배의 이름을 입에 담았다.

"『Trickstar』엔 호쿠토 선배도 있어. 변태가면이 무리한 요구를 해도 항상 싹싹 빠져나가는 호쿠토 선배라면, 이 고난을 극복할 수 있을 거야."

토모야 군은 『Trickstar』의 멤버—— 히다카 호쿠토 군과 같은 연극부 소속인 것 같다. 그런데 몇 번인가 들었던 단어지만, 변태가면은 뭘까?

"정말 흥분된다구~☆ 하지메 쨩, 팝콘 먹을래?"

모르는 사이에 모습을 감췄던 미츠루 군이, 집계 동안에는 앉아 있어야 하는데도—— 눈 깜짝할 사이에 통로로 나갔다 새 팝콘을 사서 돌아오고 있었다.

산더미처럼 쌓인 팝콘을 호쾌하게 집어 내민다.

너무도 순진무구한 태도에 혼낼 말도 떠오르지 않는지, 하지메 군은 곤란한 듯 미소만 지을 뿐.

"아뇨, 괜찮아요. 왠지 저도 긴장돼서 아무것도 목에 넘어갈 것 같지 않아요……. 그나저나 투표 집계 중인데도 공연은 계속되고 있네요?"

"응, 예정에 없이 난입한 『UNDEAD』와 『2wink』란 『유닛』 중에, 『2wink』가 무대에 남아 있어."

그러고 보니 무대 위에선 아직 퍼포먼스가 이루어지고 있다. 이건 예정됐던 행동이기에 나도 딱히 놀라지 않는다.

『2wink』는 『Trickstar』를 이끌어 준 '삼기인' 사쿠마 레이 씨를 필두로 한, 경음부에 소속된 신비한 쌍둥이다. 우리는 여러모로 신세를 굉장히 많이 졌다.

주로 호쿠토 군의 특별 훈련을 지도해 주면서, 결전 무대인 『S1』에도 출전해 중요한 역할을 해 주고 있다.

『2wink』는 방해되지 않을 정도로 절묘하게, 무대 위에 남아 뛰거나 날거나 하고 있었다. 즐거운 듯, 둘이서 교차하며── 빙글빙글 텀블링.

본래는 퍼포먼스 시간을 초과해서 무대에 남을 필요는 없다. 하지만 그건 딱히 금지된 행위는 아니다. 남아 있는 만큼 득표 수에 감점이 들어가므로, 단점밖에 없어── 아무도 그런 행위를 하지 않을 뿐이다.

규칙 위반이 아니기에 학생회도 막을 수 없는지, 『2wink』는 마음대로 행동하고 있다. 음향 담당인 방송위원회도 나즈나 씨가 장악하고 있기에── 음악은 계속 흐르고 있다.

『S1』에는 외부 관객이 온다. 지금 무대 위에 『2wink』가 남아 있는 것이 정상에서 많이 벗어난 사태임을 모르고…… 곡예 같은 움직임을 보이는 쌍둥이를 흥미롭다는 듯 바라보고 있었다. 물구나무서기나 마술, 속속 새로운 기술을 선보이기에 오래 보아도 전혀 질리지 않는다.

"공연이 계속되면 분위기상 자리를 뜨기 어려워서 그런지, 관객들도 돌아갈 기색이 없어. 『S2』 이하의 교내한정 드림페스라면 '학생회 순서가 끝났으니 해산하자~.' 같은 느낌이잖아? 오늘은 일반 관객도 많고, 『2wink』가 분위기를 잘 띄워 주고 있어."

토모야 군이 맨 앞줄에서 뒷좌석 쪽을 돌아보며 '잘되고 있어.'라도 말하는 듯 웃었다.

"학생회를, 『홍월』과 『UNDEAD』와 『2wink』를 개막 공연으로 만들고, 이제부터 진짜 주인공 등장~이란 분위기가 됐어 ♪"

들뜬 기분은 그대로, 관객들은 기대를 담아 무대를 주시하고 있다.

무언가가 변하기 시작하는 길조를── 이야기 막간에 등장해 모든 것을 휘젓는 요정 같은 쌍둥이를 바라보며 예감하고 있다.

내가 아무것도 모르는 단순한 관객이었다 해도, 이미 시간이 늦었다며 돌아갈 생각은 하지 않았겠지. 행복한 꿈은, 언제까지든 보고 싶어진다.

운이 좋다면, 모든 것이 계획대로 진행된다면── 관객들의 기대는 절대로 배신당하지 않는다. 남녀 모두가 목격할 것이다, 역사가 바뀌는 순간을.

그 예감에, 전조에 몸을 떨며, 일분 일초를 극상의 요리처럼 맛보며 기다렸다.

"지금 자리를 뜰 바보는 없을 거야, 일반 관객들도 아이돌이 좋아 모인 사람들이니까……. 건물 안에서 영상을 보고 있는 학생들도, '평소와 다른 느낌'인 걸 눈치채고 계속 앉아 있을걸?"

가끔 말투가 흐트러지는 것 같은 토모야 군이, 크리스마스 이브에 산타할아버지의 선물을 기다리는—— 꿈 많은 아이 같은, 사랑스러운 미소로 말했다.

"나도, 손에서 땀이 나. ……다 함께 지켜보자, 유메노사키 학원이 변화하는 순간을."

그런 우리를, 무대 위에서 바라보고 있는 사람들이 있다.

사이키델릭한 형광색. 꼭 닮은 얼굴과 체격, 몸짓……. 한 사람이 둘로 나뉜 것처럼, 그 모습은 거울에 비친 것보다도 훨씬 더 닮았다.

남자애치고는 긴 머리칼. 울퉁불퉁한 모양의 헤드폰. 서로 물감을 쏟은 것처럼, 같은 케미컬한 색상을 뒤죽박죽 칠한 의상.

얼굴에 기쁨을 가득 띄우고, 몸집이 작은 두 사람은 완전히 동시에 뛰어올라 공중에서 손바닥을 맞부딪힌다.

(슬슬 OK겠지, 유우타 군?)

(응. 사쿠마 선배의 신호가 왔어, 『Trickstar』가 준비를 마친 것 같아.)

아오이 히나타 군과, 유우타 군—— 경음부에 속한 쌍둥이 형제다. 둘이서 하나인 쌍둥이 아이돌, 『2wink』라 이름을 밝힌 그들도 결전의 무대인 『S1』에 반쯤 난입 참가했다. 우리의 혁명을 도와주고 있지만, 자유분방하게 무대 위를 돌아다니는 그 모습은 희곡의 줄거리를 무시하고 장난치는 요정 같다.

정말, 그들이야말로 장난꾸러기^{트릭 스 타}같았다.

그런 두 사람은 얼마 전까지 이루어졌던 격전—— 학생회 세력의 우두머리인 『홍월』과 '삼기인' 사쿠마 레이 씨가 이끄는 밤의 어둠과 배덕의 화신 『UNDEAD』가 펼친 라이브 대결의 열기가 식지 않은 지금, 다음 공연이 올 때까지 시간을 메우고 있었다.

시간을 버는 행위다. 이것도 작전의 일환—— 딱딱하게 굳은 유메노사키 학원에 바람구멍을 내기 위해 일어선 『Trickstar』가 전투준비를 마칠 때까지. 학생회의 본성에 폭탄을 떨어트릴 준비를 마칠 때까지 연결을 자진해서 맡은 것이다.

그들도 1학년이고, 들은 이야기론 이 무대가 『2wink』의 데뷔 전이라고 한다. 중요한 자신들의 첫 무대의 주역을 다른 사람에게 양보하고, 조역이 되어 주었다.

그런데도 그들은 조금도 불만을 얼굴에 내비치지 않고, 첫 무대라고는 생각할 수 없을 만큼 멋진 퍼포먼스를 보여주고 있었다. 과하게 긴장하지도 않고, 하지만 초심자 특유의 어색함도 없이……. 불 뿜기나 저글링, 텀블링 등의 곡예로 관객들을 아주 즐겁게 하고 있었다.

결전 막간에 등장한 신비한 쌍둥이의 모습은 분명 관객들의 기억에 새겨졌을 것이다. 두 사람이 입은 의상의 형광색을, 꿈에서도 볼 정도로.

(헤헤, 오늘의 메인이벤트 시작이네~♪)

('보너스'는, 얼른 퇴장해야겠지?)

두 사람은 서로에게만 들릴 정도의 작은 목소리로 속삭이고 있다. 복화술 같은 기술을 응용하고 있는 건지, 입술도 거의 안 움직이고 서로 얼굴을 보지도 않았다. 그런데도 정확히 의사소통을 하고 있다── 쌍둥이에 얽힌 도시전설, 신비한 텔레파시처럼.

(계속 남아 있다간 합동 공연이 되어버리니 말이지~?)

(맞아맞아. 우리가 이렇게까지 분위기를 띄워 줬는데, 어설픈 공연이면 다시 난입해서 우리 『2wink』가 천하를 차지하자고!)

한쪽이 쿡쿡 소리죽여 웃고, 다른 한쪽이 그걸 타이르듯 눈썹을 찌푸린다. 하지만, 다음 순간엔 그 표정이 서로 반대로 바뀌어 있다. 아무튼 보고 있으면 혼란스러워진다.

(후후후, 그것도 괜찮네~. 그래도 지금은 일단 작전대로.)

(오케이. 기대하겠어, 『Trickstar』♪)

역시 완벽하게 똑같은 타이밍으로 정지하고서, 두 사람은 같은 각도로 정중히 머리를 숙인다.

"오래 기다리셨습니다! 오늘의 주인공이 등장하겠습니다~!"

"수수께끼와 신비에 싸인 신진기예 아이돌 집단! 초신성! 유메노사키 학원의 혁명아들! 『Trickstar』가 입장합니다~☆"

둘이 함께 얼굴을 들고 최고의 미소를 뿌리며, 다소 과장된 연기로 문워크라도 하듯 뒤로 물러선다. 리듬 좋게 손뼉으로 흥을 돋우는 그들을 따라 관객들도 박수를 친다.

'강당'의 열기가 한층 달아오른다. 뜨거워서 땀이 흐를 것 같을 정도다.

"이건 놓치면 안 되죠~. 자리를 뜨지 마시고 그대로 지켜봐 주세요! 기적이 일어나는 순간을, 새 시대의 개막을~ ♪"

"어서 오세요 빛나는 별들! 영광의 무대로☆"

또랑또랑 잘 퍼지는 목소리로 높이 선언하고서, 두 사람은 작은 목소리로 동시에 "힘내, 『Trickstar』 형들 ♪" 하고 사랑스러운 응원을 보냈다.

"음."

응한 건, 차가운 목소리다. 하지만 고드름이 아닌 총기의 차가움이다. 한 번 열을 주입해 발포하면, 싸움이 시작되면—— 그 총신은 화상을 입을 정도의 열을 띠겠지. 뜨거운 영혼을 가슴에 품은 얼음 조각상 같은 미소년이, 마침내 무대 위에 모습을 드러낸다.

『Trickstar』의 조정자, 우리의 믿음직한 반장—— 히다카 호쿠토 군이다.

"최선을 다하마. 협력에 감사한다, 『2wink』."

쿨하고 갸름한 눈. 옻칠한 것처럼 세밀하고 윤기가 흐르는 흑

발. 몸에 걸친 건 내가 죽을힘을 다해 완성한 『Trickstar』의 전용의상이다. 그에게는 푸른색이 잘 어울린다.

씩씩하게 무대 뒤에서 나온 호쿠토 군은 당당히 무대 중앙까지 활보해 나간다. 자로 잰 듯 정확한 보폭으로 걸어가 멈춰 서고는, 관객들을 돌아본다.

똑바로.

우수한 암살자가, 일격필살의 총탄을 쏘듯.

"잠깐잠깐, 또 표정이 딱딱해졌잖아~? 웃어라 웃어라♪"

"특별 훈련하던 땔 생각해! 무대는 따끈따끈하게 데워뒀으니, 식혀버리지 말아 줘~☆"

그런 나와 같은 나이라고는 생각할 수 없는 박력마저 몸에 두른 호쿠토 군에게, 눈치 없이 쌍둥이가 달려들었다. 기세 좋게 넘어질 뻔한 호쿠토 군을 보고, 조금 분위기에 압도되어 조용히 있던 관객들이—— 그제야 기대감이 담긴 웅성거림과 박수를 보낸다.

그것을 기분 좋게 받으며, 쌍둥이가 양옆에서 엉겨 붙어 호쿠토 군을 무대 앞쪽으로 이동시킨다. 둘이 붙었으니, 호쿠토 군도 저항할 수 없다.

왠지 아이들 돌보기에 고생하는 휴일의 아버지 같은 그를 사이에 끼우고, 쌍둥이는 발랄하게 이야기한다.

"처음 보시는 분들이 많을 테니, 『Trickstar』 멤버들 소개까지만 해 줄까?"

"그래, 서비스 차원에서♪"

"자자, 제일 먼저 등장한 건 냉정하고 침착한 『Trickstar』의 리더! 영하의 왕자님, 히다카 호쿠토~☆"

완벽한 타이밍으로 박수와 환성을 유도하는 쌍둥이에게, 관객들도 동조한다. 처음엔 다소 망설이던 반응이 서서히 커진다. 분화 직전의 화산 같다.

예의바르게 관객에게 머리를 숙이며, 호쿠토 군이 살짝 태클을 걸었다.

"아니, 난 리더가 아니지만……. 그리고, '왕자'는 또 뭐지?"

"이런이런, 태클인지 불평인지 확실히 하라고!"

"맞아맞아, 무대 위에선 전부 퍼포먼스로 보여줘!"

참고로 호쿠토 군은 『S1』을 위한 개인연습 기간 중, 쌍둥이의 지도로 지옥의 고강도 특별 훈련을 받았다. 직계 제자와 스승이라고도 할 수 있다. 나는 그동안 따로 행동하는 일이 많아서 잘 모르지만, 왠지 모르게 세 사람이 친해진 것 같다.

작은 스승들에게 팔꿈치로 쿡 찔리고 해서 긴장이 풀렸는지, 호쿠토 군은 예전이라면 상상할 수 없을 만큼 부드럽게 웃었다.

"음. 그래, 노력할게. 너희 덕분에 나도 남들을 즐겁게 하는 방법을 배운 것 같아."

사랑스럽고도 늠름하게 웃는 얼굴에, 관객석에서 교성이 크게 터져 나왔다.

"하나에서 열까지 모두 고마워, 둘 다."

착한 아이를 칭찬하듯 머리를 쓰다듬는 호쿠토 군에게, 쌍둥이는 왠지 낯간지러워하고 있었다.

"감사는 됐어, 우리도 즐거웠으니까~ ♪"

둘이서 동시에 그렇게 대답하고선.

그들답게, 귀여운 쌍둥이별처럼 눈부신 웃음을 보였다.

"아무튼…… 계속해서, 초신성이자 초천재! 아케호시 스바루의 등장입니다~☆"

가족처럼 화기애애한 분위기가 됐지만, 쌍둥이는 금방 자신들의 역할을 떠올리고 무대 뒤를 향해 힘차게 손을 흔들었다.

동시에, 유성처럼 기세 좋게 무대로 뛰어나오는 사람이 있다.

"이얏호~☆"

쌍둥이에게 이름을 불리기 전부터, 더는 못 기다리겠다는 듯이 뛰어다니고 있던── 아케호시 스바루 군이다. 강아지 꼬리처럼 뻗친 오렌지색 머리칼. 상당히 대담하게 움직이는데도 전혀 촌스럽거나 흉해 보이지 않는, 타고난 신체 능력이 낳은 매력적인 움직임들.

입고 있는 『Trickstar』의 전용의상은, 역시 그에게 잘 어울리는 해님의 색깔이다. 보고 있기만 해도 몸이 안에서 따끈따끈해지는, 행복 그 자체인 남자애다.

"모두들~! 오늘은 맘껏 즐겨줘~☆"

즐거워서 어쩔 수 없는 것이리라. 관객석에 브이 사인 등을 날리며 달려온다. 불안한 기색은 조금도 없다. 오히려 강아지라

면 꼬리가 떨어질 듯 흥분한 눈치다. ──줄곧 기대하던 축제 속으로, 드디어 도착한 것이다.

전학 첫날에, 처음으로 날 맞아 주었을 때 같은── 한없이 활짝 웃는 얼굴을 보여주면서, 스바루 군은 호쿠토 군을 향해 있는 힘껏 뛰어들었다.

포탄 같은 그를 간신히 받아내고, 호쿠토 군은 한숨을 푹푹 쉬었다. 괜찮을까? 아직 공연은 시작도 안 했는데, 엄청 힘들어 보이는걸.

(……역시 대단해, 아케호시. 전혀 긴장하지 않아. 진심으로 즐거워 보여.)

냉정하게 생각하면서, 호쿠토 군은 괜히 달라붙는 스바루 군을 '꾹, 꾹' 손으로 밀어내려 하고 있다. 아아, 교실에서 일상적으로 보던 움직임이다.

(무대에서 공연할 수 있다는 사실이 정말로 기쁜 거겠지. 부담감마저 기쁨으로 바꿔 전진할 수 있는 것이 아케호시의 장점이야.)

일단 마음속에서는 더없이 높이 평가함에도, 호쿠토 군은 결코 입 밖에 내지 않는다. 남자애들의 이런 느낌은 나도 어지간히 눈치챌 수 있게 됐다.

(그러니 리더는 아케호시가 맡는 게 좋겠어. 지금 생각할 일은 아니겠지만.)

아까 쌍둥이에게 리더로 불린 일을 진지하게 검토하고 있는 건지, 잠시 그런 생각을 하면서 호쿠토 군은 무대에 집중한다.

냉정하게 주변 상황을 확인하고 있다.

(그리고 관객과 똑바로 마주하고 있어. 말을 걸고, 웃어 주고, 손을 흔들고 있어. 학생회 『유닛』──『홍월』은 잊었던 퍼포먼스야.)

싸움의 상황을 파악한다. 그가 우리의 지침이자, 참모이자, 갈 길을 가리키는 북극성이다. 우리라는 탄환을, 그가 진지하게 생각해 가장 좋은 곳으로 정확히 날린다.

(『홍월』은 담담하게 목표를 달성하고, 정해진 공연 과제를 확실히 마치지. 상대가 누구든, 어떤 무대에서든. 그렇기에 서서히 관객의 존재를 잊어가고 있었어.)

우리는 오늘 밤, 학생회의 최대 전력인 『홍월』을 타도한다. 그러고자 노력을 거듭해, 작전을 짜고 사력을 다해 왔다. 표적은, 유메노사키 학원의 정점에서 빛나는 붉은 달.

(관객이 어떻든, 『홍월』은 승리해 왔어. 그래서 생긴 오만함이야. 아이돌에게 중요한 것이 빠져 있어. 관객이 없으면, 즐겨 주지 않으면 아무리 멋진 퍼포먼스라도 의미가 없는데.)

냉철하게 적의 전력을 측정해, 자신들과 비교하고 있다.

예전에는 절망만 했다. 『홍월』은 강하다. 그들은 단순히 부패한 권력자가 아닌, 당연한 결과로 유메노사키 학원의 지배자가 됐다. 빈틈이 없는 무서운 강자다.

하지만 그들도 고등학생이다. 미숙한 점, 부족한 점은 있다. 완벽하게 행동한 줄 알고 미처 챙기지 못한 점에── 그곳에 말뚝을 박아, 억지로 비틀어 연다.

그 틈으로 돌입해, 우리는 적의 심장에 혁명의 칼날을 꽂는다.

(……쌍둥이에게 특별 훈련을 받기 전까진, 나도 잊고 있었던 점이지만.)

아직 자신에게 안겨 있는 쌍둥이를 바라보며, 호쿠토 군은 밝게 미소 지었다.

(타인을 보고 내 행동을 바로잡자. 우린 무대에 오르는 것도 처음이야. 관객에게 얼굴을, 존재감을 확실히 어필하지 못하면 버틸 수 없어.)

그리고 밀어내서 쓸쓸해하던 스바루 군을 손짓으로 불러, 둘이 나란히 선다. 여자애들도 아니고 놀이 기분도 아니니 손을 잡거나 그러진 않았지만. 어깨가 닿을 거리에서, 싸우기 위해 자세를 잡는다. 신뢰하는 동료와 함께.

(누구를 향해 노래해야 하는지. 아이돌이란 어때야 하는지, 아케호시가 가르쳐 주고 있어. 아케호시는 존경받아 마땅할 위대한 녀석이야. 본인에게 말하면 기고만장해질 테니, 말은 않겠지만.)

마음을 담아, 호쿠토 군은 아이돌의 화신에게——파트너에게 눈짓을 주었다.

(우리를 이끌어 줘, 『Trickstar』의 일등성.)

"……응? 뭐야 홋케~. 내 얼굴에 뭐 묻었어?"

지금도 생각하고 있는 호쿠토 군과는 정반대로, 스바루 군은 아무 생각도 없는 게 아닐까 의심스러울 만큼 긴장이 풀린 웃음을 보인다. 순수하다. 그러면서도 속이 비지 않았다.

충실하다. 웃는 것밖에 하지 못하는 그는, 단 하나의 무기를 신이나 악마마저 없앨 수 있는 무기로서 갈고닦았다. 계속 바라보고 싶어지는, 생명력 넘치는 미소다.

넋을 잃을 것 같았는지, 황급히 호쿠토 군이 시선을 뗐다.

"아무것도 아냐. 넌 내키는 대로 자유분방하게 움직여, 나나 이사라가 커버할게."

"응, 나도? 그러니까 멋대로 나까지 끌어들이지 말라니까, 뭐 상관은 없지만~?"

혼잣말로 입에 담았을 말에 대꾸하는 목소리가 들렸다.

"맨 앞에서 돌진하는 스바루와 제일 뒤에서 허둥대는 마코토를, 나와 호쿠토가 보좌하는 게 『Trickstar』지~ ♪"

기쁜 듯 이야기하며, 씩씩하게 동료들 곁으로 걸어오는 사람이 있다.

"어이쿠, 계속해서 등장합니다! 변환자재의 마술사! 이사라 마오~ ♪"

어째서인지 프로레슬링 중계처럼 외치고 있는 쌍둥이에게 이름을 불린 남자애── 이사라 마오 군이 친근하게 손을 흔들어 대답한다.

씩씩한 얼굴. 스바루 군보다도 진한, 하지만 마찬가지로 따뜻한 해님 같은 색깔을 띤 머리칼을 머리핀으로 정리했다. 활달한 분위기를 해치지 않는 붉은 톤의 『Trickstar』전용 의상. 모양이 예쁜 눈썹은 왠지 곤란하다는 듯 팔자 모양이다. 무대 위를 즐겁게 노니는 동료들을 보호자처럼 다정한 눈길로 바라본다.

느긋하게 산책하는 것 같은 분위기다. 스바루 군과는 다른 방향으로 긴장감이 없다. 차분하다고 할까, 긴장을 풀고 있다.

매일매일 하는 간단한 일을 처리하는 듯한 분위기다. 그리고 그에겐 분명 정말로 '간단한 일'일거라 생각하게 해 준다. 무엇이든 능숙하게 할 수 있고, 모두가 의지하는 사람. 그렇기에 무거운 짐을 너무 많이 지게 됐으면서도 불만을 하나도 입 밖에 내지 않는, 최고로 좋은 사람. 강하고, 상냥하며, 멋진 사람.

우리 희망의 별은, 관객들에게 친근하게 손을 흔들고 있다. 자주 같이 노는 친구나 친척 형, 오빠처럼. 친숙해지기 쉬운 분위기와 무엇이든 받아줄 것 같은 태도는, 마오 군이 인생을 걸어오며 자연히 몸에 익힌 인품일 것이다.

누구든 그를 좋아하게 된다.

"『Trickstar』는 멤버 전원이 슈퍼스타! 모두가 유메노사키 학원의 미래를 열어갈 개척자이자, 우리의 꿈이랍니다☆"

드디어 호쿠토 군에게서 떨어진 쌍둥이는, 마오 군 뒤에 몸을 숨기듯──나머지 한 남자애가 긴장해 떠는 느낌으로 걸어오고 있는 것을 알아챘다. 아무래도 마오 군이 의상의 옷자락을 잡고 억지로 끌고 오고 있는 느낌이다. 그는 마지막 동료를 함께 데려와 주었다.

다른 세 사람이 당당한 까닭에, 대조적으로 왠지 굉장히 가여울 만큼 긴장한 듯 보이는 유우키 마코토 군이다.

혈통서가 있는 애완동물 같은, 손상 하나 없는 황갈색 머리칼. 보석 같은 또렷한 눈동자. 다소 큰, 표정을 숨기는 것이 목적인

것 같은 조금 촌스러운 안경. 같은 색상의 푸른 『Trickstar』 전용의상은, 그가 체력훈련을 하기 전에 측정한 데이터를 기초로 만들었기에── 기장이 조금 맞지 않는데(내 실수다), 그래도 그게 왠지 사랑스럽다.

인형처럼 아름다운데도, '흠칫흠칫, 주뼛주뼛' 하고 인간다운 반응을 보이며 마코토 군은 어딘가 관광객처럼 주변을 침착하지 않게 두리번거리고 있다.

"분위기 정말 잘 잡네……그, 그래! 좋았어, 나도 힘낼게! 다른 멤버들에게 뒤지지 않도록!"

든든하게 맞아주는 동료들을 보고, 마코토 군은 자신의 뺨을 때리며 기합을 넣는다.

"앗, 깜빡했네. 마지막으로~ 어……안경 쓴 사람!"

"화이팅 안경~ ♪ 이름 뭐였더라……? 아무럼 어때. 생략☆"

쌍둥이가 이제야 생각났다는 듯 은근슬쩍 막 소개했기에, 마코토 군은 "에엑, 왜 나만 대충 소개하는 거야!?" 하고 울상을 지었다. 힘내, 응원하고 있어.

"유, 유우키 마코토라고 합니다! 잘 부탁드립니다, 열심히 하겠습니다~!"

양손으로 마이크를 쥐고, 필사적으로 마코토 군이 머리를 숙였다. 왠지 이상한 표현이지만 선거 연설을 하는 것 같다. 아직

더러운 정치권에 물들지 않은, 모두의 행복이나 평화로운 생활을 진심으로 바라고 있는 신선한 신인 의원 후보 같다.

응원하고 싶어진다. 누구라도.

긴장으로 정신이 빠듯한 마코토 군을, 호쿠토 군이 보호자 같은 눈길로 지켜보고 있다.

(그래, 그거야. '놀림받는 캐릭터'도 하나 필요해. 모든 것이 완벽하면……예를 들면, 『홍월』처럼 완전무결하면 보고 있는 것만으로도 숨이 막혀. 관객이 긴장을 늦추기 위해, 편안하게 해 주기 위해 필요한 게 어리숙한 모습으로 웃음을 줄 캐릭터야.)

칭찬하고 있는 건지 비방하고 있는 건지 알 수 없지만, 호쿠토 군이 생각하는 대로── 마코토 군도 『Trickstar』에 꼭 필요한 존재다. 빛나는 별자리의 일부다.

(게다가 만약 실력이 부족한 탓에 실패하더라도……. 그런 캐릭터니까 어쩔 수 없다고 관객들이 받아들이면 '애교'가 될 거야. 오히려 실수가 갈채와 많은 응원을 이끌어낼 수 있겠지.)

시야를 넓게 갖고, 호쿠토 군은 관객들의 반응을 샅샅이 조사하고 있다. 도중에 나와 눈이 마주쳐, 싱긋 웃어 주었다. 여유가 있다. 굉장히 듬직하다.

(맨 뒤에서 전력으로 우리 셋을 따라잡으려 하는 유우키의 노력을 관객이 격려한다. 그런 구조를 만들 수 있다면, 무대는 우리 거야.)

결코 긴장을 늦추지 않고, 넋을 잃고 보게 될 정도로 똑바로 서 있다.

(유우키도 결코 관객의 기대를 배신할 녀석이 아냐. 유우키는 의외로 강단이 있어, 필사적으로 따라붙을 거야. 환성과 응원 속을 끝까지 달릴 거야. 그리고 분명, 머지않아 우리와 어깨를 나란히 하겠지.)

떨고 있는 마코토 군을 진정시키기 위해 어깨를 살짝 두드려 준 후, 호쿠토 군은 천천히 뒤로 물러나는 쌍둥이를 발견한다.

(대단하군, 쌍둥이는……. 짧은 소개만으로 우리를 볼 때 필요한 '관점'을 관객에게 전했어. 관객 대부분에게 『Trickstar』는 처음이야. 하지만 즐기는 법을, 음미하는 법을 이제 알게 됐어. 준비는 완벽해, 정말이지 훌륭하게 '테이블 세팅'을 해 줬어.)

그쪽을 보며, 미소 짓는다.

(이제는, 최고의 요리를 제공하기만 하면 돼. 우리의 퍼포먼스로.)

호쿠토 군의 시선을 느끼고, 쌍둥이가 좌우 비대칭으로 윙크를 했다.

"그럼, 우린 여기서 이만 '작별' 할게요~ ♪"

"기저귀 갈아 주고, 업어 주고 안아 주고, 달래 주는 건 여기까지 ♪"

호쿠토 군도 어색하게 같은 움직임을 하고, 쌍둥이에게 가볍게 머리를 숙인다.

"그래, 이제 우리에게 맡겨. 정말 신세를 많이 졌다."

여전히 딱딱한 호쿠토 군을 보고 쓴웃음을 지으며, 쌍둥이는 선선히 퇴장한다. 관객들에게 손을 흔들고 키스를 날리며, 무대 막간에 등장한 기묘한 쌍둥이의 존재가 마지막까지 인상에 강하게 남게 했다.

두 사람의 기척이 완전히 멀어지는 것을 기다린 후, 호쿠토 군은 정면을 바라본다.

"감사는 다음에 다시 정식으로 하고. 지금은 눈앞의 무대에 전력을 다하자. 여기 모여 준 관객들에게, 우리 『Trickstar』의 모든 것을 보여주겠어."

지금부터가 진정한, 그들이 활약할 무대다.

그렇게, 『Trickstar』의 라이브가 시작된다.

이 순간을 위해 피와 땀과 눈물이, 젊은 그들의 모든 청춘을 쏟아부었다. 나는 영상이나 연습 속에서 몇 번이고 같은 노래를 듣고, 댄스를 봤다. 하지만 본무대는 뭐든지 전부 다르다.

귀가 먹먹해질 정도로 지르는 관객들의 큰 환성을 양분으로, 그들의 노랫소리는 색색의 꽃을 피우기 시작하는 것 같았다. 봉오리가 부풀어 오르고, 터지듯이 꽃핀다. 기적 그 자체였다.

빨강과 파랑, 두 색으로 나뉜 네 혁명아. 그들의 반짝임이, 이미 밤도 지나 아스라이 밝아오는 세상을 눈부시게 비춘다. 노랫소리는 퍼져 나가, 온 세상을 꽃밭으로 만들어버린다.

입에 발린 말이 아니라, 정말 내 인생에서 제일 감동적인 무대다. 동료니까 좋게 보는 것도 당연히 있지만, 결코 『홍월』의 라이브에 뒤지지 않을 것이다. 마음속 깊은 곳에서 행복이, 기쁨이 복받쳐 오른다. 아기가 태어나는 순간이, 바로 이런 느낌일까.

고마워.

이 세상에 태어나 줘서, 정말 고마워.

"와아아…… ♪"

감동에 벅차 눈물을 글썽이는 내 옆에서, 하지메 군이 이미 엉엉 울고 있다.

"굉장해, 굉장해요~! 아케호시 선배, 누구보다도 빛나고 있어요~ ♪"

"아케호시 선배도 굉장하지만, 우리 호쿠토 선배도 대단하다고! 어려운 멜로디도 완벽하게 소화하고 있잖아, 완벽해! 호쿠토 선배 멋져~☆"

나를 사이에 두고 하지메 군 반대편에 앉아 있는 토모야 군은 이미 절규하고 있다. 하지메 군이나 나처럼 눈물은 보이지 않지만, 기쁜 표정으로 흥분한 나머지 볼을 양손으로 쥐듯 하며 온몸을 떨고 있다.

하지메 군과 토모야 군 모두 흘러넘치는 감정의 배출구를 원하고 있는 건지, 가장 가까이에 있는── 내게 꼭 붙어 안겨들어, 굉장한 힘으로 흔든다. 아아, 남자애들이구나……. 관절이 빠질 것 같고 뼈도 부러질 것 같지만, 왠지 기쁘다.

감동을 공유할 수 있는 건 굉장히 행복한 일이다. 하지메 군이나 토모야 군이 내게 안겨들지 않았다면, 나도 일어서서 이유 없이 뛰어다녔을 것 같다.

내 입에서 나왔을 거라곤 생각할 수 없는 기쁨을 소리로 내면서, 나도 들떠 있었다. 유일하게 자유로운 두 발로 바닥을 쾅쾅 밟았다. 아직 부족해, 아아 어쩜 이렇게 즐거울까.

"우물우물. 너희 있잖아, 전학생 누나 양옆에서 달라붙지 마. 너무 흥분했잖아, 그러다 누나 질식해 버린다구?"

유일하게, 평소엔 가장 침착함이 없는 미츠루 군만이 조금 냉정하게 질렸다는 듯이 우리를 뒷좌석에서 바라보고 있다. 혼자 떨어진 곳에 앉아 있기에 흥분을 공유하지 못하고 있는 것이다. 가엾게도. 미츠루 군도 이리 와.

"일단, 팝콘 먹고 진정하자구."

어떻게든 포옹에서 벗어나 미츠루 군을 손짓으로 부르니, 팝콘을 내게 줬다. 고맙게 그걸 입으로 밀어 넣고 씹어, 에너지로 바꿔 떠들었다.

아아, 나는 이렇게 흥분했다가 라이브가 끝난 뒤에 죽는 거 아닐까……. 그래도 상관없다, 행복하니까. 아하하하하.

"지금 느긋하게 팝콘이나 먹고 있을 때야~?! 그나저나 시끄러워! 지금 집중하고 있잖아, 만끽하는 중이라니까!"

"맞아요, 미츠루 군! 으아앙, 하지만 감동의 눈물로 앞이 보이지 않아요~!"

"어, 어……. 하지메 짱도 토모 짱도, 사람이 완전히 바뀐 줄 알았다구……. 내가 가장 침착하다니 이런 일은 처음인걸?"

망가진 것처럼 웃기 시작한 내 양옆에서, 토모야 군과 하지메 군도 이상하게 흥분해서 웃거나 울거나 하고 있다. 미츠루 군은 조금 쓸쓸한 듯 우릴 바라보다── 자신도 즐기기로 했는지, 아기처럼 웃었다.

"하지만 정말 굉장하다구! 신난다~☆"

손가락에 묻은 팝콘 시즈닝을 핥으며, 넋을 잃고 무대를 바라보고 있다.

"냐하하, 마음이 후련해지는 것 같아. 우리 『Ra*bits』도, 이런 많은 관중 앞에서 공연하고 싶었다구…… ♪"

잠시 슬픈 일을── 일전의 『S2』를 떠올린 건지 무상한 표정을 지은 후, 미츠루 군은 아픔도 괴로움도 모두 덮어버리는 것 같은 밝은 성원을 보냈다.

"힘내 힘내, 『Trickstar』 형들~! 지금 최고로 빛나고 있다구……☆"

"고마워! 응원 잘 받았어! 넌 여전히 다구다구 시끄럽구나~?"

무대 위 스바루 군이 대답했다. 조금 높은 곳에 있는 무대에서는 어두운 객석이 보기 힘들 텐데도, 우리 위치를 알고 시선을 보내준다.

그리고 미츠루 군과 똑같이, 태양 같은 웃음을 보여준다.

"그래도 덕분에 기운이 났어! 고맙다구 ♪"

"내 '다구'를 뺏어가지마~! 그래도, 응원이 전해졌다니 기쁘다구☆"

붕붕 양손을 흔드는 미츠루 군에게 주먹을 불끈 쥐어 보이고 나서, 스바루 군은 역시 따라하는 것처럼 높이 손을 번쩍 들고 뛰어올랐다. 괜한 움직임을 하는 것처럼 보이지만──자신이 노래할 파트가 아닐 때 맞춰 움직이고 있어, 방해는 되지 않는다.

그 타이밍을 판단하는 후각은 타고난 것이겠지. 완전히 예정에 없는 애드리브 동작인데도 마치 미리 몇 번이고 연습해서 온 것 같았다.

"아하하, 다들 즐기고 있어~? 야광봉보다 훨씬 더 빛나고 있어, 최고로 반짝반짝 빛나는 얼굴들☆ 기분 최고야~. 나도 행복해! 오늘 이렇게 모두와 만날 수 있어서!"

모든 관객에게 꽃보라를 뿌리듯 소리치고 나서, 스바루 군은 몰래── 입가의 움직임만으로, 나에게도 잊지 않고 속삭여 주었다.

"전학생도, 즐기고 있지~? 네 웃는 얼굴, 더 많이 많이 보여 줘☆"

물론이야.

이렇게 너와 함께 웃기 위해, 이 세상에 태어난 거란 생각까지 들어.

(흠.)

그런 스바루 군과 나를 보고, 깔끔하게 노래나 댄스를 소화하면서도──.

호쿠토 군은, 또다시 곰곰이 생각에 잠겼다.

(아케호시는 아마 아무 생각도 하고 있지 않겠지만……. 관객

들과 소통하고, 손을 흔들어 분위기를 띄우고 있어. 자연스럽게 최고의 퍼포먼스를 하고 있는걸.)

잡다한 생각을 계속하는 건, 이제는 그의 버릇 같은 걸까. 원주율을 끝없이 계산하는 컴퓨터 같다. 하지만 퍼포먼스가 흔들리거나 하진 않는다, 오히려 완성도를 높여 가고 있기에──그것이 그 나름의 집중법이겠지만.

(역시 대단해. 하지만 내버려 두면, 객석으로 뛰어들어 소란을 피울 것 같군……. 천진난만하게 놀고 있는 기분이겠지. 하지만, 아케호시는 그러는 게 가장 좋아.)

이전의 호쿠토 군에게는 없었던, 스바루 군과 많이 닮은 환한 웃음이다.

(이 '강당' 을…… 딱딱한 콘서트장이 아닌, 무한한 기쁨과 행복이 가득한 놀이터로 만들자.)

하지만 자신이 그런 표정을 짓고 있는 것이 왠지 마음에 걸렸는지, 곧바로 무뚝뚝한 표정으로 다시 돌아가고 만다. 호쿠토 군은 마음을 다잡고, 앞으로의 예정을 재확인한다.

(지금까지는, 더할 나위 없이 좋아. 곡목 선택도 적절했어, 전학생의 의견을 들은 건 정답이었어. 너무 순조로워서, 오히려 무서울 정도야.)

그들에겐 첫 공식 라이브다. 아무리 실수하지 않으려고 노력해도 부족할 지경이다. 방심해서 함정에 빠지지 않도록, 호쿠토 군은 세심한 주의를 기울이고 있다.

(첫 곡으론 다 함께 『Trickstar』의 전용곡 중 하나를 선보였어.

이걸로, 많은 관객들이 처음 접했을 『Trickstar』의 소개는 끝냈다······. 첫 곡을 듣는 동안, 분명 관객들은 『Trickstar』중 누굴 응원하고 주목할지 생각하기 시작했겠지.)

관객 대부분은 당연히 『Trickstar』를 모른다. 언제나 첫인상이 중요하다고 하지만, 『Trickstar』는 첫 자기소개를 겸한 곡을 완벽히 마쳤다.

(그리고 다음 곡부터, 각 멤버를 중심에 놓은 메들리가 준비되어 있어. 첫 타자는 아케호시, 다음은 나, 그 후는 이사라가 중심이 되어 분위기를 띄운다.)

지금부터, 더 함께 즐기고── 교류하여 친해져 간다. 관객들이 『Trickstar』를 좋아하게 만든다. 그들에겐, 그럴 자격과 실력이 있다.

(첫 순서인 아케호시가, 관객을 단번에 사로잡아 줄 거야. 아케호시에겐 매력이 있어, 누구보다도 빛나는 재능이 있어. 순식간에 '강당'을 지배해, 모든 관객을 폭격하듯 매료할 거야.)

전력으로 우리를 함락하고, 포로로 만들어 주겠지.

그들은 이만큼 매력적인 남자애들이니까.

(그걸로 이제, 관객들은 앞에 등장했던 『유닛』들── 『홍월』은 물론, 『UNDEAD』나 아까 퇴장했던 『2wink』의 존재를 잊어버리겠지.)

실제로 관객이 모두 교체된 것처럼, 지금은 처음부터 모두가 『Trickstar』의 팬이었던 것처럼── 모두가 그들의 이름을 부르고 있다. 바라보고 있다.

(『Trickstar』에게, 빠져들어 줄 거야.)

효과를 느꼈는지, 호쿠토 군은 노래하며 회심의 미소를 짓는다.

(다음은 이 기세 그대로 끌어당기면 돼. 그건 두 번째 타자인 내 역할이야. 드림페스는 긴 라이브, 오늘은 참가 『유닛』이 적다곤 해도 무대가 상당한 오래갈 거야. 마음이 풀려, 질리기 시작한 관객도 있어.)

목표물의 심장을 겨냥하는 사냥꾼의 눈길로, 호쿠토 군은 관객들을 바라보고 있다. 빈틈없이 준비하고, 훈련을 거듭하며 기술을 연마해, 필살의 덫과 속임수를 준비해——— 그가 우리를 사냥하러 왔다. 생존본능이 자극되어 찌릿찌릿 떨려와, 한기마저 든다.

하지만 그것이 어딘가 마음이 편안하다. 포식당하기 직전의, 황홀감.

(그때 내가 타깃을 잡고 노래를 발사하는 거야. 시선을, 몸의 움직임을, 웃음을 전하는 거지. 싫증이 났던 관객은, 뺨을 맞은 듯 정신을 차릴 거야.)

실제로 호쿠토 군의 시선을 받을 때마다 관객 한 사람 한 사람이 놀란 것 같은 표정으로 자세를 고친다. 목숨이 빼앗길 것 같은 상황에서, 멍 때리고 있을 사람은 없다.

(그게, 내 사명이야. 이것 또한 작전이지.)

시선을 보내고, 때로는 정말 총이라도 쏘는 것처럼 손가락을 뻗어 호쿠토 군이 긴장이 풀리기 시작한 관객들에게 활기를 불어넣는다. 눈을 떼면 살해당할 것 같은, 긴장감.

(난 저격수야. 아케호시의 폭탄에서 살아남은 자들을, 하나하나 숨통을 끊어놓지.)

자유분방하게 돌아다니는 스바루 군을 곁눈질로 바라보고, 탄식하면서.

(아케호시는 천재적이지만 기복이 크니까, 아직 자기중심적이야. 놓치는 것들도 상당히 많아. 하지만 그걸 내가 건지는 거야. 쌍둥이와 함께한 특별 훈련으로 시야가 넓어졌어. 공연장의 모든 것을 파악할 수 있어, 웃음을 띨 여유도 있어.)

호쿠토 군은 육식동물의 웃음으로, 우리를 사냥해 나간다.

(한 사람씩 빠짐없이 쏘아 주겠어, 내 저격총으로.)

보고 있는 것만으로도 고동이 빨라진다. 짜릿짜릿해진다. 스바루 군이 뿌리는 태양 같은 열기로 타오르는 우리에게, 호쿠토 군이 적확히 청량감을 전해 준다. 달아올랐다 식었다 하는 일이 반복되어——컨디션이 이상해질 것 같다.

(공연장에 있는 모두가 당사자가 될 거야, 여긴 전장이다. 누구도 『Trickstar』에게서 도망칠 수 없어. 마음을 꿰뚫려, 혹은 모조리 태워져 포로가 될 거야.)

땀이 나고, 가슴이 크게 두근거리고, 어지러움까지 느낀다.

마치 취한 것 같다. 그렇지만 공포는 없고, 그저 마음이 들뜬다.

(그게 이상적이야, 아직 마음은 놓을 수 없지만. 지금으로선 순조로워, 꿈같기도 해.)

호쿠토 군 자신도 들뜬 것이리라. 웬일로 그 뺨에 붉은 기가 돈다. 흘러내린 땀을, 손등으로 훔치고 있었다. 두꺼운 빙산 같던 무표정이 무너져, 그 자신의—— 한 남자애의 맨얼굴이 드러나기 시작한다.

커다란 꽃 같은, 생명력이 넘쳐흐르는 반짝이는 미소다.

(물론, 눈앞에 있는 관객만이 아니라……. 뼛속까지 유메노사키 학원의 '지금까지의 상식'에 얽매여 있던 학생들에게도, 우리의 꿈을, 노래를 전하고 싶어.)

자신들의 목적을 재확인하고, 호쿠토 군은 노랫소리에 열기와 힘을 담아 나간다.

(세뇌된 것처럼 순순히 따르던 자들에게, 혁명의 노래를!)

"아하하♪ 홋케~도 참, 또 표정이 무서워졌는걸~?"

서로 완벽히 솔로 곡을 마치고, 스바루 군이 호쿠토 군에게 살짝 다가가—— 노래 중간에 슬쩍 이야기를 나누고 있다.

"서로 목숨을 뺏는 것도 아닌데, 좀 더 즐기자고☆"

"나도 알아. 지금 최고로 행복해. 나는 아무래도, 승부를 싫어하진 않는 것 같다."

전혀 닮지 않은, 대조적인 두 사람이지만—— 그 순간만큼은 왠지 태어나서부터 쭉 함께 자란 형제 같았다. 호흡도 딱딱 맞는 댄스가 교차한다.

스쳐 지나가며 팔짱을 끼고, 호쿠토 군은 스바루 군에게 얼굴을 가까이 한다.

"전략을 짜서 공격을 가해, 위기를 넘긴다. 그리고 승리를 쟁취한다, 최고로 즐거워!"

"남자네, 홋케~도. 하지만 공연장 전체를 볼 수 있게 된 만큼, 자기 주변에 소홀해졌는걸?"

자신도 얼굴을 가까이 가져가, 입맞춤이라도 하듯 스바루 군이 속삭였다.

"사리~는 움직임이 격하니까, 그렇게 멍하니 서 있다간 부딪힐걸~?"

호쿠토 군의 솔로 곡이 끝나는 타이밍에, 마오 군이 무대 중앙으로 나온다. '너희도 참 사이가 좋구나.' 라고 말하는 듯 어이없어하는 표정을 짓는 그에게 길을 내주기 위해—— 두 사람은 후방으로 이동한다. 휘청거릴 뻔한 호쿠토 군을, 스바루 군이 힘차게 끌고 간다.

"이리 와, 손잡아 줄게! 다음은 사리~ 차례니까, 방해하면 미안하잖아?"

"그러지. 이사라라면, 내가 서 있어도 잘 피할 것 같지만."

스바루 군에게 어린아이 취급, 혹은 보살핌을 받은 것이 마음에 안 들었는지—— 조금 삐친 듯 호쿠토 군이 눈썹을 찌푸렸다. 마지막으로 쌍둥이를 흉내 내듯 우아하게 인사하고서, 본격적으로 다음 차례로—— 마오 군에게 무대 중앙을 넘긴다.

우레와 같은 갈채 속에서, 마오 군이 볼을 긁적였다.

(에에……. 너무 나한테 기대하지 말라고~. 과대평가하고 말고 말이지?)

앞선 두 사람이 열팽창시킨 고양감, 관객들의 기대감을 맛보는 것처럼 입맛을 다시고. 활기차게 웃으며, 마오 군은 극히 자연스레 무대 중앙으로 뛰어나간다.

(뭐, 믿어 주는 건 기쁘지만.)

기합을 넣기 위해서인지, 한 번 눈을 감고서——.

조금 시간을 둔 후, 마오 군은 눈을 떴다. 싸우는 남자애의 표정이 되어, 그 자신도 동료들을 위해 검을 휘두른다. 힘찬 노랫소리가 울려 퍼지기 시작한다.

처음부터 막힘없이 쭉쭉 뻗어나가 이상하게 걸리는 구석도 없다. 자유롭고 광대한 초원 속에 방목된 것 같다. 스바루 군에게 급속도로 데워지고, 호쿠토 군의 차가운 총탄으로 하나하나 뚫려서, 숨을 헐떡이던 우리는—— 안심한다.

긴장을 풀고, 자연스러운 웃음을 짓기 시작한다.

새로이 태어난 기분으로, 마오 군의 상냥하고도 듬직한 노랫소리에 빠져든다.

(학생회에선 느끼지 못한 부분이야. 눈앞의 일을 담담히 처리할 뿐이었어. 그건 그거대로 편했지만.)

'자, 긴장 풀어. 즐겁게 하자.' 그렇게 말해 주는, 속마음을 잘 아는 친구 같은 태도로—— 마오 군은 박수를 유도해, 관객이 응하면 기쁜 듯 웃는다. 일체감이 커져 간다. 마오 군에겐 사람을 끌어당기는 매력과 포용력이 있다.

존경할 수 있는 형이나 오빠나 아버지처럼, 뭐든 받아들여 준다.

(큰 세력의 일원이 된다는 건 그런 거야. 개인보다는 전체의

이익을 우선시해야 해. 난 약삭빠르게 굴어서 학생회 간부 지위를 얻었지만.)

분위기를 파악하고, 관객의 반응을 체감하며, 마오 군은 정확히 움직인다. 리드미컬하게 박자를 타고, 경쾌하게 노래하고 춤춘다. 아기를 달래는 것처럼, 부드럽게 천천히.

우리는 마오 군에게 시선을, 마음을 맡긴다.

(그런 것보다, 관객의 반응을 보면서 노래하고 춤추는 게 기분 좋아! 역시, 나도 아이돌이구나~ ♪)

관객도 아이돌도 행복하게 웃는, 꿈같은 시간이 시작된다. 우리는 마음을 편히 갖고, 평소의 피로나 괴로움을 잊고── 치유받는다. 마오 군이라면 알아준다, 받아들여 준다, 한 사람 한 사람에게 최적의 처방전을 준다.

항상 자신은 뒷전으로 두고, 다른 사람을 위해 노력을 다할 것 같은 마오 군. 그는 우리를 이해하고, 자유롭게 해 준다. 최고로, 행복하게 만들어 준다.

하지만…… 그런 그가 끌어안은 무거운 짐을, 고민을, 아직 아무도 모른다. 강하고 상냥한 그는, 그런 걸 결코 다른 사람에게 보여주지 않으니까.

이 시점에서는 아직. 그는 우리에게도 아주 조금 선을 긋고 있었던 것이다.

(다들 미안해. 사실은, 아직 조금 내키지 않았었어. 난 속아서 이용당하고 있는 게 아닐까 의심했었어.)

그런 생각을 하고 있었다는 것을, 아무도 모르는 가운데──.

마오 군은, 간절하게 독백하고 있었다.

(아직, 난 진심으로 너희의 동료가 되지 못했었어.)

서글서글한 웃음을 띤 채, 마음속에서는 고독한 소년이 울부짖고 있다.

어둠 밑바닥에서.

(난 학생회 멤버야, 그 '입장' 만이 목적인 건가 생각했었어.)

현명하고 처세술에 능한 그이기에, 자신의 입장도 잘 알고 있다. 자신이라는 존재의 이용 가치도. 그렇기에, 아무리 해도 의심을 완전히 지울 수 없다.

그것은 누구에게도 고민을 털어놓을 수 없는, 그만이 끌어안은 구조적 결함이었다.

아픔이었다.

(유메노사키 학원 교사에서, 이 드림페스를 보고 있는 학생들도……. 내가 학생회 임원이니까, 안심하고 『Trickstar』에게 투표할 수 있어.)

스스로 원해서 얻었을 입장에, 그 자신도 괴로워하고 있다. 이제 와서 그걸 버릴 수도 없다. ──그의 피와 살이자, 인생이자, 입장이다. 모두 버리고 도망칠 수는 없다.

(우리에게 투표한다는 건, 학생회에게 도움을 준다는 뜻이야. 학생회 임원인 날 지지했다고 변명할 수 있어. 학생회에 정면으로 맞설 배짱이 없는 녀석들도, 우리에게 투표하는 걸 망설이지 않을 거야.)

마오 군은, 마오 군이기에 괴로워하고 있다.

다른 사람이 해결해 줄 수도 없는, 마오 군이 쌓아서 만든 인생이 필연적으로 낳은 문제였다. 성인병처럼, 마오 군 안에서 매일매일 쌓여 가던 병이자 어둠이기도 했다. 거기서 생겨나는 격통에, 때때로 마오 군은 괴로움에 몸부림치고 있었다.

다른 사람은 상상도 공감도 할 수 없는, 그의 지병이자—— 지옥이겠지.

(그걸 노리고 너희 동료로 받은 게 아닐까……. 어딘가 의심하고 있었어, 내 지위만이 목적인 게 아닐까 하고.)

하지만 마오 군은 결코, 그 고통을 다른 사람에게 떠넘기지 않는다. 상냥하고 강한 그는, 그것을 자기 내부에서 곱씹고——분해해, 극복해 버린다.

모든 마물을 퇴치하고, 영광을 얻는 신화 속 영웅처럼.

(하지만 그런 망설임도 의심도 이젠 전부 날아갔어!)

우물쭈물 고민하지 않고, 마오 군은 모두 웃어 날려 버리는 것처럼 춤추고 있었다.

(지금 난 즐거워! 그걸로 충분해, 최고의 동료들과 흥분되는 무대 위에 서 있어! 멋진 노래와 음악, 분위기! 관객들의 웃는 얼굴! 그게, 최고의 보상이야!)

얼핏 보면 고민하고 있을 거라곤 상상도 할 수 없는, 굳센 웃음.

야생동물처럼, 올지 말지 모르는 어두운 미래 등은 생각하지 않고—— 날렵하게 춤추며, 으르렁거리듯 노래하며, 있는 힘껏 살아간다.

머리칼이, 태양의 플레어처럼 사랑스럽게 춤추고 있었다.

（언젠가 난, 『Trickstar』의 적이 될지도 몰라. 나도 학생회의 일원이니까. 혹은 반대로, 정말 지위만 이용당하고 휙 버려질지도 몰라.）

그는 총명하다. 언젠가 다가올 미래를 생각하고 있다. 하지만 불안한 마음에 미리 겁먹거나 하지 않는다. 아직 무대 위에, 반짝임 속에 있다. 해야 할 일들이, 아직 많다.

그는 그것을 솜씨 좋게 해 나간다. 언제라도.

그런 그이기에 누구나 좋아하고, 신뢰하고, 존경한다.

（그래도 후회하지는 않을 거야. 지금 이 순간 무대에 설 수 있다는 것만으로도 만족해!）

이 세상에 없어서는 안 될 태양처럼, 마오 군은 온 세상을 바라보고 있었다. 그는 그 중앙에 있다. 따스함 속에, 반짝임 속에.

（고맙다. 날 동료로 받아 줘서. 학생회 멤버라고 내쫓지 않고, 계속 손잡아 줘서.）

어째서인지 놀란 듯, 마오 군은 한순간 그대로 서 있었다. 어둠 속에서 갑자기 빛을 받으면 사람이 반드시 그렇게 반응하듯, 멍하니 서 있다.

（날 있는 그대로 받아들여 주고……. 이 반짝임 속에, 함께 설 수 있게 해 줘서）

곧 자신이 있는 곳을, 역할을 생각해 내고 마오 군은 노래와 춤을 재개한다.

（고마워! 고마운 마음이 가득해, 그걸 노랫소리로 관객들에게 전할게! 최고로 행복해! 이 세상이, 전부 전부 사랑스러워!）

모든 어둠을 날려 버리는 것처럼, 다리를 회전시켜 브레이크 댄스로 돌입한다.

누군가가 솔로 곡을 부르고 있는 사이, 다른 멤버들도 가만히 서 있기만 하는 건 아니다. 중심이 되는 사람을 돋보이게 하기 위한 연출——스텝을 밟으며, 주선율을 북돋는 노랫소리와 연결, 늘어진 관객들을 발견하면 손을 흔들어 주고……. 실제로 굉장히 바쁘다.

연습기간이 너무도 짧아, 라이브도 거의 바로 실전으로 온 셈이다. 하지만 『Trickstar』는 이것이 거의 첫 무대라고 설명해도 믿지 못할 정도로, 선명하고 강렬하게 딱딱 움직이고 있다.

줄곧, 이렇게 아이돌로서—— 모든 반짝임을 짜내듯 노래하고 춤추는 걸 꿈꾸고 있었으니까. 그러는 것도 당연하다. 물론 그들이 우수하고 재능 있는 아이돌이기에 달성할 수 있었던 위업이겠지만.

혹독했던 준비 끝에, 드디어 반짝이기 시작한 『Trickstar』.

"~♪"

그 중앙에서 격렬하게 춤추고 있는데도 숨 하나 흐트러지지 않고 계속 노래하는 마오 군을, 마코토 군이 곁눈질했다.

(오오…….)

처음엔 걱정스러울 정도로 딱딱하게 긴장했던 마코토 군이었지만, 의외로 실전에 강하다. 점점 익숙해지기 시작했는지 움직임에서 어색함이 사라졌다.

자신에게 주목이 모일 것 같으면, 모처럼 눈을 끌기 시작했는데—— 한 발 물러서고 마는 게 문제이지만.

다른 멤버들의 움직임을 보고, 이것저것 생각할 정도의 마음의 여유는 생긴 모양이다.

(이사라 군, 굉장한걸~? 지금까지는 노래도 춤도 아케호시 군이나 히다카 군보다 한 단계 떨어지는 것 같았는데. 그동안 자신을 틀에 맞춰 통제했기 때문에 그랬던 거구나?)

마코토 군은 무대 중앙에서 활약하는 동료를, 부러운 듯, 동시에 자랑스럽다는 듯 바라보았다. 질 수 없다며 열심히, 땀방울을 날리며 춤추고 있었다.

(모든 힘을 다해 자유로이 쭉쭉 퍼포먼스를 펼치면……. 이렇게나 매력이 넘쳐! 이게, 이사라 군의 진짜 실력이구나.)

마치 관객이 된 것처럼 한순간 넋을 잃고 바라보다가 가까이에서 춤추고 있던 스바루 군과 호쿠토 군이 어깨를 두드려 서둘러 움직임을 재개한다. 위태위태하다.

(평소엔 배려해서 주변을 우선하고, 뒷받침해 주기만 했었어. 눈에 띄지 않는 곳에서 노력하면서도, 자신이 앞으로 나서진 않았지. 자기 개성을 드러내지 않고 백업 포지션에 전념했었어. 하지만 지금은, 이사라 군이 센터야!)

수줍게 웃으면서도, 마코토 군도 동료들과 더욱 빛나기 위해 춤에 열중한다.

(이 무대의 중심이자, 주역이야! 본래의 이사라 군은, 이렇게나 매력적이었구나……!)

마음속에서 쾌재를 부르며, 최고의 미소.

하지만 한순간 그 표정이 어두워졌다.

(대단해. 아케호시 군도, 히다카 군도, 이사라 군도. 그래. 내가 인형처럼 마음을 죽이고, 주어지는 일을 완수하며……. 먼 길을 돌아오는 동안에도 계속 노력해 왔을 테니까. 연습을 거듭하고, 자신을 갈고닦아 이 자리에 서기 위해 노력해 왔으니까!)

아직 내가 자세히 알지 못하는 마음 속 어둠을, 욱신거릴 자신의 상처 자국을 바라보고 있다. 겁이 많고 마음이 약한 마코토 군이지만—— 도망치지 않고 똑바로 서려고 한다.

(그런 모두를 금방 따라잡을 수 있을 거라 생각하진 않아. 그건, 실례되는 일이지.)

연습기간 동안 귀에 딱지가 앉을 정도로 들었던 『Trickstar』의 노래……. 그 단락이 가까워져, 최대의 성원에 답하며 마오 군이 놀랄 정도로 높이 높이 뛰어오른다. 열광하는 관객들 사이, 그 자신이 별이 된 것처럼 세상의 정점에서 빛나고 있다.

(하지만 나도, 언젠가 분명! 아니 지금만이라도, 모두와 어깨를 나란히 할 거야!)

그 모습을 감동에 복받쳐 올려다보며, 마코토 군은 마음을 다잡고 앞으로 걸어 나갔다.

(다음은 내가 센터인 곡이야. 더 이상 실패는 두렵지 않아, 모두가 커버해 줄 거야. 피를 토할 것 같은 특별 훈련도 잔뜩 했어!)

깜빡 착지를 실패한 건지 아니면 일부러 그런 것인지, 비틀거리는 마오 군을 가장 가까이에 있던 마코토 군이 잡아 준다. "고마워." 하고 마오 군이 작은 목소리로 말하고, "천만에." 하고 마코토 군이 답한다. 하이터치하면서 교대, 드디어 마코토 군이 최전선에 나섰다.

(난 믿을 거야, 나 자신을! 그리고 지금 우리가 무적이란 것을! 승리하자, 다 함께! 이 유메노사키 학원에, 희망의 별이 빛나게 하자!)

관객석 맨 앞줄에 있던 나와――― 마코토 군의 눈이 마주쳤다. 이따금 비인간적으로 보이는 보석 같은 마코토 군의 두 눈동자에, 『Trickstar』의 모두와 같은 열기가 깃들어 있다.

온 세상을 반짝임으로 감쌀 것 같은, 기적의 빛이다.

(⋯⋯전학생 쨩도, 지켜봐 주고 있어. 맨 앞 특등석에서.)

마코토 군은 눈을 맞추는 게 서투르지만, 이번에야말로 내 시선을 똑바로 받고 미소 지어 주었다. 한 번 손을 흔들고서, 노래하기 시작한다.

평온하고 힘찬, 조금 의외일 정도로 듬직한 마코토 군의 노랫소리. 그것은 인간의 울음소리다. 그의 모든 감정, 모든 인간성이 담겨 있다.

(지켜봐 줘! 우릴 선택해 주고, 손을 잡고 함께 걸어 준 걸⋯⋯. 절대로 후회하지 않게 할 테니까! 우리와 함께, 본 적 없는 풍경을 보러 가자!)

당당히 노래하는 마코토 군 뒤편에서, 엄호사격인 건지 스바루 군과 호쿠토 군이 방해되지 않을 정도로 노래와 춤을 보여주고 있다.

듬직하게 성장한 동료의 뒷모습을 기쁜 듯 바라보면서. 누구보다도 반짝이는 미소를 지으면서도, 스바루 군이 눈부심을 느끼는 것처럼 눈을 가늘게 떴다.

"아하하☆ 꿈의 시간은 끝나려면 아직 멀었어~. 별의 반짝임은 무한대니까!"

"흠. 무대에서 보니, 모두가 흔들고 있는 야광봉이 별하늘 같군."

아마 자연스레 나온 말이겠지만, 호쿠토 군이 조금 시적인 표현을 했다.

"굉장히 아름다워. 더 빛나게 해 줘. 『Trickstar』를 중심으로, 밝고 즐거운 별하늘을 창조하자."

"모두 다 함께 ♪"

한 곡을 끝까지 마친 직후의 마오 군이, 깊이 숨을 들이쉬고 내쉰 후── 의기양양하게 복귀했다. 호쿠토 군과 스바루 군 사이에 서 두 사람의 등을 아주 조금 밀고서, 주먹을 추켜올리며 선언한다.

"수많은 별자리를 만들자, 오늘은 이름 없는 별들이 최고로 반짝이는 성스러운 밤이야!"

"자자, 주목~ ♪"

그런 동료들 앞에서, 마코토 군이 끊기 좋은 부분까지 노래하고 난 뒤── 잠시 숨을 고르고 관객들에게 외친다.

"이건 저 같은 바보라도 부를 수 있는 곡이에요, 모두도 금방 외울 수 있을 거야! 그러니 함께 불러 줘! 나 혼자선 조금 힘이 부족하니까~ ♪"

한심하게도 들릴 소리를 부끄러워하지 않고 당당히 말한다. 이미 모두들 마코토 군을 응원하고 있는 분위기다, 커다란 환성으로 답해 준다.

"같이 반짝이자! 우리의 목소리로, 어두운 대우주를 빛으로 가득 채우자!"

기분 좋은 듯 미소 지으며, 마코토 군이 굉장히 소중한 것을 말해 주었다.

"『Trickstar』의 라이브를, 부디 마지막까지 즐겨 주세요~ ♪"

그래. 이건 전쟁이고 혁명이지만―― 아이돌의 라이브인 것이다.

최종적으로, 분명 즐기는 사람이 이기는 거겠지.

체감으로는 순식간. 실제로는 한 시간 정도일까.

그렇게 치명적인 트러블도 없고, 상상 이상으로 '강당'을 뜨겁게 달구던 『Trickstar』 멤버들이―― 무대 중앙에서 같은 간격으로, 원래 그런 별들처럼 나란히 선다.

모든 솔로 곡을 끝내고, 마지막으로 『Trickstar』가 모두 함께 신곡을 선보여―― 모든 예정을 소화했다. 감개무량하다. 부족함 없이 멋진 퍼포먼스였다. 세상 모든 것이 박수와 환성으로 격렬하게 흔들려, 가슴의 고동이 더욱 크고 강하게 뛰고 있다.

백일몽을 꾸는 것 같다. 현실이라곤 생각할 수 없었다. 무도회에서 밤새 춤춘 신데렐라처럼, 정신을 차리자 한순간 자신이 누구고 뭘 하고 있었는지도 떠오르지 않을 정도다. 마법에 걸려, 꿈같은 시간을 보냈다.

멈추지 않는 눈물은 닦아도 어쩔 수 없어, 얼굴도 엉망이 됐지만 그대로 방치하고 있다. 온몸이 풀 마라톤을 뛴 직후처럼 지쳐 있었다. 날 양옆에서 안고 있는 하지메 군과 토모야 군도 같은 상태로, 엄청난 현실에 폭격당해 망연자실해 있다.

그저 지켜보기만 한 우리보다 훨씬 더 체력을 소모했을 텐데── 이상하게 기운 넘치는 스바루 군이 뛰어오르며, "으음 ~ 즐거웠어☆"라며 만면에 미소.

그대로 그는, 아이돌의 본분을 잊지 않고── 우리에게 말을 걸어 준다.

"우리의 노랫소리, 모두의 마음에 전해졌을까?"

반응은 금세 돌아왔다. 관객들이 답하며 보내는 성원을 받고서, 스바루 군은 기쁜 듯 조금 어린아이처럼 웃었다. 태어나서 처음으로, 부모님께 칭찬받은 아이 같다.

"이걸로 『Trickstar』의 공연은 일단락! 하지만 우린 앞으로도 유메노사키 학원에서 아이돌로서 빛날 거야☆"

만세 포즈를 취하고 있어, 그렇기에 마이크로 확대되지 않지만── 어디까지고 울려 퍼지는 맑고 고운 목소리로 외치고 있다. 동물이 동료들에게 자신이 있는 장소를 알리기 위해 내는 소리 같았다.

"모두~! 오늘은 우리 라이브에 와 줘서 고마워, 될 수 있다면 오~래오래, 『Trickstar』를 응원해 줘☆"

이 부분의 멘트는 전혀 예정에 없던 완전한 애드리브다. 하지만 이 자리에 딱 어울린다. 이렇게 예상 밖의 좋은 모습을 보이니, 스바루 군은 장래가 기대된다.

이미 퍼포먼스는 일단락됐는데도 열기는 곱셈으로 커져, 박수와 성원이 높아져 간다. 깊은 밤임에도, 갑자기 새벽이 찾아온 것 같다.

아니다. 세상의 시작이……. 신성하고 거룩한 이야기가, 지금 여기 개화한 것이다.

"우린 앞으로도 오래오래, 즐겁고 푹 빠져들 반짝반짝한 노래와 춤을 모두에게 선물할게! 기대하며 지켜봐 줘, 쪽쪽 ♪ 바이바~이☆"

"기다려. 할 일을 해서 만족했겠지만 아직 철수하기엔 일러."

기세 좋게 무대에서 떠나려는 스바루 군을, 호쿠토 군이 목덜미를 잡아 멈춰 세웠다. 항상 생각하지만, 강아지의 목줄을 당기는 주인 같다. 덤으로 내가 다니는 2학년 A반에선 꽤 일상적으로, 매일 평균 두세 번은 볼 수 있는 광경이다.

그런 두 사람을 바라보며, 마오 군이 작은 목소리로 속삭였다.

"응? 우리 퍼포먼스는 아까 신곡으로 끝이잖아, 규정시간이 넘었는데 남아 있으면 페널티 붙는다?"

"그렇지만. 투표 집계와 결과 발표가 있어."

관객이 듣지 못할 정도의 작은 목소리로, 호쿠토 군이 질문에 답했다.

"규정에 따르면, 모든 공연이 끝난 후……. 드림페스에 참가한 『유닛』의 리더는, 모두 무대 위에서 결과 발표를 기다려."

자신들은 무대 뒤로 나가려 하면서, 스바루 군을 무대 중앙으로 '툭' 밀었다. 스바루 군은 놀란 표정으로 그저 당황해 하고 있었다.

"우리 리더는 너잖아, 아케호시."

호쿠토 군의 말에, 스바루 군은 이상한 거라도 입에 넣은 것 같은 표정을 짓는다.

"에, 내가 리더야? 그런 얘기 못 들었는데, 홋케~가 제일 '어울리지' 않아?"

"난, 쭉쭉 앞으로 나가는 녀석을 보좌하는 게 성격에 맞아."

왜 이제 와서 이런 걸로 실랑이를 벌이는가 싶지만, 다른 일은 생각할 수 없을 정도로 아슬아슬 한계까지 반복해서 연습해 왔던 것이다. 지금에 와서, 그런 기본적인 사실도 정하지 않았단 걸 깨닫고 당황해하고 있다.

『프로듀서』인 내가 그 부분에 신경을 썼어야 하는 건데…….
나는 객석에 앉은 채 파랗게 질려버리고 말았다. 모두의 대화는 나에게 들리지 않았지만, 뭔가 곤란한 분위기인 것만은 느낄 수 있었기 때문이다.

"이사라가 리더여도 좋겠지만. 이번엔 학생회 일원이자, 학생들의 표를 많이 모아 줄 이사라의 공이 커."

역시 조금 이상하게 느꼈는지 관객들이 웅성거리기 시작한다. 그 때문에 초조해진 거겠지, 호쿠토 군이 빠른 어조로 말한다.

"이사라가 없었다면, 학생들 표는 기대할 수도 없었을 거야."

"음~. 학생회 외의 개인이나 『유닛』에게 투표하는 건 금기라는 풍조였으니까, 지금까지의 유메노사키 학원이라면."

마오 군은 태연하게 서 있지만, 어떻게 해야 할지 모르겠다는 듯 어깨를 움츠리고 있다.

"뭐, 나는 살릴 수 있는 장점을 살린 거지만. 그래서 내가 리더라는 것도 좀 '다르지' 않을까? 내가 리더가 되면, 역시 승리한 건 '학생회 사람이 리더'인 『유닛』이 되어버리니까."

딱 맞고 공평하게, 마오 군은 언제라도 최적의 답을 도출해 나간다.

"그렇게 되면, 본래 목적……학생회 타도는 달성하지 못하는 거 아닐까? 게다가, 난 초반 특별 훈련에는 참가 못했었으니까……. 도중에 합류한 도우미 같은 포지션이야."

조금 슬픈 듯 그렇게 말하고서, 혼자서 상황을 잘 알 수 없는 건지 허둥지둥 하는 마코토 군에게 화살을 향한다.

"밑바닥에서 천천히 쌓아서 올린 너희 중 한 사람이 리더여야 해. ……마코토는 어때? 숙식까지 하면서 제일 노력한 건 너잖아?"

"어? 나 말이야?"

화들짝 놀란 마코토 군은 가여울 정도로 파랗게 질려 고개를 절레절레 저었다.

"아니아니, 무리야 무리! 리더라니, '분수'에 안 맞는걸?"

"흠, 말씨름해도 의미가 없군. 이렇게 계속 무대 위에 남아 있으면 득표에 감점이 붙어. 누구라도 좋으니 리더가 되어서 결과 발표를 받아 줘."

호쿠토 군이 초조해졌는지, 관객석 쪽을 신경 쓰며 이야기를 정리한다. 우리의 믿음직한 반장은, 항상 가장 중요한 문제를 제시하고 모두의 의견을 모아 판단해 준다. 그런 의미로는 호쿠토 군이 가장 리더 같지만.

"잠정적인, 임시 리더라도 좋아."

"음~ ……그럼 말이야, 이런 건 어때?"

모두가 깊이 생각에 빠지면 꼭 엉뚱한 이야기를 해서 상황을 움직이고 마는 스바루 군이, 이번에도 생각지도 못한 제안을 했다.

"이리 와, 전학생! 무대로 올라와, 우리의 리더가 되어 줘☆"

큰 목소리로 날 부르며, 손짓해 준다. 처음 만났던 때처럼.

『Trickstar』의 모든 시선이, 동시에 내게 집중됐다.

저기——응? 어떻게 된 거야? 잠깐만?

그 순간까지, 나는 단순한 관객이었다. 아이돌들의 라이브를

만끽하고 감동할 줄만 아는 기타 다수였다. 하지만 잊어서는 안
된다, 나는 일단── 실력도 경험도 없는 풋내기지만, 『프로듀
서』다.

당사자다, 다른 사람 일인 것처럼 있을 수 없다.

태평하게 눈물을 흘리며, 박수를 치고 있을 때가 아니다.

"전학생인가……. 괜찮을지도 모르겠어. 가끔은 좋은 소릴
하는군, 아케호시."

뜻밖에 좋은 반응을 보인 건, 호쿠토 군이다. 나를 끌어당겨
억지로 무대에 올리려고 한 건지, 뛰어 내려갈 것 같은 스바루
군을 등 뒤에서 붙잡아 막으면서.

이전에는 없던 포근한 미소로, 나를 바라봐 준다.

"『Trickstar』소속 아이돌은 모두 2학년, 어깨를 나란히 하고
있어. 그 정점에, 혹은 선두에 전학생이 선다. 그 구도는 누구나
알기 쉽고 받아들이기 좋을 거야."

일단 평소처럼, 호쿠토 군은 결코 강제하지 않고 내 반응을 기
다려 주었다. 그는 가끔 배려가 부족하거나 엉뚱한 구석이 있거
나 하지만, 근본은 다정한 사람이다.

날 조금 과대평가하고 있는 느낌이 들지만.

"예로부터 뱃머리엔 여신상을 장식해 재난을 피했다고 하지.
전학생은 우리에게 '그런 존재' 야. 승리의 여신이다. 전학생이
리더라면, 나도 이의는 없어."

"괜찮은데? 전학생은 아이돌이 아니라서 무대엔 설 수 없었
지만, 의상이나 여러 방면으로 많이 도와줬으니 말이야."

마오 군이 '이젠 아무래도 좋으니 얼른 결정해.' 라는 표정으로 간단히 동조한다.

"『프로듀서』니까, '가장 높은 사람' 이란 걸로 ♪"

"나도 찬성할래!"

마코토 군이 몹시도 천진난만하게 동의했다. 자신이 리더가 되는 것보다 훨씬 마음이 편할 테고—— 진심으로, 솔직하게 나를 인정하고 환영해 주고 있다.

"마지막만큼은 같은 무대에 한번 서고 싶으니까. 어서 와, 전학생 쨩!"

기쁜 듯, 손짓해 나를 부른다. 아아—— 그런 마코토 군의 꾸밈없는 감정표현은 거부하기 힘들다. 작은 아이가 귀엽게 조르는 것 같다. 뭐든 들어주고 싶어진다.

"뭐, 전학생의 의견도 들어봐야겠지만. 우리 모두는 그러길 바라고 있어."

생각났다는 듯 그런 이야기를 하며, 역시 호쿠토 군은 어째서인지 처음부터 내 대답을 정하고 말하는 것 같다——. 그만큼 믿어 주는 거겠지만.

나라면, 기대에 응해 줄 거라고 말이다. 그건 역시 과한 신뢰지만.

거절도 할 수 없다. 나도, 모두의 곁에 있고 싶다. 1mm라도 가까이, 손이 닿는 거리에서, 가능하면 어깨를 나란히 하고 싶다. 남자애와 여자애고, 아이돌과 『프로듀서』이니까—— 역시 가족도 친구도 연인도 결코 설 수 없는 아주 가까운 거리에서.

동료로서, 나란히 서고 싶다.

"부디, 무대에 올라와 줘. 네가 우리 대표야."

호쿠토 군이 거듭 말해 주기에 나는 더 망설이지 않았다.

고개를 끄덕였다. 언제라도 『Trickstar』는 내 진짜 소원을 이뤄준다.

모두와 함께 무대에 설 수 있다면, 『프로듀서』가 되어서 참 다행이라 생각해.

✦✧·✧✦·

"……부르고 있어요, 전학생 씨."

"가, 얼른! 내가 대신 가고 싶을 정도라구, 부럽다구~ ♪"

"맞아, 여기서 도망치면 폼이 안 나요. 부디 호쿠토 선배와 모두의 무대를 장식해 주세요 ♪"

하지메 군, 미츠루 군, 토모야 군──『Trickstar』를 가장 가까운 곳에서 지켜봐 준 『Ra*bits』 아이들이 각자 나를 응원해 주었다. 다시 나를 끌어안고 있단 걸 이제야 눈치챈 건지, 하지메 군과 토모야 군이 서둘러 손을 놓는다.

자유가 됐다. 아아, 팔이 꺾일 것 같아.

비틀거리며 일어서는 내 등을, 미츠루 군이 의외일 정도로 다정하게 밀어 준다. 나는 조심조심 한 발짝씩 무대로 걸어간다. 맨 앞줄 특등석이라도, 무대까지는 이렇게나 멀다. 하지만 좀 더 가까이에 있어도 된다고 허락받은 것이다.

"모두, 아직 자리에서 일어서지 말아 줘~. 마지막까지 응원 부탁할게!"

꾸물대는 나를 알아채고, 시간을 벌어 주려는지 스바루 군이 그런 이야기를 하고 있다. 다른 사람을 배려할 수 있게 됐다. 그 사실이, 몹시도 기뻤다.

주저앉을 것만 같은 내게, 스바루 군이 해님처럼 웃어 준다.

"아! 왔다, 왔어! 전학생! 어서 와, 손잡아 줄게!"

더는 못 기다리겠다는 듯 다가온 스바루 군의 손을 잡았다. 있는 힘껏 당겨진다. 항상 생각하지만, 보기보다 완력이 있다.

나를 끌어안고 괜히 움직이고 나서, 스바루 군이 내 어깨에 손을 얹고── 강아지가 무언가 보물을, 뼈나 벌레 등을 보여줄 때 같은 표정으로 이야기했다.

"모두에게도 소개할게~! 이 아이가, 우리『프로듀서』야☆"

실제로 거의 모든 사람에게──나는 미지의, 잘 알 수 없는 존재일 거다. 그런 나를 소중한 동료 중 한 사람으로서 스바루 군이 온 세상에 내보여 준다. 이렇게나 고마운, 영광스러운 일이 또 있을까.

낯간지러워서 얼굴도 들 수 없었다. 아아, 조명이 눈부셔.

"지금까지 '남성 아이돌 육성'에 특화됐던 유메노사키 학원에서 처음으로 시도하는『프로듀스과』제1호! 우릴 다방면에서 지원해 준 공로자야!"

"그래. 이 사람이 있었기에 우린 여기까지 올 수 있었어. 우리가 하늘 꼭대기에서 빛나는 아이돌의 별이 된다면, 그건 모두

이 사람 덕분이야."

스바루 군만 이야기하고 있으면, 어째서인지 호쿠토 군이 경쟁하듯 끼어든다.

"고마워, 전학생. 무대 위에서, 모두 함께 어깨를 나란히 하고 반짝이는 경치를 보자."

"아하하. 결과가 아직 나오지 않았으니, 긴장은 풀 수 없지만. 여기서 지면 조금 부끄러울걸~?"

뼈가 빠진 듯 제대로 서지 못하는 나를 양옆에서 호쿠토 군과 스바루 군이 잡아 준다. 마오 군도 두 사람을 조금 거들며 통쾌하게 웃었다.

"그래도 반응은 좋았지! 우리가 보여줄 수 있는 건 전부 선보였어! 기분 최고야! 학생회실에서 사무 작업만 하고 있었다면 이런 기분은 절대 몰랐겠지~ ♪"

항상 어딘가 차가운 부분을 남기고 있던 마오 군이 이때만큼은 무릎을 내놓고 들판을 달리는 기운찬 아이처럼, 이를 보이며 웃고 있었다.

원래 그런 남자애인 거겠지.

"나, 이 기쁨을, 풍경을 절대로 잊지 않을 거야. 모두 함께 본 이 무대 위에서의 경치를."

"응. 나도 굉장히 충실해. 살아 있단 느낌이 들어. 이런 풍경을 볼 수 있을 거라곤 생각 못했어."

항상 어째서인지 스타트가 늦은 마코토 군이 머뭇거리며 우리가 만드는 원에 들어온다. 어떻게 해야 할지 몰라 곤란해하던 내 손을 잡고 안심시켜 주듯 주물러 주었다. 마코토 군도 긴장하고 있는 지 조금 땀이 배어 있었기에 반대로 난 진정이 됐다.

누구라도 불안하고 무섭다. 그래도 도망치거나 부끄러워 고개를 숙이거나 해선 안 된다. 자랑스러워해야 한다. 당당하게 가슴을 펴고 있어야 한다.

나는 얼굴을 든다. 바로 옆에 있던 마코토 군의 뺨에 흘러내리는 땀까지 선명하게 보였다. 아아, 정말로 모든 것이 반짝이고 있다. 보석 상자 속에 있는 것 같다.

"이즈미 씨가, 누가 뭐라고 해도……. 나, 아이돌이 되어 다행이야."

마코토 군의, 아마 딱히 누가 들으랄 것도 한 혼잣말도 귀에 들어왔다. 이즈미 씨. 『Knights』의 세나 이즈미 씨—— 그와 마코토 군의 인연에 대해 나는 아직 잘 모르지만. 마코토 군은 아픔을 발하는 부분에 착실히 매듭을 짓기 시작하고 있다.

이즈미 씨도 이 라이브를 보고 있을까. 마코토 군이 무언가 찾고 있는 것 같았기에 그 시선을 좇으며 나는 그런 생각을 했다. 보았다면, 어떤 느낌을 받았을까. ——마코토 군에게는 외모가 유일한 장점이라고 차갑게 단언했던 그 사람은.

이 라이브를 보고, 마코토 군을 다시 보고, 생각을 달리해 준다면 좋겠지만. 그렇게 간단한 것도 아니겠지. ——아마. 더 뿌리가 깊을 것 같은 관계성이다.

"모두의 동료가 되어, 함께 걸을 수 있어서 최고로 행복해."

조금 걱정이 되어 바라보는 내 시선에, 마코토 군이 그런 말을 하며 미소 지어 준다. 그러니 괜찮을 거라 생각했다, 마코토 군은 보호받기만 하는 약한 아이가 아니니까.

"다들, 나란히 서 주세요!"

무대 위에서 보면 상당히 멀게 느껴지는 맨 앞줄 특등석에서, 하지메 군이 손을 살짝 들고 있다. 손에 들고 있는 건, 방송위원회 등에서 사용하는 기자재일까. ——사랑스러운 하지메 군에게는 어울리지 않게 묵직한 디지털 카메라다.

그걸 힘겹게 들며, 하지메 군은 웬일로 얄미운 악마처럼 웃고 있었다.

"원래 '강당'은 사진 촬영 금지지만……. 이제 와서 규칙 위반 같은 건 상관없어요, 모두가 최고로 환하게 웃는 얼굴을 사진으로 남기고 싶어요!"

그 꺼림칙했던 『S2』에서, 역겨운 악의에 직면해 별똥별 같은 눈물을 흘리던 그는—— 지금, 아침 해 같은 미소를 짓고 있다. 그것만으로도 다행이다. 그 아이에게 얼굴을 들고 미래의 희망을 갖게 해 줄 수 있었다면. 모두 보답받은 기분이 들었다,

"웃어 주세요, 빛나는 미소를 보여주세요! 그 반짝임을 목표로, 저희도 아이돌로서 열심히 노력할게요……!"

"흠. 평소라면 '장난'에는 어울리지 않지만."

호쿠토 군도 나와 같은 마음인 건지, 카메라를 드는 하지메 군을 기쁜 듯 보고—— 놀랍게도, 브이 사인을 하고 있었다. 호쿠토 군의 성격이라면, 규칙은 규칙이라며 사진 촬영을 멈추게 해도 이상하지 않은데.

"오늘은 특별한 날이니, 기분이 좋아."

눈을 동그랗게 뜨고 있는 나를 보고, 호쿠토 군은 어딘가 불만스러워 보이는 표정을 지었다.

"전학생, 가운데로 와. 사양 않고, 기념사진을 찍도록 하자."

"음~. 뭐라고 해야 하나, 우리 다섯이서 딱 좋은 느낌? 가운데에 전학생이 있단 것도 안정감 있고 딱 좋아 ♪"

즐거워졌는지, 마오 군이 우리 모두의 어깨에 팔을 두른다. 자신에게 끌어당겨, 따뜻한 중력장으로 초대해 준다. 어째선지 그 중심에 있는 내가 신기하다. 고개를 갸웃거리고 만다. 어디까지나 현실감이 없다. 하지만 이 열과 감정은 진짜였다.

별하늘 한복판인 것 같은 무대 위에서, 나는 『Trickstar』에게 둘러싸여 있다. 불과 얼마 전까지는—— 유메노사키 학원에 전학 오기 전까지는, 어둠 밑바닥에 있었는데.

지금은 이렇게도, 눈부시게 아름다운 빛 속에 있다.

"사진은 별로 좋아하지 않지만…… 아무렴 어때, 모두 함께~! 피~스☆"

"아하하 ♪ 이 반짝반짝한 순간은 사진과 우리 마음속에, 영원히 남을 거야☆"

마코토 군과 스바루 군도 즐거운 듯, 이미 승리한 것처럼 웃고 있다.

아아—— 뭔가 이상한 표현이지만, 성불할 것만 같다.

하느님, 제가 이렇게 행복해도 되는 걸까요?

Revolution

"아~ 오래 기다리셨습니다!"

무대에, 사랑스러운 목소리가 울려 퍼졌다. 흥분이 고조된 관중들에게 물을 끼얹은 건 아닌, 누구의 귀에도 편안하게 전해진다.

꽃밭에서 놀고 있었더니 요정이 내려온 것 같았다.

"드디어 투표 집계가 완료됐으므로, 『S1』 결과 발표를 시작하겠습니다~♪"

크게 뛰어오르듯 무대 중간 즈음까지 와서, 그 인물은 자신에게 주목을 모으듯 양손을 흔들었다.

"덤으로 결과 발표 담당은 유메노사키 학원 모두가 잘 아실, 방송위원회의 니토 나즈나입니다~☆"

정중한 말투로 이름을 밝힌 사람은 우리와도 면식이 있는 니토 나즈나 씨다. 꽃에서 갓 따서 신선한 꿀 같은 금발. 세상 어린 아이가 끌어안고 놓지 않는 인형처럼 사랑스러운 외모. 키는 작고 몸이 갸날파 교복을 입고 있지 않으면 여자애로도 보인다.

마이크도 안 쓰는데도 시원시원한 목소리로, 나즈나 씨는 예의바르게 머리를 숙였다.

"『Ra*bits』란 『유닛』의 리더도 맡고 있으니, 언젠가 아이돌로서 무대에서 뵙게 될 날도 있겠죠♪"

같은 『Ra*bits』의 멤버들—— 맨 앞줄 특등석에 있는 세 사람이 "니~쨩!" 하고 기쁜 듯 손을 흔들고 있어, 나즈나 씨도 의젓하게 그에 답하고 있었다.

지금이 유메노사키 학원의 역사를 새로이 칠하기 위한 혁명, 투쟁 중이라는 사실을 잠시 잊고 마는 온화한 분위기였다. 모두 등에 요정 날개가 달린 듯 따뜻한 빛에 둘러싸여 있다.

"크크크. 자기 『유닛』의 홍보도 빼놓지 않다니, 여전히 빈틈 없구먼……니토 군?"

반짝임을 발하는 작은 나즈나 씨 뒤에서, 어둠 그 자체 같은 그림자가 모습을 드러낸다. 이 『S1』에서 『홍월』과 격전을 치렀던, 『UNDEAD』의 리더—— '삼기인' 사쿠마 레이 씨다.

『S1』의 결과를 확인하기 위해 참가한 『유닛』 리더들이 다시 등단하고 있다. 레이 씨는 기척이 없어, 어둠 속에서 배어나온 것 같았다.

평소엔 마음씨 좋은 할아버지처럼 온화한 인물이지만, 무대 위에선 형언할 수 없을 만큼 괴이함과 박력이 있다. 밤의 어둠 그 자체로 만들어낸 듯 부드럽게 파도치는 검은 머리카락과 불길하고도 세련된 『UNDEAD』의 의상. 햇빛에 오염되지 않은, 핏기 없는 새하얀 피부.

피처럼 붉게 보이는 눈동자와 입술.

마성의 미인은, 어떤 의미로는 분위기가 정반대인 나즈나 씨에게 친근하게 말을 건다.

"그리고 여전히 아주 사랑스럽구먼. 관객들을 위한 연기겠지만, 그 '앙증맞음'을 보니 절로 흐뭇하다네……."

"시, 시끄러워! 방해하지 마, 무대에서 떠러뜨려 버린다~?"

레이 씨가 뒤에서 머리를 '톡, 톡' 두들기자 나즈나 씨는 얼굴을 새빨갛게 붉히고 버둥거리며 몸부림쳤다. 왠지 사이가 좋아보인다——. 생각해 보면 두 사람은 같은 학년이다, 교류가 있는 거겠지. 옆에서 보면, 키 차이 때문에 거의 아버지와 아들 같지만.

"워워, 화가 나면 발음이 나빠지는 버릇이 있지 않은가. 진행자의 책무를 다하기 위해, 적어도 결과 발표가 끝날 때까진 '의젓하게' 있게나?"

"처, 처음부터 그러려고 했거든! 쓸데없는 소리 말고, 조용히 있으라고~!"

손을 흔들어 레이 씨를 떼어내고는 나즈나 씨는 가슴을 펴며 팔짱을 낀다. 이상한 대화를 나눈 탓에, 자연스레 관객들의 시선이 그에게 쏠려 있었다.

"나 참, 뭐 상관없지만? 오늘 난 기분이 좋거든~ ♪"

주목받고 있음을 눈치채고, 나즈나 씨가 왠지 무리하게 발랄한 태도를 취한다. 자신의 캐릭터를, 강점을 알고 최대한 활용하고 있다.

"후후 ♪ 『S1』에 참가한 『유닛』 리더들은 나란히 서 주세요. 승리한 『유닛』 리더에게 스포트라이트가 갈 테니까요~☆"

이야기하며 조명 담당에게 지시를 보내고 있는 건지, 나즈나 씨가 손가락을 굽혀 핸드 사인을 취하고 있다. 여러 일을 동시에 하고 있다, 그도 경험 풍부한 3학년인 것이다.

"여러분, 숨을 죽이고 지켜봐 주십시오! 오늘 가장 훌륭한 퍼포먼스를 보여준…… 아니, 모두를 즐겁게 한 건 어느 『유닛』인가?!"

한 번 몸을 굽혔다가 크게 펴며, 나즈나 씨가 즐거운 듯 외쳤다.

"기대하시라! 과연 승리의 영광을 붙잡은 건 어느 『유닛』일까요~?!"

"니토. 만일을 위해 확인해 두겠다."

들떠 있던 소란을 잠재우는 독경 같은 음성이 무대의 열기를 차갑게 꿰뚫었다.

놀라 소리가 들린 방향을 보니, 『홍월』의 리더── 하스미 케이토 씨가 유유히 걸어 나오고 있었다. 가부키 배우일까 싶은 화려한 일본풍 의상에, 신비하게 녹아드는 연둣빛 눈동자와 은색 안경. 진한 녹차처럼 깊이가 있는 짧은 머리칼과, 미간에 진 깊은 주름.

장기 기사처럼, 공연에도 사용하던 부채로 얼굴을 부치고 있다. 아무래도 더운 거겠지. ──굉장한 열기고, 그는 라이브를 마친 후에도 우리의 기습에 의한 영향을 조사하고 대처하며, 이리저리 뛰어다니고 있었을 것이다.

피곤할 텐데도, 피로가 전혀 느껴지지 않는 시원시원한 태도다.

발소리도 없이 유려하게 움직이며, 케이토 씨는 당당히 무대 중앙으로.

　그는 아이돌도 아닌데 무대 위에 있는 내가 눈에 띄었는지, 아니면 다른 이유라도 있는 건지, 왠지 오히려 동정하는 듯 나를 바라보고 나서—— 고개를 저었다.

　조금 낮은 위치에 있는 나즈나 씨의 얼굴을, 고개를 움직이지 않고 시선으로만 노려본다.

　"네 녀석은 촐랑촐랑 돌아다닌 것 같던데, 득표 조작이라도 하진 않았겠지?"

　"실례네! 그럴 틈도 없었고, 영상 편집에 송신에 지금까지 완전 바빴다고~?"

　몸짓이나 표정만은 사랑스러움을 유지한 채, 나즈나 씨는 작은 목소리로 답했다.

　"난 『S2』 때의 원한도 있으니 안티 학생회긴 하지만, 일은 제대로 한다고! 공정한 투표 결과를 발표할 거야, 키가 작다고 무시하지 말란 말이야!"

　"딱히 '작다'고 얕보고 있는 건 아니다만……. 오히려 이번 건으로, 네 녀석을 다시 보게 됐다."

　소리 내어 부채를 접고서, 케이토 씨는 눈을 감는다.

　"감쪽같이 속였더군. 이제 와서 후회해도 늦었지만, 제대로 걸려들고 말았어."

　나즈나 씨를 매도하기보다, 케이토 씨는 자성하고 있는 것 같았다. 염불을 외우는 것처럼 중얼거리고 있다.

"네놈들을 얕본 내 실수다. 궁지에 몰린 쥐가 고양이를 문다고 하지만, 아무래도 토끼도 그런 것 같군. 『Ra*bits』인가……. 지난 드림페스에서 두 번 다시 반항할 수 없도록 철저히 짓밟아야 했어."

다시 눈을 뜨고서, 그는 똑바로 현실을 직시한다.

"뭐 됐어. 라이브에선 최선을 다했으니, 결과는 깨끗이 받아들이겠다."

"깔끔하구먼, 좀 더 꼴사납게 발버둥 쳐도 되네만?"

나즈나 씨의 수호령인지, 혹은 악령처럼 뒤에서 거의 꼼짝 못하게 붙잡고 있던 레이 씨가—— '히죽'이라고밖에 표현할 수 없는 불길한 웃음을 띠었다.

"여유로이 있을 수 있는 것도 지금뿐일세. 적어도 왕으로서 마지막까지 긍지 높게 있겠다는 태도는 훌륭하네만. 옥좌에서 끌려 내려갈 순간이 얼마 남지 않았으니……. 최대한 허세를 부려 두는 게 좋을 게야."

"아직, 결과는 나오지 않았다. 패배했다고 공식 기록에 남기 전까진, 우리 『홍월』이 유메노사키 학원의 왕이다."

도발적인 레이 씨의 말에, 케이토 씨는 애써 무표정을 유지하고 있는 건지 거의 동요하지 않았다. 다른 방향을 보고 있다, 그 치고는 조금 어린애 같은 반응이다.

그런 케이토 씨를 왠지 미안하다는 듯 바라본 후, 레이 씨도 관객에게 시선을 향한다.

"후후, 이길 수 있을 거라곤 생각지 않으면서. 자네도 보았지 않은가, 『Trickstar』의 반짝임을……? 저것이야말로, 새 시대의 개막을 알리는 서광일세 ♪"

눈이 부신 듯 눈을 가늘게 뜨고, 레이 씨는 세상 만물을 내려다보고 있다. 눈부신 빛이 가득한 무대에, 전신을 검게 물들인 그만이 어울리지 않는 이물이었다. 하지만 압도적인 빛에 사라지는 일 없이, 버티듯 서서—— 레이 씨는 황홀해하고 있었다.

"빛이 강하면 강할수록, 그림자도 짙어지는 법. 그 그림자야말로 우리『UNDEAD』의 영역이라네. 이 입장도, 상당히 기분이 좋구먼 ♪"

그리고 가만히 서 있던 내게, 정말 마물처럼 손짓을 해 준다.

"자, 전학생 아가씨. 한 발 더 앞으로 나오게나."

하지만 어째서인지 기가 죽어버린다. 싸운 건 『Trickstar』고, 나는 그저 방관자. 이 자리에 설 자격은 없다고까지 비하하진 않는다. 그건 나를 여기에 초대해 준 모두에게 실례되는 일이니까.

하지만 역시 겁이 난다. 나는 겁쟁이다.

"사양하지 말게나. 오늘의 주역은 자네들일세. 본인은 멀리서나마, 적어도 갈채를 보내도록 하겠네."

"음~. 사쿠마 선배와 달리, 우린 백업을 별로 좋아하지 않는데? 뭐 상관없지만~, 특별 훈련도 라이브도 재밌었고."

그런 한심한 내 등을 밀어주며, 『2wink』의 아오이 히나타 군이 마지막으로 등장했다. 자연스레 내 손을 잡고, 함께 반짝임 속으로 데려가 준다. 빛이 커져 간다. 환성이 가까워진다. 아아, 나는 무도회에 초대된 흔한 서민 아가씨다.

적어도 『Trickstar』의 노력을, 싸움을 없는 걸로 해선 안 된다고 생각해 딱딱하게 긴장하면서도 똑바로 몸을 펴 섰다. 유쾌하다는 듯 히나타 군이 그런 내 등을 쿡쿡 찌른다.

그는 정말로 여유로워 보인다. 무대에 익숙하다. 아이돌이니까 당연──한 것도 아니겠지, 신비한 침착함이 있다.

"우린 아직 1학년이니 미래가 있는걸. 유우타 군과 함께, 다음엔 우리 『2wink』가 정상을 향할 거야~ ♪"

"오오, 히나타 군이었군. 자네가 『2wink』의 리더였구먼?"

내게 마구 장난을 치는 히나타 군에게, 쓴웃음을 지으며 레이 씨가 충고해 준다. 화기애애한 분위기다. ──경음부 사람들과는 계속 특별 훈련을 함께해 왔기에 서로 마음을 터놓고 지냈고, 절대로 나를 상처 입히지 않을 거라 믿을 수 있다.

깊이 숨을 들이쉬고 내쉬고, 레이 씨 뒤에 다소 몸을 숨기며 히나타 군의 손을 잡은 채── 나도 드디어 앞을 바라보았다.

이것이 언제나, 아이돌들이 보고 있는 풍경.

"뭐, 제가 형이니까요~. 그보다 이젠 좀 제발 우릴 구분해 주시죠, 사쿠마 선배?"

조금 놀랄 정도로 스스럼없이, 히나타 군이 레이 씨의 등에 머리를 대고 좌우로 흔드는 의문의 애정 표현(?)을 하고 있었다.

항상 『2wink』는 둘이서 행동하고 있으니, 유우타 군이 없으면 히나타 군은 조금 허전하게 느끼는 걸까. 스킨십이 평소보다 과격해진 것 같은 느낌이 든다.

결핍됐다고도, 부족하다고도 생각지 않지만. 왠지 혼자 있으면 히나타 군이 평소보다 인간답게 보였다. 신기해서, 물끄러미 바라보고 만다.

그런 표정을 짓고 있었구나.

아직 나는 쌍둥이란 이름으로 묶인 그들의 표층 일부도 만지지 못했다. 그런 기분이 든다, 앞으로 서로 더 깊게 알아갈 수 있을까.

적어도 두 사람을 구분할 수 있을 정도로는.

"너희, 잡담이 너무 많아! 조용히 있으라고, 결과 발표한다~☆"

장난치고 있는 우리에게 잔소리를 날리고, 나즈나 씨가 양손을 들었다.

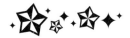

"자자, 모두 정숙해 주세요!"

마술처럼 마이크를 꺼내, 나즈나 씨가 다시금 관객들의 시선을 모은다. 유메노사키 학원에서 지내고 있으면 매일같이 들을 수 있는 귀에 친숙한 목소리다.

그는 방송위원회의 대표다, 이런 일도 익숙한 거겠지.

"엄정한 집계 결과, 오늘 『S1』에 출연한 각 『유닛』의 득표수와 순위가 확정됐습니다! 지금부터 발표하겠습니다~ ♪"

드디어, 운명의 순간이다.

사랑스러운 토끼의 안내로, 신세계의 막이 열린다.

"득표수와 자세한 내용…… 관객 중 몇 명이 몇 점씩 투표했는지는, 행사 종료 후 유메노사키 학원 공식 HP에 공개하겠습니다! 관심 있으신 분은, 그쪽을 확인해 주세요~!"

무대 후방에 있는 화면에 홈페이지 주소 등이 떠 있다. 순위도 거기에 확실히 표시되겠지. 그걸 준비한 것도 나즈나 씨일 거고 —— 그는 이미 득표수나, 순위 등을 알고 있는 걸까.

결과가 신경 쓰여 나즈나 씨를 바라보고 말았지만, 그는 윙크하며 의미심장한 태도를 보일 뿐이다. 조금 불안해진다.

나즈나 씨는 밝은 분위기고, 아마 십중팔구 괜찮겠지만. 역시 두렵다, 미래는 언제나 불확실하다.

꼼꼼히 계획을 짜, 특별 훈련을 거듭하고 피와 땀과 눈물을 짜내……. 거진 사력을 다해 작전대로 진행시켜, 『Trickstar』는 예상 이상으로 멋진 퍼포먼스를 보였다. 그래도 확실히 이겼다는 보장은 없다.

결과는 쉽사리 예측할 수 없다. 우리가 예상하지 못한 수를 『홍월』이 들고 나오거나, 혹은 우리가 아무리 발버둥 쳐도 바꿀 수 없을 만큼 유메노사키 학원 학생회의 권위가 단단해—— 모든 것이 헛수고가 되고 무의미해져, 우리가 패배할 가능성도 있다.

결과가 발표되기 전까진, '~일지도 모른다'는 가능성이 머릿속에서 날뛰며 짓밟는다. 첫 라이브다, 반성점이 없을 리 없다. 반드시 이길 수 있을 거라 단언할 수 없다. 불안 요소가 속속 떠올라, 온몸이 떨린다.

가시방석이다. 살아도 산 것 같지가 않다.

도망치고 싶어질 정도지만, 그것만은 해선 안 된다.

"이 자리에선 '순위'만 발표하겠습니다!"

나란히 선 우리——나, 히나타 군, 레이 씨, 케이토 씨의 앞을 나즈나 씨가 유유히 활보한다. 용의자에게 자신의 추리를 개진하는 명탐정처럼.

혹은 퀴즈 프로그램의 사회자처럼, 충분한 시간을 갖고——.

"먼저 4위…… 즉 최하위는, 『2wink』!"

"네네~. 뭐 그렇겠지, 그래도 일단 변명 좀 할게?"

먼저 스포트라이트를 받은 히나타 군이, 조금 익살스러운 태도로 앞으로 나온다. 불만스러운 듯 입술을 삐죽이며, 희극배우처럼 그 자리에 무릎을 꿇었다.

"우린 규정시간을 초과해서 공연했으니, 득표수에 감점이 붙었을 뿐이야!"

원망 섞인 불평으로도 들릴 것 같은 변명이지만, 태도가 익살맞기에 불쾌하다는 생각은 들지 않는다. 흐뭇하게, 누구라도 동정하고 만다.

그렇다. 우리를 위해 『2wink』는 몸을 내던져 주었다. 본인들에게도, 다른 누구에게도…… 그들을 버린 패라고 평가하게 두지 않을 거다. 혹시 우리가 승리한다면, 그건 확실히 『2wink』 덕택이다. 특별 훈련을 도와주고 전력으로 무대 위를 뛰어다니며, 반짝임 속으로 이끌어 주었다.

그들이야말로 공로자다. 그 은혜는, 결코 잊을 수 없다.

"꼴찌라고, 『2wink』를 바보 취급하지 말아 달라고~."

과장된 연기로 두 눈에 눈물까지 글썽이는 히나타 군을 보며, 나즈나 씨가 쓴웃음을 짓는다.

"필사적이네, 넌. 뭐 기록에 따르면 이번이 『2wink』의 데뷔전인 것 같고, 첫 등장에 최하위라니 인상도 나빠질 거고~?"

"바로 그거야! 우릴 희생해서 이렇게 띄워 줬으니……. 반드시 이기라고, 『Trickstar』!"

한순간에 표정을 밝게 바꾸며 일어서서, 히나타 군은 얼른 뒤편으로 들어간다. 발랄하게 움직이며, 나와 사쿠마 선배의 등을 두드려 주었다.

스트레스 발산용 화풀이겠지만, 힘차게 북돋아주는 것이기도 했다.

"사쿠마 선배의 『UNDEAD』가 이겨도 괜찮아! 어느 쪽이든 좋으니, 우리 시체를 밟고 가라~! 승리를 잡아라~!"

"하지만, 아쉽네요! 『UNDEAD』는 3위입니다~ ♪"

히나타 군의 말에 이끌렸는지, 다소 호들갑스럽게 나즈나 씨가 어깨를 움츠리며 말했다.

"음, 예정조화로구먼."

히나타 군에게 등을 밀리듯 레이 씨가 한 발짝 앞으로 나온다.

이 전개는 예상했던 건지, 움직임에 전혀 흐트러짐이 없었다.

각본에서 정해진 연기를 하는 것처럼 자연스러운 행동이었다. 그래도 패배는 패배, 분한 마음은 있겠지——. 다소 미련스럽게 패인을 논하고 있다.

"시시비비를 가릴 것도 없이, 우리도 결국은 밟고 넘어가는 시체일세.『홍월』과『UNDEAD』의 실력은 호각, 하지만 학생회의 권력으로 학생들의 득표를 모아『홍월』이 이긴 걸세."

이해가 부족한 학생들에게 난해한 법칙이라도 설명하는 것처럼, 레이 씨의 말투는 평소처럼 선생님 같다. 무심코, 납득하고 만다. 그는 모든 것을 이해하며, 자신마저 미끼로 사용해——우리에게 기습을 성립시켜 주었다.

승리만이 보수가 아니다. 오늘 라이브에서 완전히『UNDEAD』의 팬이 됐을 관객들이 이 결과에 불만을 느꼈는지 우우 항의하는 소리를 내고 있다. 기분이 좋다는 듯, 기쁜 듯 있으면서도——동시에 설득하는 것처럼, 레이 씨는 이야기했다.

"하지만 합동 공연 형식으로 다소 표를 빼앗을 수 있었지. 그렇게 서로 맞붙어 물어뜯는 사이……. 우리 머리를 발판 삼아 높이 올라간 자들이 있을 걸세."

알기 쉽게 이번 작전의 골자와『UNDEAD』의 위치를 제시하고, 레이 씨는 이야기꾼처럼 관객들을 하나의 이야기 속으로 끌어들인다. 모든 것이 그 손바닥 안에 있는 것 같았다. 분위기에 압도되어, 관객들도 야유를 멈추고 그저 넋을 잃고 바라보고 있었다.

히나타 군과는 대조적으로, 비극의 악역 같은 침통한 표정으로 레이 씨는 이야기를 이어가고 있다. 하지만 장례식 같은 분위기가 되어 가던 순간, 그는 크게 양팔을 펼쳤다.

기쁨이 가득한. 먹잇감에 덮쳐드는 순간의 유쾌한 호러 영화 주역 같은 미소다.

"모두, 갈채로 축하해 주시게! 오늘밤의 승자에게, 박수라는 이름의 축포를 올려 주게나 ♪"

"으아아, 내 역할 뺏어가지 마! 끝까지 하게 해 달라고, 결과 발표는 지금부터가 재밌을 때니까~☆"

완전히 관객들의 주목을 한 몸에 받은 레이 씨를, 작은 몸으로 꾹꾹 밀어내며 나즈나 씨도 밝게 이야기한다.

"남은 『유닛』은, 두 팀!"

브이 사인을 하고, 나즈나 씨는 나와 케이토 씨를 올려다본다. 그것이 신호였던 것처럼, 땅이 울리는 것 같은 드럼 소리가 들려온다. 끝없이 흐르던 BGM은 서서히 음량이 낮아져, 내 심장 고동이 귀에 아플 정도로 강하게 느껴졌다.

이 이상 애태우면 머리가 이상해질 것 같다──고 느낄 정도로 아슬아슬할 때까지 시간을 두고 나서, 나즈나 씨는 나와 케이토 씨를 번갈아 가리켰다.

"불패신화의 학생회가 자랑하는 최강 『유닛』, 『홍월』인가! 아니면 신진기예의 혁명아들, 『Trickstar』인가!"

순간, 모든 세상이 어둠으로 채워졌다. 완전히 깜깜해진다.

이 세상의 끝인 것 같은, 암흑.

"승자에게는 빛이 비칩니다! 스포트라이트, 부탁드려요~☆"

분위기를 파악한 관객들이, 계속 켜고 있던 야광봉 빛을 하나 하나 지워간다. 음악도 끊겨 기침 소리마저 들리지 않을 정적으로—— 이대로 새벽은 오지 않고, 영원히 모든 것이 검게 물들어버리고 마는 걸까.

　사람은 어둠을 두려워한다. 무서워서 몸을 웅크리고 말 것 같다.

　하지만 마지막 오기를 부려서 나는 딱 버티고 선다. 그치지 않는 비는 없다. 끝나지 않는 밤은 없다. 그렇게 믿으며 전력으로 싸운 남자애들이 믿은 희망과 꿈——.

　찬란한 빛이, 내 전신을 비쳤다.

　"조금 예상은 하고 있었지만, 현실이 되니 씁쓸하군."

　케이토 씨가 찬란한 빛에 휩싸인 나를 곁눈질로 바라보며, 긴 침묵 끝에 중얼거렸다.

　"오랫동안 맛보지 못했던, 괴로움과 쓰라림이다. 패배의 맛이군."

　자신의 주변을 감싸는 어둠을 끌어안듯 케이토 씨는 고개를 떨군다. 자신을 벌하는 것처럼, 손톱이 파고들 정도로 세게 주먹을 쥐고 있다.

　이를 갈며, 본래는 있을 수 없을 일에—— 현재의 유메노사키 학원, 학생회의 정점인 그는 패배감에 떨고 있는 것 같았다. 기적이 일어난 것이다. 그것을, 그는 깨닫고 말았다.

현명하고 총명하며, 냉정하고 이지적이기에. 모든 것을, 누구보다도 빨리 이해한 것이다.

"……구제불능이군."

"흠, 눈이 부시구먼. 아가씨, 조금 더 앞으로 나가게나."

분위기를 납처럼 무겁게 만드는 케이토 씨 옆에서, 레이 씨가 쾌활하게 이야기했다. 빛을 받아 굳어버릴 수밖에 없는 내 등을, 상냥하게 앞으로 밀어주면서.

"빛은 그리 좋아하지 않으이, 아무튼……축하한다네 ♪"

"짜잔~ ♪ 결과는 보시는 그대로입니다!"

나즈나 씨가 뛰어오르며 내 정면에서 왕자님처럼 허리를 굽힌다. 내 손을 잡고, 높이높이 들어 올려 관객들에게 보인다. 작은 남자애가, 보물을 자랑스럽게 내보이는 것처럼.

"정말정말, 예상하지 못했던 결과가 나왔습니다! 오늘 밤 『S1』을 제패한 건, 압도적인 표차로 승리를 쟁취한 기적의 『유닛』! 『Trickstar』입니다~☆"

그러고 있는 사이에도, 관객들의 놀람과 축복의 목소리가 커져 간다.

처음엔 작은 울림이었다. 이것이 얼마나 위대한, 본래 있을 수 없는 일인지 이해하지 못하는 일반 관객들이, 순수하게 칭찬해 주고 있었다.

"학생회의 불패신화가 드디어 막을 내렸습니다! 관객 여러분, 이 의미를 알고 계실까요? 학생들의 함성 소리로 교내 건물 전체가 흔들리고 있습니다! 여기까지 전해지지 않나요?"

그 목소리가, '강당' 전체에── 유메노사키 학원의 모든 곳에, 온 세상에 전파되어 간다. 우리가 이룬 성과를 천천히 실감하고, 이해해 간다. 침투해 간다, 그것은 단숨에 폭발했다.

"지금 이 순간, 유메노사키 학원은 크게 흔들리고 있습니다! 균열을 통해, 새로운 바람이 들어왔습니다! 빛이 들어와, 새로운 스타들의 빛이 학원을 비추고 있습니다!"

빅뱅 같았다. 새로운 우주가, 꽃피어 간다.

새로운 시대가. 새로운 이야기가. 오래된 폐단은 모두 날려 버리고, 부풀어 퍼져간다. 정말로, 개화 그 자체다. 신선한 생명력이, 종횡무진 용솟음친다.

이 무대를 중심으로, 모든 것이 바뀌고 시작된다.

"축하해, 『Trickstar』! 너희가 이겼어, 너희가 넘버원이야~☆"

우리는──.

승리한 것이다.

"우와, 정말 이긴 거야? 축하해, 전학생 씨!"

히나타 군이 축구 시합에서 골을 넣은 사람에게 하는 것처럼 갑자기 뒤에서 안겨들었다. 당연히 버티지 못하고 그대로 넘어졌다. 온몸이 무대에 부딪혀 그 아픔으로 나는 드디어 정신을 차렸다.

멍하니 있을 수밖에 없었다. 여러 감정이 머릿속에서 넘쳐서 괜히 눈물만 마구 흘러나왔다.

갓난아기처럼 울고 있는 나를, 히나타 군이 끌어안으며 쾌재를 불렀다.

"이야 질투가 다 나네, 부러워! 이겨서 다행이야. 특별 훈련에 함께한 보답은 나중에 꼭 해 줘~ ♪"

히나타 군이 무슨 말을 하는지도 모른 채, 나는 고개를 끄덕인다. 알았어. 뭐든 해 줄게. 이 기쁨에, 행복에 지불할 수 있는 대가 같은 건 갖고 있지 않지만.

뜨겁게 달아오른 히나타 군의 피부를 느끼며, 나는 바보처럼 울었다. 눈물이 끝없이 흘러나온다. 뇌 신경이 흐트러져 왠지 패닉상태다.

하지만 그것이 기분이 좋았다. 꿈에서도 보던 기적 한복판에 있다.

"……후우, 역시 긴장했다네. 마지막의 마지막까지, 손에 땀을 쥐게 하는구먼."

레이 씨가 "그만하지 못하겠나." 하고 내게 들러붙은 히나타 군의 목덜미를 잡아 손쉽게 한 손으로 들어 올리며 쓴웃음을 짓는다. 경험을 쌓은 그에게도 상당히 간담이 서늘한 전개였는지, 안도의 한숨을 내쉬고 있었다.

그리고 내친김에 하듯, 엎드려 있는 내게 손을 내밀어 일으켜 세워 주고——.

"자네들은 아직 부족하네. 살얼음판을 걷는 듯 아슬아슬한 승리지, 하지만 승리는 승리인 게야♪"

레이 씨는 진중하게 말했다.

"축하하네."

그 말에 드디어 실감이 나기 시작했다. 꼴사납게 흐느껴 울던 내 머리를, 레이 씨는 다정하면서도 다소 거칠게 쓰다듬어 준다. 그것만으로도 고생한 보람이 있었다.

이 세상에 태어난, 보람이.

히나타 군을 흉내 낸 것도 아니었지만, 무심코 레이 씨에게 안겨들었다. 정신이 없었다. 영문을 알 수 없는 격정을, 흥분을, 전부 부딪치는 것 같은 격한 포옹이다.

이대로라면 모든 감정들로 인해 파열해 버릴 거다. 그러니 받아줬으면 했다. 안심감 그 자체인 그에게.

즐거운 듯, 레이 씨는 히나타 군과 나를 양팔로 끌어안으며 춤췄다.

때때로 죽은 사람처럼 보이는 그가, 그때만큼은 자유분방한 젊은이답게.

동물의 송곳니처럼 보이기도 하는 덧니를 보이며, 레이 씨는 만면에 미소를 짓는다.

"그리고, 고맙네. 이 학원의 시계를 움직여 달라는 본인의 소원은 이뤄졌으이. 이보다 기쁜 일은 없지, 크크크☆"

"대단원이란 느낌이지만! 우승『유닛』은 규정에 따라 앙코르 곡을 마지막으로 한 곡 더 공연할 수 있습니다!"

'너희는 대체 뭘 하는 거야.' 같은 눈으로 우릴 바라보던 나즈나 씨가── 자신의 직무를 잊지 않고 기세 좋게 이야기를 이어 간다.

"『Trickstar』여러분, 어서 나오세요!"

무대 뒤를 향해 나즈나 씨가 손짓한다. 그래, 아직 끝나지 않았다. 아이돌이라면── 마지막까지 라이브를 완수해야지. 모처럼 홈런을 쳤는데, 홈을 밟지 않고 까불기만 하면 너무 바보 같은 짓이다.

마지막 스텝까지 춰야지. 공연을 보러 와 준, 『Trickstar』를 평가하고 투표해 준, 사랑스러운 관객들을 위해서도.

나즈나 씨의 유도에 『Trickstar』멤버들이 기다렸다는 듯 달려 나온다. 아직 기운이 넘친다. 그들도 거의 울면서 웃고 있다. 그들의 모든 것이 보답받은 순간이다, 그 인생 모든 것이──.

축복하고 싶다. 함께 나누고 싶다. 나는 그러기 위해 태어난 것이다.

"관객 분들도 모두 일어서 주세요! 그들의 승리를 축하하며, 공연에 빠져봅시다! 연회의 시작입니다~! 『Ra*bits』도 얼른 무대로 올라와, 백댄서를 해 주자 ♪"

나즈나 씨가 빈틈없이 자기 아이들까지 무대로 초대하고 있다. 역사가 바뀐, 그 위업을 칭송하기 위한 축하회에. 제일 먼저 미츠루 군이 뛰어 나와 단걸음에 무대 위로 올라온다. 조금 늦게 토모야 군이 나보다도 더 울고 있는 하지메 군의 손을 다정하게 끌며 올라왔다.

마침 무대로 나온 『Trickstar』와 합류해 뒤섞여, 벌써 춤을 추기 시작했다. 행복 그 자체의, 평화로운 광경이었다.

『Trickstar』는 『Ra*bits』의 악몽을 날려 버린 것이다.

"날이 밝을 때까지 출거야~, 경사로다☆ 다행이야 다행이야, 기쁨을 나누자고~ ♪"

"그래, 『UNDEAD』도 어서 나오게나! 유우타 군도! 다 함께 쟁취한 승리니라, 함께 축하하는 것이 도리겠지 ♪"

조금 장난스럽게, 레이 씨가 자신의 동료들과 귀여운 후배를 무대로 초대한다. 부르기 전부터 이미 달려 나오고 있던 코가 군, 폭주 기미인 그 뒤에서 목줄을 잡듯 아도니스 군과 유우타 군도 따라 나온다. 조금 늦게, 자신만 나가지 않는 것도 그렇다 생각한 건지── 카오루 씨가 관객들에게 키스를 날리거나 하며 등장.

점점 동료가 늘어간다. 환성이나 박수도, 그에 맞춰 퍼지고 커져간다.

이건 본래 있을 수 없는 광경이었다. 학생회가 쌓아올린 단단한 시스템에 의해 유지되던 라이브── 드림페스에선, 모든 것이 예정조화였다.

승자는 미리 정해져 있고, 예상외의 결과는 없고, 관객이 놀라 눈을 크게 뜰 것 같은 전개는 없다. 평소와 같은 단순 작업이었다. 하지만 지금, 나는 처음으로 아이돌의 라이브를 목격한 것일지도 모른다. 영원히 기억에 남을, 하룻밤의 꿈을.

그 눈부시고도 행복한, 동화 같은 결말을.

"…………."

점점 모여드는 『UNDEAD』와 우리의 흐름에 역행하는 것처럼, 딱 한명 무대 뒤로 들어가는 사람이 있다. 뒤돌아보지도 않고, 조용히 퇴장하려 한다.

『홍월』의 리더, 케이토 씨다. 그 표정은 위치상 내게 보이지 않는다. 결코 웃고 있지는 않겠지, 그는 지금 정말로 패배했다.

그래도 한심하게 도망치는 모습은 보이지 않고, 당당하게 활보하며 사라져 간다. 그 모습은—— 패배했을 때마저 꼴사납게 흐트러질 수 없는 점은, 오히려 비애를 느끼게까지 했다.

하지만 패자를 가엾이 여기는 것만큼 염치없는 일은 없다.

"흠, 하스미 군. 어딜 가는 겐가, 후배들에게 패배하는 건 선배의 명예……. 함께 축하하자고 하는 건 너무 가혹한 일인가?"

레이 씨는 그 등에, 결정타를 날리려는 것도 아니었겠지만—— 통렬하게 단언했다.

"동정은 않겠다만, 이제부터 큰일이겠구먼 ♪"

"내가 할 말이다."

무시했어도 좋았을 텐데, 케이토 씨는 진지하게 답했다. 한순간 어깨너머로 돌아본, 그 눈동자엔 열화가 깃들어 있다. 인왕의 분노다, 아직 그의 기개는 꺾이지 않았다.

"오늘만은 물거품의 영광에 취하도록 해. ……이 이상은, 무슨 말을 하더라도 패자의 변명에 지나지 않겠지. 패자는 그저, 무대에서 사라질 뿐."

레이 씨를 상대하고 만 것이 본의가 아니었는지, 더러움을 닦는 것 같은 시늉을 하고서 케이토 씨는 빠른 걸음으로 사라져 간

다. 마지막으로 한 번, 『Trickstar』를 쏘아 죽일 듯 노려보고
서.

그는 분명 오래간만에, 패자로서 무대에서 내려간다.

"이 굴욕, 잊지 않겠다."

"바이바~이☆ 아자 이겼어~, 우리가 이긴 거야!"

들떠 있는 스바루 군이, 케이토 씨에겐 어떤 의미로 가장 굴욕
적일—— 천진난만한 몸짓으로 손을 흔들며, 몇 번이고 뛰어올
라 기쁨을 표현한다. 한바탕 퍼포먼스를 한 직후임에도, 굉장
한 기운이다.

그런 스바루 군을 상대하고 있을 여유도 없는지 그냥 방치하고
서, 호쿠토 군이 자신을 끌어안으며 어찌할 바를 몰라 하고 있다.

"믿을 수 없어. 꿈을 꾸고 있는 것 같아……. 이제야 몸이 떨
리기 시작했어."

"괜찮아? 호쿠토, 등 받쳐 줄까?"

그런 호쿠토 군의 어깨를 거리낌 없이 두드리며, 마오 군이 평
소와 달리 진지하게 이야기했다.

"넌 중요한 데서 헐렁하네. 정신 차려. 여긴 사형대로 가는 길
이 아냐. 옥좌로 가는 길이야, 우리가 이겼어."

흥분이 가라앉지 않는 무대 중앙으로, 어색하게 삐걱대는 호
쿠토 군을 잡아 유도하면서 마오 군이 걸어간다. 다른 사람들과
달리, 마오 군은 조금 복잡한 표정이다. 그렇겠지——. 그에게
는, 학생회도 동료니까.

반신을 상처투성이로 만들며, 그는 영광과 승리를 손에 넣었

다. 그 결과는 아직 누구도 모른다. 하지만 후회는 하지 않겠지, 마오 군은 당당히 앞을 바라보고 있다.

평소 같은, 이상하게 매력적인 칠칠치 못한 느낌의 미소를 짓는다.

"모처럼 이겼는데, 앙코르에서 실수하면 모양이 안 나잖아. 마지막까지 제대로 아이돌로서 역할을 다해야지?"

"저기 저기. 그래도 솔직히, 이겼을 때는 전혀 생각 안 했었는데. 한 곡 더 한다니, 무슨 곡으로 할 거야?"

누구보다도 앞서 나갔다가 움찔 놀라 모두가 있는 곳으로 돌아오는 것 같은 침착하지 못한 움직임을 하고 있던 마코토 군이, 매달리듯 동료들을 바라보고 있다.

그는 딱 봐서 들떠서 제대로 걸을 수 없는지 넘어질 뻔하는데, 그때마다 마오 군이 일으켜주고 있다. 줄이 끊어진 마리오네트 같다. 보고 있으면 조마조마하다……. 그래도 뭐, 여기서 뽐내며 의기양양해하는 것도 마코토 군답지 않다.

보통, 이런 상황에는 제정신으로 있을 수 없다. 나도 계속 울고 있으니까. 인간답게 당연한 반응을 하는 마코토 군의 존재가 『Trickstar』를 인간 세상에 머무르게 하고 있다.

아이돌이기도 하며, 고등학생이기도 한 그들의—— 현세와의 연결고리가 되어 주고 있다. 내버려 두면 우주까지 날아가 버릴 것 같은 그들을, 이 지상에 붙들어 매 주고 있다.

자신보다 허둥지둥하는 사람을 보고 반대로 냉정해졌는지, 호쿠토 군이 깨끗이 결단을 내렸다.

"그래, 신곡으로 가자. 우리 모두의 매력을 보여줄 수 있어, 지금 이 순간의 우리 마음을—— 가사가, 멜로디가 표현하고 있어. 반짝임을 퍼뜨리자. 우리다운 그 곡으로."

그 의견에는 다른 모두도 이의는 없는 것 같아, 호쿠토 군이 음향 관계 스태프와 소통하고 있는 나즈나 씨에게 다가간다. 작은 목소리로 앙코르 곡을 전하고 있다. 그런 건 사전에 제대로 정해두라는 둥 혼나고 있는 거겠지. 호쿠토 군이 몇 번이고 머리를 숙이고 있었다. 마지막까지 완벽하게는 행동할 수 없는, 갓 태어난 『Trickstar』.

하지만. 그런 그들이기에, 낡은 관습의 시스템에 경직된 유메노사키 학원을 바꿀 수 있었다. 새로운 바람이 불게 하고, 침체된 분위기를 날려 버렸다.

"……전학생도 내려가지 말고 그대로 중앙에 있어 줘. 이 반짝임의 중심에서, 웃어줬으면 좋겠어."

서서히 승리했단 실감이 올라와 영화라도 보는 것처럼 모두를 바라보고 있던 내게, 돌아온 호쿠토 군이 속삭여주었다. 내 교복 옷깃을 잡아 도망치지 못하게 하면서.

괜찮아. 옆에 있을게, 너희가 그걸 허락해 주는 한.

"그럼 가 볼까~. 앙코르 고마워! 투표해 줘서 고마워, 축하해 줘서 고마워☆"

마침 흐르기 시작한 음악에 맞춰, 스바루 군이 즐거운 듯 외친다. 이럴 때 솔선해 움직이는 건 언제나 그다. 우리의, 일등성.

"아무리 감사해도 모자랄 정도야! 너희의 웃음과 성원이,

우리 앞길을 밝혀 줬어! 감사의 마음을 담아 부를게, 『ONLY YOUR STARS』!"

신곡의 이름을, 드높이 입에 담는다. 오늘을 위해 몇 번이고 들었기에, 이미 언제든 내 머릿속에서 흐르는 곡이다. 대부분의 관객에게는 아직 익숙하지 않겠지만, 언젠가 귀에 딱 달라붙어 떨어지지 않을 정도로 빠져들게 될 거다.

경쾌하고 즐겁고, 행복하고, 꿈과 희망에 넘치는——.

아니, 그런 청춘을 바란 남자애들의 혁명가다.

"환성과 노랫소리로, 우리의 영혼으로, 온 세상을 반짝임으로 채우자!"

너무나 짧은 인트로 직후, 갑자기 노래가 시작된다. 더는 기다릴 수 없다, 빨리 부르고 싶다. ——고등학생이자 아이돌인 그들의, 있는 그대로의 마음을 담아.

그렇기에 가슴을 울리게 하는, 빛나는 보석 같은 노랫소리를.

"오늘 정말로 고마웠어~! 모두 모두 사랑해 ♪"

사랑을 외치고서, 스바루 군이 노래한다. 호쿠토 군도, 마오 군도 마코토 군도, 주변에 모인 아이돌들도—— 관객도, 꽃이 피는 것 같은 최고의 미소로.

아아, 만족스럽다. 멋져. 더는 눈물로 앞이 보이지 않아. 이대로 끝나는 게 아쉬울 정도로, 행복한 광경이었다. 사랑과 희망과, 반짝반짝한 꿈이 넘쳐흐르고 있었다.

이것이 동화였다면, 오래오래 행복하게 살았습니다, 라는 마침표를 찍고 끝낼 수 있었겠지만.

한밤중의 유메노사키 학원은 필사적으로 싸우던 자들이 농성이 끝난 후 탈출했거나 해방됐거나, 혹은 전멸한 것처럼 고요하다. 『S1』을 관전하기 위해 모여 있던 관객들은, 학생들을 포함해 이미 귀갓길에 올랐다.

아직 멀리서는 흥분이 가라앉지 않은 사람들의 목소리가, 유메노사키 학원 가까이에 있는 바다의 파도 소리에 섞여 메아리치고 있다. 그런 소리와 목소리도 이윽고 멀어져, 적막에 싸인 무음이 된다.

하교 완료 시각은 이미 오래전에 지나, 교내는 소등된 상태다. 왕후귀족이 사는 곳 같은 학생회실에만 불이 켜져 있다. 그곳에, 자결을 기다리는 패군 장병들 같은 고통스러운 표정의 학생회 임원들이 모여―― 끝없는 사후처리에 쫓기고 있었다.

서류를 넘기거나 펜을 움직이는 소리만이 이따금 들리는 정도로, 대화는 없다. 당연할 것이다. 오늘―― 학생회가 쌓아올린 큰 바위처럼 단단한 시스템에 균열이 생겨, 그들의 권위에는 금이 갔다. 제국은 낙양을 맞이하려 하고 있었다.

이럴 때 들떠서 바보 같은 소리를 하고 있다면, 그들의 인간성이 의심된다. 하지만 패배로 마음이 꺾인 모습도 없이, 담담하게 일상 업무를 처리하고 있다. 분노와 역정, 패배감과 후회에 속이 불타면서도, 그들은 착실하게 자신들의 패전을 기록하고 방대한 뒤처리를 하고 있었다.

치욕스러울 것이다, 나는 주제넘게 상상할 수도 없다. 실제로, 당분간 학생회 사람과는 얼굴을 마주치고 싶지 않을 정도다. ——어떤 표정으로 봐야 할지 모르겠다.

우리는 비열한 기습에 나서 감쪽같이 적군의 머리를 베어 개선했다. 적어도 더는 아무 말 않고 그들의 건투를 칭찬하며, 내일에 대비할 수밖에 없다.

하지만 우리 중 한 사람만이—— 오늘을 어제로 만들고 얼른 철수할 수도 없는 입장에 있다. 학생회 임원, 회계 이사라 마오 군이다.

"실례하겠습니다."

환기를 위해서인지 열려있는 학생회실 입구에서 똑바로 걸어 들어가 마오 군은 작게 머리를 숙인다. 대답은 없었지만 예의바르게 늦은 이유를 설명했다.

"늦어서 죄송합니다. 역시 드림페스 직후엔 지쳐서, 조금 쉬지 않으면 움직일 수가 없더라고요. 할 일 없나요? 뭐든지 괜찮은데~?"

그다운 붙임성 좋은 모습으로, 활짝 웃으며 말을 걸었지만——.

역시, 대답은 없었다. 아플 정도의 침묵이 공간을 채우고 있다.

(으, 분위기가 무거워!)

아무리 마오 군이라도 두려워져, 그 이상은 목소리도 내지 못했다.

(당연하겠지. 조금 전 끝난 드림페스로 학생회의 권위에 금이

갔어. 얼굴에 침을 맞은 거야, 태연히 있는 게 오히려 이상하지.)

볼을 긁고서, 마오 군은 일단 자신의 책상으로 향하려는 건지, 모두를 자극하지 않도록 발소리가 나지 않게 천천히 걸었다. 장례식에서 향이라도 올리는 것 같다. 쨍쨍 내리쬐는 긴장감에, 마오 군은 바짝 말라가고 있다.

(뭐랄까, 다른 사람 일 같지만. 난 당사자고 배신자야, 믿음을 이용해 학생회에게 반기를 들었어. 얻어맞는 정도로 끝나면 좋겠지만── 어떤 처벌을 받을지 두려운걸~? 오히려 욕이라도 해 주는 게 마음이 편한데 다들 아무 말도 없고!)

실내에는 교복으로 갈아입고 담담히 서류를 처리하고 있는 케이토 씨, 토라진 표정으로 책상에 턱을 괴고 고개를 돌린 학생회 서기── 히메미야 토리 군 외에 몇 명이 있다. 하지만 누구도 마오 군에게 반응하지 않는다. 중앙에서 다소 떨어진 위치에 있는 사무용 책상에서 무표정인 채 움직이지 않는 케이토 씨를 걱정스러운 듯 보고 있다.

케이토 씨가 어떠한 반응을 보일 때까지, 다른 사람들도 태도를 정하기 힘든 거겠지. 뼛속까지 학생회의 지배가 침투된, 아니 권위 그 자체인 그들에게 오늘 일은 예상외였을 것이다. 상상도 하지 못했을 사태를 앞에 두고, 움직일 수 없다.

그들의 성은 함락당한 것이다. 승자인 『Trickstar』에게 빌붙어 종속될지, 아니면 학생회에 의리를 지켜 충절을 맹세해야 할지, 관여하지 않고 제삼자로서 사태를 보내야 할지── 정답이, 안심하고 생각을 멈출 지침이 없어서 멍하니 있다.

유일하게, 조금 침착하지 못하게 볼펜을 손끝으로 돌리고 있던 토리 군이 마오 군을 어린아이다운 순수한 눈길로 바라보고 있다.

【용왕전】에서 스턴건을 휘두르며 악동처럼 날뛰던 것이 거짓말인 것처럼, 지금의 토리 군은 기운이 없다. 학생회의 권위를 등에 업고 날뛰던 그에게, 오늘 일은 의존하던 모든 것이 무너져버리는 것 같은 충격이었겠지.

화내고 있기보다는, 그저 이해할 수 없다는 표정으로 자꾸 고개를 갸웃거린다. 눈앞에서 소중한 사람이 죽어버린 가여운 피해자처럼 보이기도 했다.

가만히 있으니, 토리 군은 예술품처럼 아름답다. 소중히 키워지고 사랑받아 온 거겠지. 미성숙하면서도 얼룩도 일그러짐도 없는 미모. 공주님처럼 고운 복숭아색 머리칼. 신비한 조형의 봉제인형이, 마치 주인을 걱정하는 것처럼 토리 군을 올려다보는 각도로 교복 주머니에서 늘어져 있다.

그 인형을 무의식적으로 쓰다듬으며, 토리 군은 의문과 분노의 화살을 돌릴 곳을 드디어 찾아 오히려 안심했는지, 마오 군을 소름이 끼칠 정도로 무구한 눈동자로 노려보았다.

그렇게 감정을 드러내주는 게 마음이 편하겠지, 마오 군은 쑥스러워 하며 토리 군에게 감사하는 것처럼 미소 지어 보인다. 토리 군은 움찔 놀라, 시선을 뗐다.

('책임'은 확실히 져야겠지. 내가 『Trickstar』에게 전면적으로 협력해서, 함께 혁명을 일으켰다는 건 틀림없는 사실인걸.)

마오 군은 한숨을 쉬고 자신의 책상 앞에 앉는다. 정면에 토리 군, 바로 옆에 케이토 씨라는, 생각하는 것만으로도 내장이 뒤틀릴 것 같은 위치다.

(그래도 하다못해, 내게만 비난이 집중되도록 얼버무려야겠지.)

그만큼 그는 학생회에서도 중요하고 높은 지위에 있었다. 부회장인 케이토 씨의 바로 옆, 말하자면 심복이 있어야 할 위치에. 신뢰를 받고 임명됐다.

하지만 그는 학생회를 통렬하게 배신했다.

시대에 따라선 돌을 맞아 벌을 받고, 처형당해도 이상하지 않다. 목숨까지는 빼앗지 않더라도, 그만한 욕설과 아픔에 괴로워했을 것이다.

그래도 마오 군은, 그걸 자신이 받을 것을 선택했다.

(내가 책임을 지는 걸로, 『Trickstar』가 처벌을 면할 수 있게……. 녀석들은 '앞으로'가 중요해. 학원을 바꿔 나가는 지금이 가장 중요한 시기야.)

동료들을 떠올리며 힘으로 바꿔, 마오 군은 현실과 마주하고 있다. 강하고 상냥하고 현명한 그는, 얼마든지 피할 수 있었을 텐데── 굳이 수난의 길을 선택했다.

골고다
슬픔의 언덕을 오르는, 구세주처럼.

다가올 신세계를 위해, 희생양이 되려 하고 있었다.

(내가 녀석들의 방패가 되어야 해. 그러기 위해서 나는 학생회와 『Trickstar』사이에 있는 거야. 손해 보는 역할 같지만, 내가 원해서 된 거야.)

지옥의 형벌 같은 스트레스와 악의, 분노를 맞으면서도——마오 군은 그것들을 자신이 받아내기 위해, 도망치지 않고 여기에 왔다.

칭찬해야 마땅할, 용기 있는 행동이었다.

무기를 손에 들고 서로 죽이는 것보다 훨씬 고통스럽고 답답한 싸움을, 그는 계속하고 있다.

(녀석들만이라도, 앞을 보고 걸어주지 않으면……. 죽어도 편히 눈을 감을 수가 없어. 배신자의 오명을 쓰고서 협력한 보람이 없어.)

각오를 굳히고, 마오 군은 전신에 활기를 불어넣는다.

(시작했으면 끝까지 가야지.)

"이사라. 뭘 '멍하니' 있나, 사무 작업을 해 줘."

이 장소에 있는 것만으로도 정신력을 소모해 한계인 마오 군에게, 마치 도움을 주는 것처럼 케이토 씨가 말을 걸었다. 답답하던 공기가 순식간에 이완된다.

"평소처럼 드림페스의 사후처리도 있지만……. 이번엔 돌발 상황이 많아, 뒤처리가 끝나지 않는다. 처리를 위해 네 능력이 필요해."

감정을 담지 않은, 하지만 가시 돋친 것은 없는── 온화한 말투다.

"밤샘도 각오해 둬. 이번 건에 관한 네 처분은 나중에 전달하겠다."

미소마저 지으며, 케이토 씨는 아마 평소대로의 태도로 말한다.

"그렇다고 해도, 넌 규칙 위반을 한 건 아니다. 소속된 『유닛』을 위해 전력을 다해, 훌륭한 라이브 퍼포먼스를 보였어."

다른 학생회 멤버들에게 굳이 들려주는 것처럼, 라이브 직후임에도 다소 강하게 목소리를 내고 있다. 알기 힘들지만, 그것은 마오 군에 대한 케이토 씨의 배려다.

"아이돌의 귀감이다. 너는 유메노사키 학원 학생으로서 당연한 일을 했을 뿐이야. 군이 처벌할 생각은 없다, 설교 정도로 끝내주지."

오히려 칭찬하는 듯한 말이다. 케이토 씨는 곤란하니 도와달라 말하는 것 같은 태도로── 마오 군의 체면을 세워주는 것 같아 보이기도 하는 말을 한다.

덕분에 상당히 호흡하기 쉬워진 건지 깊이 숨을 들이쉬는 마오 군에게, 아까까지 우리의 최대 적이었던 케이토 씨는── 마오 군의 동료로서 말했다.

"그러니 지금은, 학생회 임원으로서 해야 할 일을 해 주길 바란다."

그 말과 태도에, 마오 군은 얼마나 구원받았을까.

잠시 반응하지 못했지만, 곧바로 의도를 알아채고—— 마오 군은 쓴웃음을 지었다.

배신자, 적이라 규탄받을 각오는 하고 있었지만 설마 이렇게 받아들여질 거란 생각은 하지 않았겠지. 케이토 씨는 우리가 생각하던 것보다도 훨씬 공평하고, 성실해서, 쉽게 화를 낼 정도로 어리석은 사람은 아니었다.

큰 인물인 것이다. 지금까지 유메노사키 학원의 질서를 유지해 온 부회장은.

"······상당히 후한 조치네요. 학생회에서 제명, 아니 학원에서 쫓겨날 것도 각오하고 있었는데요?"

"학생을 퇴학시킬 권한은 내게 없다. 그리고 공과 사는 구분하는 주의다."

마오 군이 위험한 발언을 했지만, 케이토 씨는 여유롭게 흘려보냈다.

"이번 일은 확실히 괘씸하긴 하지만······. 개인적 원한을 해소하기 위해 학생회 권력을 이용하는 건 공정하지 않아. 모든 건 『Trickstar』를 과소평가하고, 자만했던 내 잘못이다. 처벌을 받아야 할 사람은 오히려 나야. 내 자신이 한심스럽군, 학생회의 위신에 먹칠을 하고 말았어."

아마 본심에서 나온 말이겠지, 케이토 씨는 오히려 자신에게

벌을 내려 달라는 것처럼, 웬일로 몸을 내던지듯 책상에 턱을 괴었다. 다른 한 손으로는 얼굴을 가리고, 깊이 한숨을 내쉬고 있다.

태도는 어른스럽지만, 역시 대미지를 받았겠지. 목소리에는 괴로움과, 피로가 담겨 있다. 우리는 그를 상처 입히고 짓밟아, 쌓아 올려온 것들을 엉망으로 만들었다.

"학생회장을…… 에이치를, 볼 면목이 없어."

케이토 씨는 강하다. 곧바로 얼굴을 가리고 있던 손을 뿌리치듯 떼어내고서, 다시 서류 작업에 임한다. 안경을 벗어 한 번 눈가를 주물러, 눈물을 닦는 듯한 시늉을 했다.

"더 이상, 푸념하게 하지 마라. 한심해서 어쩔 수가 없어."

하지만 실제로는 울고 있지 않다, 금방 마음을 바꿔―― 해야 할 일을 한다. 몸을 똑바로 펴고, 산더미 같은 서류 중 일부를 마오 군의 책상으로 이동시킨다.

과도하게 많은 일을 떠넘기는 것도 하지 않는다, 분명 마오 군이 처리할 수 있는 적절한 분량과 내용이겠지. 화풀이하는 일도 없이, 케이토 씨는 담담하게 말했다.

"일을 해라, 이사라. 지금 내가 네게 할 수 있는 말은 그것뿐이다."

"으으~! 물러 터졌잖아요, 부회장, 믿을 수가 없어!"

몰래 상황을 지켜보고 있던 토리 군이 느닷없이 소리쳤다. 머리를 움켜쥐고, 발을 동동 구르고 나서 마오 군을 마구 삿대질하며 외친다.

"제길, 이 배신자~! 공개 처형해 줄 거야, 팬티 바람으로 교문에 매달아서 크게 망신당하게 만들어 줄 거야~!"

"됐으니 일을 해라, 히메미야. ……이사라의 처우를 결정할 권한은 네게 없다."

엄청난 소릴 하는 토리 군을 오히려 흐뭇하다는 듯 보고, 케이토 씨는 잔소리를 늘어놓았다. 오히려 자신이 혼난 것이 납득이 가지 않았겠지. ──토리 군은 얼굴을 새빨갛게 붉히며, 떼쓰는 아이처럼 날뛰고 있다.

"크아앗, 짜증나~! 착한 아이인 척하고 말이야? 싫어싫어싫어. 난 지는 것도 바보 취급 당하는 것도 정말 싫다고! 이럴 줄 알았으면 억지로라도 도중에 드림페스를 중단시킬 걸 그랬어~!"

"그거야말로, 대대로 수치로 남을 겁니다."

갑자기 묵직한 액체가 떨어지는 것 같은, 기묘하고도 깊은 목소리가 울렸다.

"드림페스를 중단시키면, 학생회가 지는 게 싫어 도망갔다는 게 되어서……. 정정당당하게 싸워 지는 것보다, 명성을 더욱 실추시키는 결과가 됐을 테죠."

토리 군 바로 옆에, 그 신비한 인물은 어느새 앉아 있다. 아니, 처음부터 그곳에 있었겠지만── 너무나도 자연스레 녹아들어 있어, 목소리를 낼 때까지 누구도 의식하지 못한 것 같았다.

자신의 기척과 존재감을 지우고, 그는 그림자처럼 토리 군 옆에 대기하고 있었다.

" '만약에, 혹시' 같은 가정 이야기를 하는 건 건설적이지 않습니다. 제가 도와드릴 테니, 산적한 일을 먼저 끝내시는 게 어떻겠습니까…… 도련님?"

지극히 정중하면서도, 반론하지 못하게 만드는 박력 있는 목소리다. 혼내고 있다기보다는, 아무것도 모르는 어린아이에게 상식을 설명하는 것 같은 말투다. 왠지 거역할 수 없는 울림.

공손히 이야기하고 있는 건, 집사 같은 분위기의 미청년이다.

혈통서가 있는 사냥개처럼 말끔히 손질된 짧은 머리칼. 눈가에 떠오른 매력적인 눈물점. 가면 같은, 온기가 없는 미소.

역시 제대로 훈련받은 사냥개나 군인처럼 단단한 체구. 온화한 언동으로, 교복을 입고 있지 않으면 동년배로는 보이지 않는다.

세련된 가구처럼 아름답지만 경관을 방해하지 않는 독특한 존재감. 그는 부호의 자제인 토리 군을 모시는 사용인── 현대사회에서는 보기 힘든 진짜 집사다.

나와도 면식이 있으며, 이름도 파악하고 있다. 그의 이름은 후시미 유즈루. 아무래도 그가 모시는 토리 군을 따라, 일부러 유메노사키 학원에 전학을 온 것 같다── 즉, 나와 같은 전학생 입장이다. 나보다 훨씬 잘 적응하고 있단 느낌이 들 정도로 침착한 모습.

마오 군이 이제야 그가 있다는 것을 알아챈 것처럼, 다소 눈을 동그랗게 뜨며 말을 건다.

"……후시미. 오늘도 히메미야를 돌보고 있는 거야? 고생이 많네."

"네, 그게 제 사명이니까요."

생긋 웃어 답하며, 유즈루 군은 옆에 앉은 토리 군에게 질책을 날렸다.

"자 도련님, 틀린 글자가 있습니다. 집중해 주세요."

"으아악. 시끄러워, 노예 주제에~! 내가 하는 일을 지적하지 마. 내 말에 무조건 복종하라고~!"

배신자인 마오 군보다 어째서인지 자신이 혼나고 있는 이 상황에 당황했겠지. 토리 군이 스트레스 발산인지 유즈루 군의 어깨를 퍽퍽 때렸다.

"보기만 하지 말고, 적어도 서류 작업을 도와달란 말이야~! 귀찮으니까!"

"그렇게 말씀하셔도, 저는 학생회 소속이 아니기에……. 서류 등을 만질 수는 없겠지요."

오히려 기분이 좋다는 듯 주인의 화풀이를 받으며, 유즈루 군은 한숨을 내쉬었다.

"이 자리에 있는 것조차, 본래는 허가받지 못할 일입니다. 부회장님의 배려로 특별히 허가를 받은 것이니까요?"

"아무튼. 모두에게 차를 내어드리겠습니다 ♪"

찰싹찰싹 계속 맞는 것이 싫어졌는지, 유즈루 군이 우아하게 일어서 구석으로 향했다. 그곳엔 어째서인지, 상당히 본격적인

다기(茶器)가 마련되어 있다. 비싸 보이는 찻잎이 든 캔. 티포트에 컵. 색색의 다과까지 있다.

어딘가 들뜬 모습으로 그것을 바라보고 있는 집사—— 유즈루 군에게 토리 군이 볼펜을 던졌지만. 화려하게 캐치한다.

"차는 됐으니 서류 일을 해, 그리고 지금이라도 늦지 않았으니 『Trickstar』라는 녀석들을 모조리 죽이고 와!"

목을 베는 시늉을 하며, 토리 군이 거의 울상이 되어 소리쳐 댔다.

"먼저 이사라부터 해치워 버려! 잔인하게 죽여 버려~!"

그런 주인의 명령에, 유즈루 군은 곤란하다는 표정으로 마오 군에게 머리를 숙였다.

폭언을 쏟아내며.

"죄송합니다, 이사라 님. 저희 꼬맹이가 무례한 소리만 해서."

"괜찮아, 히메미야는 항상 이런 느낌이니까⋯⋯. 너야말로, 이런 꼬맹이 상대를 매일 해야 하니 힘들겠는걸?"

동정적인 마오 군의 발언에 더욱 짜증이 났는지, 아니면 자신의 말을 듣지 않는 집사에게 화가 났는지, 토리 군이 머리를 쥐어뜯으며 격노했다.

"지금 '꼬맹이'라 그랬지!? 넌 날 '주인님'이라 생각하지 않는 거구나, 노예 주제에~! 더 공경해! 우러러보라고!"

"저는 노예가 아닙니다, 도련님의 감시역이지요."

억지를 부리는 토리 군을, 익숙한지 여유롭게 흘려 넘기고 유즈루 군은 케이토 씨를 향해 걸어간다. 재빠르게 차 준비를 끝내, 날라주고 있다.

"부회장님, 차 한 잔 어떠십니까?"

"고맙군. 기왕 온 김에 기밀사항에 저촉되지 않는 범위에서, 너도 일을 도와줬으면 좋겠다."

이미 시간은 심야다. 피로도 있고 졸리기에 카페인을 섭취하고 싶었던 건지—— 케이토 씨는 기쁜 듯 찻잔을 바라본다. 따뜻한 기운의 영향으로 그 안경에 김이 서려 있다.

그리고 차의 답례인 것처럼, 서류다발을 유즈루 군에게 내밀었다.

"후시미, 솔직히 히메미야를 학생회 임원으로 임명한 건 네가 옵션으로 따라오기에……라는 점도 크다. 오히려, 우수한 네가 왜 히메미야의 부하 같은 위치에 머물고 있는지 신기할 정도야."

"황송합니다. 다만, 너무 주제넘게 나서면 도련님이 기분이 상하실 테니……. 세 발짝 정도 물러나, 돕도록 하지요."

"음. 네가 도와준다면 생각보다 빨리 끝낼 수 있을지도 모르겠어."

부드럽게 응대하는 유즈루 군에게 쓴웃음을 지으며, 케이토 씨는 어깨에서 힘을 뺐다. 차와 편안한 대화가 긴장해 있던 학생회실 분위기를 부드럽게 풀어 나간다.

무심코 차를 흘려 서류를 망치는 일이 없도록 하려는 듯, 차를 마시는 것에만 집중하려는지 케이토 씨는 산처럼 쌓인 서류를 조금 옆으로 밀어둔다.

잠시 휴식, 같은 태도다. 지쳤을 땐 달달한 음식도 당긴다, 잼

이 올라간 스콘 등을 우아하게 먹고 있었다.

"이사라도, 마음이 편치 않았을 텐데⋯⋯. 학생회실에 얼굴을 비춘 그 배짱과, 예절을 평가하지. 역시 넌 학생회에 필요한 인재야, 앞으로도 열심히 임해 주길 바란다."

덤으로 답답한 분위기를 완전히 지우고 싶은 건지, 마오 군에 대한 학생회의── 아니, 케이토 씨의 판결을 표명한다. 아마, 마오 군이 필요 이상 죄악감을 끌어안지 않도록 배려하며, 깨끗이 자신의 패배를 인정하고, 쓸데없는 상처 자국이 남지 않게 하기 위해 조치한 것이다.

"학생회와 『Trickstar』중 어느 쪽을 택할지, 우선할지는 네게 달렸다. 그 위치가 앞으로 계속 널 괴롭게 만들겠지. 그걸 너에 대한 벌로 대신하고 매듭을 짓도록 하자."

"⋯⋯그렇네요, 정말 무거운 벌이에요."

그런 케이토 씨의 생각을 확실히 이해하고── 마오 군은 웃었다. 역시 다소 어색하지만, 그래도 마오 군다운 미소였다.

외유내강. 유연해서 무슨 일이 있더라도 꺾이지 않는다.

정말로── 마오 군다운, 애처로울 정도로 인간적인 미소다. 아픔을 느끼지 않는 건 아니다, 상처를 자각하고 있지 않은 것도 아니다, 그래도 마오 군은 웃는 것이다.

모두 이해하고 받아들여, 그래도 웃을 수밖에 없다. 그것이 그가 받을 벌이었다. 어떤 의미로 가장 잔혹한 운명이었다. 하다 못해 꼴사납게 욕을 먹고, 미움받아 쫓겨나서 완전히 학생회와의 관계를 잃었으면── 조금은 무거운 짐도 덜었을 테지만.

"그래도, 고맙습니다. 부회장."

"고맙다는 말을 들을 일은 하지 않았다."

그런 마오 군을 오히려 걱정스러운 듯 바라보며, 케이토 씨도 미소 지었다.

"다음엔 절대로 지지 않겠다, 그것만 명심해 둬라."

학생회실이 온화한 분위기에 휩싸인다. 차에서 나오는 향긋한 냄새와 다과의 달콤한 향에 적당히 이완된 분위기에, 한순간 균열이 생겼다.

갑자기 나락으로 떨어트리는 것 같은, 몹시도 무겁고도 위압적인 목소리다.

"연예계에, '다음' 이란 건 없습니다."

"……쿠누기 선생님."

뺨을 맞은 듯, 케이토 씨가 깜짝 놀라 얼굴을 들었다. 그 시선이 닿는 곳── 열린 학생회실 출입구에 누군가가 서 있었다. 언제부터 거기에 있었는지, 아이들의 대화를 웃기는 쇼로 단정하고 웃어넘기는 듯한, 깔보는 듯한 태도다.

키 큰 남성이다. 음악가, 다시 말해 예술가 같은 독특한 미의식으로 만들어진 곱슬머리. 눈매를 날카롭게 보이게 하는 예리하게 경사진 안경. 그 안에서 보이는 고가로 거래되는 보석 같은 보랏빛 눈동자. 체형에 맞는 단정한 양복 차림.

무시무시한 기백을 느끼게 할 정도의 미형이다. 해가 지날 때마다 가치가 커지는 골동품 같은. 차가운 인상이 드는 안경 미인. 어딘가 케이토 씨와 느낌은 닮아 있지만, 이 인물에 비하면 케이토 씨에게도 어딘가 앳된 모습이—— 미완성된 부분이 엿보인다.

나이를 먹어 가며 서서히 다듬어졌으리라 예상되는, 더할 나위 없는 아름다움. 미숙한 아이들에 비해, 여백이 없는 만큼 농후하게 쌓아온 인생의 연륜이 있다.

그는 어른이다. 교복을 입지 않은 것으로 알 수 있듯, 그는 유메노사키 학원의 학생이 아니다. 나도 면식이 있는—— 아니 몇 번인가 수업을 들은 적 있는, 이 아이돌 양성학교의 교사 중 한 명이다.

풀네임은 분명, 쿠누기 아키오미.

성악 수업을 담당하고 있는, 엄격하고—— 왠지 무서운 선생님이다.

"당신에겐 실망했습니다, 하스미 군. 당신은 좀 더 우수한 인재일 거라 생각했는데. 뭐죠, 그 꼴은?"

"……뭐라 드릴 말씀이 없습니다."

설교라기보다 평범하게 처벌하고 있는 것 같은, 오히려 뺨을 후려갈기는 듯한 쿠누기 선생님의 발언에—— 케이토 씨는 항변하지 않는다. 조용히 받아들이며 분한 듯 고개를 떨군다.

그 모습을 차가운 시선으로 바라보면서도, 쿠누기 선생님은 담담히 용건을 설명했다.

"흥. 아무튼, 너무 늦게 남아 있어도 곤란합니다. 학생회 고문인 제게는 감독 책임이 있습니다. 되도록 빨리 돌아가고 싶으니 얼른 업무를 정리해 주세요."

대답을 기다리지 않고 일방적으로—— 그는 간단히 말했다.

"아니면, 이번 일을 제가 직접 모두 처리할까요?"

"아뇨, 선생님을 번거롭게 할 순 없습니다. 이 뒤처리는 제가 책임지고 수습하겠습니다."

"'책임'인가요. 함부로 그런 말을 입에 올려선 안 됩니다."

케이토 씨가 필사적으로 짜낸 것 같은 말에, 쿠누기 선생님은 코웃음 쳤다.

"실패해도 잘못을 빌면 용서받는다. 아무리 넘어져 진흙투성이가 되더라도 태연하게 있을 수 있다. 깨끗이 씻어내고, 새로운 '꼬까옷'을 입고 다시 걸어갈 수 있다."

도발하는 것도, 짓궂게 말하는 것도 아니다.

완전히 깔보고 있는 것 같은, 거리나 깊은 골을 느끼게 하는 말투로—— 쿠누기 선생님은 말했다.

"좋겠군요, 하스미 군은. '다음'이 있는 어린애라서."

너무도 심한 발언에, 케이토 씨는 더 대답할 수 없었다. 그저 굴욕과, 분노를 삼키고 있다. 모처럼 평화로운 분위기가 돌아올 것 같던 학생회실에 먹구름이 자욱이 낀다. 답답한 침묵이, 잠시 공간을 지배했다.

그것에 개의치 않고, 쿠누기 선생님은 파리라도 쫓아내듯 손을 흔드는 시늉을 했다.

"그럼 일이 끝나면 철수하세요. 전 교무실에서 대기하고 있겠지만, 문제가 없다면 보고는 하지 않아도 됩니다. 다른 학생들도, 되도록 빨리 마무리하고 귀가하세요."

할 말만 하고, 그대로 발길을 돌린다.

뒤돌아보지도 않고, 실내에 있는 전원을—— 납작 짓눌러버릴 정도의 압력을 담아 내뱉었다.

"굼뜬 사람은, 질색입니다."

"말씀, 감사합니다."

자리를 뜨는 쿠누기 선생님께, 그래도 케이토 씨는 예의를 다했다.

"고생하셨습니다, 선생님."

머리 숙여 인사까지 했지만, 쿠누기 선생님은 전혀 반응하지 않고 그대로 어두운 복도 속으로 사라진다. 발소리가, 서서히 멀어져 갔다.

"……우와아, 뭐야 저 태도는?"

쿠누기 선생님의 기척이 완전히 사라지는 걸 기다리고 나서, 토리 군이 얼굴을 찌푸리며 중얼거렸다.

"여전히 인상 나쁘네~. 고문이 뭐라고 저렇게 건방지담! 머리 확 다 까져버려라!"

"신경 쓸 것 없다. 입보다 손을 움직여라, 히메미야."

케이토 씨도 역시 냉정함을 유지할 순 없는 것 같지만, 분을 삭이고 눈앞에 아직 산처럼 쌓여 있는 서류에 손을 뻗는다. 하지만 그도 자신의 마음을 완전히 제어할 수 있을 정도로 어른은 아니다, 무심코 손에 힘을 실어 서류가 '구깃구깃' 해질 정도로 꽉 쥐고 있었다.

그 행동에 부끄러운 듯 몇 번인가 눈을 깜빡이고, 케이토 씨는 신음했다.

"모두, 이번 사태를 미연에 방지하지 못한……. 아니, 패배한 우리 잘못이야. 무슨 소리를 들어도 할 말이 없다."

자기 자신에게 말하는 것처럼, 잡념을 떨치기 위해 염불을 외우는 것처럼—— 낮은 목소리로 신음하고 있다. 차라리 토리 군처럼, 솔직하게 분노를 표현할 수 있다면 편했겠지만.

부하들 앞에서 흐트러져 추태를 보일 순 없다.

갈 곳 없는 분노를 끌어안은 채 케이토 씨는 몸을 떤다.

"패자의 푸념과 넋두리는 누구에게도 닿지 않아. 이 오명을 씻기 위해선, 승리하는 것 외엔 방법이 없다. 이겨서, 모든 걸 되찾는 거다. 학생회의 위신도, 질서도 모두."

천장을 올려다보며, 케이토 씨는 부처님이나 천사에게 참회하는 것처럼 말했다.

"승리하면, 모든 게 해결된다."

조금 전까지 격전이 벌어졌던 '강당' 바로 옆.

유메노사키 학원의, 넓디넓은 운동장이다.

나와 학생회실로 향한 마오 군을 제외한 『Trickstar』 멤버들은 서로 어깨를 맞대고 비틀거리며 걷고 있었다. 집으로 향하는 길이다. 역시 피로와 염원을 이룬 성취감으로 긴장이 풀렸는지 다리에 뼈가 없는 것처럼 잘 걷지 못하고 움직임은 느릿느릿하다.

이런 상태로 가다간, 아침이 올 때까지 집에 도착하지 못할지도 모른다.

"아으~……."

별이 가득한 하늘 아래, 축 늘어진 스바루 군이 아기 같은 소리를 낸다. 무대 위에선 오히려 걱정될 정도로 기운 넘치게 돌아다니고 있었는데—— 역시 그도 인간일 터, 슬슬 체력이 다했을 것이다.

"괜찮아? 아케호시. 별일이군, 네가 뻗다니."

자신도 지쳤을 텐데, 호쿠토 군이 비틀거리는 스바루 군에게 살짝 손을 뻗는다. 그리고 자기 쪽으로 끌어당겼다.

"어깨 잡아줄 테니 제대로 걸어. 모든 체중을 싣지는 마, 나도 온몸이 피로와 근육통으로 '기진맥진' 상태야."

"으으……몰랐어, 모든 에너지를 다 써버리고 나면 손 하나 까딱할 수 없게 되는구나! 새로운 발견이야, 어메이징☆"

"'어메이징'이라 하지 마. 싫어하는 말이야."

잘 알 수 없는 말을 주고받으며 걷는 두 사람의 뒤를, 나와 마코토 군이 나란히 쫓는다. 나는 기본적으로 관객으로서 지켜보고 있었던 것뿐이지만—— 긴장을 놓으면 의식이 날아갈 것 같다. 쓰러질 뻔했지만 마코토 군이 잽싸게 잡아 주었다.

하지만 이성과 접촉하는 데 저항감이 있는지, 바로 놓아 버린다. 이제 와서 여자애 취급해 주지 않아도 괜찮은데……. 그래도 뭐, 격전을 돌파한 직후의 그들에게 너무 의지하는 것도 좋지 않다. 정신 차리고, 내 발로 걸었다.

그런 내 뒤에서 다소 천천히 걸으며, 마코토 군이 어딘가 부러운 듯 중얼거렸다.

"아하하. 오히려 에너지를 모두 '끝까지' 쓸 수 있다는 것도 대단하네, 연비가 좋은 걸까? 앙코르 끝나고 퇴장하자마자 그대로 옆으로 꽈당 쓰러졌는걸. 진짜 놀랐어~. 갑자기 죽어버린 줄 알았단 말이야!"

"응, 전학생이 병량환과 물을 안 줬으면 정말 죽었을지도. 아~ 완전히 소모했네~. 모든 힘을 다 썼어, 더는 흔들어도 아무것도 안 나와!"

목소리만큼은 기운차게 변함없이 호쿠토 군에게 달라붙은 상태로── 스바루 군이 평소보다 약하게 웃고 있다. 가혹했던 라이브 직후, 나는 그들에게 체력 보충용 음식을 전달하거나 마사지 등을 했다. 그걸 통해 최소한의 활력을 회복해 준 것 같다.

조금은, 도움이 됐을까.

오늘, 우리는 유메노사키 학원 역사에 남을 위업을 달성했다. 내일부터 어떻게 될지, 전혀 예상이 가질 않는다. 이 절정감을 만끽한 채, 영원히 행복한 꿈속에 빠져 지내고 싶다는 마음이 들지만── 내일은 가차 없이 다가온다.

그러니 미래에 대비해 얼른 돌아가 쉬어야 한다.

"나도 그래. 특별 훈련으로 상당히 단련했다고 생각했지만, 결국은 벼락치기였나 봐. 다리에 감각이 없어, 목도 다 쉬었고. 뭐, 라이브 도중에 쓰러지지 않은 것만으로도 잘한 거라고 쳐야 할까?"

"흠. 난적을 물리치고 승리했어, 성취감도 있겠지, 나도 마음을 놓은 상태야."

마코토 군의 말에 긍정하는 것처럼, 호쿠토 군이 생긋 웃으며 말했다.

"오늘은, 푹 잘 수 있을 것 같아."

"그래도 자면 왠지 전부 꿈이 될 것만 같아서 무서워. 눈을 떴더니 특별 훈련 첫째 날로 돌아가 있으면, 그땐 정말로 쇼크로 돌연사할 거야!"

어떻게 계속해서 그런 불안을 느낄 수 있는 걸까 하고 반대로 감탄할 정도로 걱정이 많은 마코토 군이—— 이것이 꿈이 아닐까 의심하고 있는 건지, 자기 볼을 꼬집어 본다.

"……진짜 이긴 거지, 우리가."

"별로 실감은 나지 않지만. 이렇다 할 느낌도, 그렇게 크지는 않은 것 같아."

호쿠토 군도 웬일로 몸에서 심이 빠진 것 같은 느낌으로, 흐물흐물 걸으며.

"이번엔 『UNDEAD』와 『2wink』……. 그리고 응원해 준 『Ra*bits』와, 전학생 덕분에 어떻게든 승리를 잡을 수 있었어. 우리는 마지막에 한 번 힘을 보탰을 뿐이야."

냉정하게, 진지하게 오늘의 라이브를 되새기고 있다. 솔직히 공연 직후라 모두 목소리도 낼 수 없는 상태여서……. 오늘 라이브에 대한 반성점 파악이나 총평은 뒤로 미뤄두었기에, 나도 아직 전체상은 그다지 파악하지 못했다.

영상이나 기억, 기록으로 남은 라이브를 나중에 자세히 확인해 다음 공연에 살리기 위한 방책을 짤 생각이지만. 지금 시점에선 아직 모두 꿈만 같다.

"이번 작전은 기습이었고. 예상치 못한 사태에 『홍월』이 당황하는 사이 승부를 지었어. 두 번은 통하지 않을 거야, 정면승부였다면 우린 이길 수 없었어."

실제로 호쿠토 군의 말이 맞다. 우리는 사력을 쥐어짜고, 모든 것들을 같은 편으로 삼고 도움을 받아── 겨우겨우, 학생회의 아성에 균열을 만들었다.

기적은, 좀처럼 일어나지 않기에 기적이다. 자만하고 방심했다간 오늘의 승리가 간단히 물거품이 된다. 위업을 달성했지만, 이건 어디까지나 첫걸음에 불과하다.

우리의 싸움은, 이제 막 시작된 거겠지.

"하지만 승리는 승리야. 그 사실을 만끽하자, 적어도 지금만이라도. 다시 내일부터는 힘들어지겠지만, 우린 위대한 일을 해냈어."

호쿠토 군이 불안해하는 나를 보고 격려하듯 미소를 지어 주었다.

"더 이상, 미련은 없어."

깊이 숨을 내쉬고——그대로 그는 만족스러운 듯 눈을 감는다.

"잠깐, 눈 감으면 안 돼. 죽는 것 같잖아. 집에 갈 때까진 정신 차려야지. 도중에 쓰러지면 진짜 그대로 길바닥에서 죽을지도 모르는데?"

어깨를 맞대고 있는 스바루 군과 함께 그대로 쓰러져버릴 것 같은 호쿠토 군을, 마코토 군이 다급하게 받친다. 셋이 함께 넘어질 뻔해서, 나도 황급히 모두에게 손을 뻗었다.

겨우겨우 쓰러지지 않고, 모두 어떻게든 버틴다.

그리고 마코토 군이 이제야 생각났다는 듯 말했다.

"차라리 그냥, 택시라도 부를까?"

"앞일을 생각하자면, 쓸데없이 돈을 쓰고 싶진 않지만. 오늘 정도는 괜찮을지도 몰라……. 다소 낭비하는 것도, 어쩔 수 없어."

눈을 뜨고, 끊길 뻔한 의식을 되돌려놓기 위해서인지 호쿠토 군이 고개를 흔들었다.

"덤으로 병원에 들러서, 링거라도 맞고 싶을 정도야."

"다들 지쳤지, 정말로. 신나게 축하 파티라도 하고 싶지만 오늘은 어렵겠어."

"그래. 학생회와의 대결은 지금부터가 시작이야, 긴장을 풀 수가 없어."

마코토 군과 이야기하고 있는 사이 의식이 또렷해진 거겠지. 호쿠토 군의 말투에 점점 힘이 들어간다. 제대로 걷고 있어서 다소 안심한다.

"내일부터 벌어질 치열한 싸움에 대비해, 오늘은 아무 생각 말고 푹 쉬자."

"……어라아? 나 방금, 깜빡 졸았나 봐!"

걸으면서 잔다는 굉장한 일을 하고 있었던 것 같은 스바루 군이, 서둘러 몇 발자국 스텝을 밟으며 균형을 잡고 있었다. 정말이지 모두 한계 이상으로 지쳐 있다.

그래서 그런지 평소보다 머리칼이 차분해진 스바루 군이, 크게 하품을 했다.

"집까지 무사히 도착할 수 있을까. 나는 그래도 가까운 편이지만, 다들 좀 멀잖아?"

"그건 그렇지만. 다행히 나와 유우키는 방향이 같아. 서로 챙겨 주면서 가면 도중에 잠들 일은 없겠지. 아마, 아직 전철도 운행하고 있을 테고."

이제야 그런 사실에 신경을 쓸 수 있게 됐다. 이것도 내 과실이지만, 귀갓길 생각을 전혀 하지 않았다……. 차량이라도 준비했어야 할까, 내겐 그런 걸 부탁할 곳도 없다. 부모님께 부탁해 태워달라는 건 가능하지만.

일반 승용차고, 이 인원이 모두 타기엔 어려우려나.

그런 생각을 하는 동안, 호쿠토 군이 이야기를 쭉쭉 진행시킨다.

"최악의 상황엔, 택시를 부르면 돼. ……전학생은, 집은 어느 쪽이지? 멀다면 우리가 바래다줄게. 근처라면, 아케호시에게 부탁하고."

"라저~. 좋은 생각이야. 밤길은 혼자 다니기 위험하니까."

스바루 군과는 특별 훈련 기간 중에 자주 함께 귀가했기에 우리 집 위치도 알고 있다. 솔직히 굳이 바래다 주는 건 미안하니까―― 이번엔 부모님께 태우러 와 달라고 부탁할까 싶지만. 다들 얼른 집에 가서 쉬어 줬으면 했다.

그다지 도움은 되지 못하지만, 짐이 되고 싶은 건 아니니까.

그런 의지를 담아 스바루 군을 바라보니, 별가루가 떨어질 것처럼 환하게 웃으며 반응해 주었다. 응, 아무것도 전해지지 않았어.

"어라, 그리고 보니 사리~는?"

"이제야 눈치챘냐, 아케호시. 이사라는 학생회 일이 있다고 드림페스가 끝나자마자 모습을 감췄어."

주변을 두리번거리는 스바루 군에게, 호쿠토 군이 말하지 않았냐는 듯 조금 맥 빠진 표정을 지으며 쓴웃음.

"우리는 지쳐서 한동안 움직일 수 없었는데. 터프한 녀석이야. 육체적으로도 정신적으로도, 이사라는 강해. 하지만, 그렇기에 스스로 모든 짐을 떠안으려 하고 있어. 나도 그런 경향이 있으니 할 말은 못되지만, 옆에서 보고 있으면 안타까워."

우리와 떨어져서 아직 싸움을 계속하고 있을 동료를―― 호쿠토 군은 걱정하고 있다. 마오 군은 분명 웃으며 괜찮으니 걱정하지 말라고 말해 주겠지만. 그가 안고 있는 무거운 짐을 대신할 수 없는 건 역시 답답하다.

"학생회실은, 분명 가시방석이겠지만……. 그것만큼은, 우리가 대신해 줄 수도 없는 거니까."

"우리가 사리~를 학생회와의 싸움에 끌어들였는걸……. 역시 책임감을 느껴."

웬일로, 스바루 군이 무상함이 담긴 목소리로 중얼거렸다.

"정말 많은 도움을 받았어. 사리~에겐 아무리 감사해도 모자라."

고독한 시기가 길어, 주변에 눈길을 주는 일조차 거의 없었던 스바루 군. 그는 자기 주변을 돌고 있는 별들을 알아채고, 소중히 하며, 감사하는 법을 알게 됐다.

모든 빛을 반사하고, 그는 앞으로—— 더욱더 빛나겠지.

"전학생도, 말이야. 이렇게 밤늦게까지 함께 해 줘서 고마워. 아니—— 우릴 도와주고, 힘이 되어 주고, 응원해 줘서……고마워."

나에게도 감사를 전하며, 스바루 군은 다시금 기쁨이 복받쳐 올랐는지, 보는 내가 행복해질 듯한 얼굴로 환하게 웃는다.

"기뻤어. 전학생 덕분에 이길 수 있었어. 응원해 주는 사람이 있는 것만으로도, 굉장히 마음이 든든해."

몹시도 고마운 말을, 해 주고 있다.

"너에게도, 오늘이 '행복한 하루' 로서 추억에 남았으면 좋겠어."

말할 것도 없이, 오늘 내가 체험한 모든 것들이 둘도 없는 소중한 보물로── 언제까지고, 반짝이는 빛을 발산할 것이다. 어떤 일이 있더라도, 분명.

영원히, 언제까지나, 세상 모든 것이 거짓이라 할지라도.

그것만은 진실이다.

그런 이야기를, 말주변이 없는 내 나름대로 전하려다가──나는 굳어버렸다.

온몸이, 움츠러들었다.

"⋯⋯응? 왜 그래, 전학생. 이상한 델 보고 있는데."

무심코 걸음을 멈춘 나를, 스바루 군이 신기하다는 듯 바라본다. 나는 대답도 하지 못하고, 그저 이상한 한기를 느껴── 몸을 떨면서 어떤 것을 응시하고 있었다.

무언가, 꺼림칙한 것이 있다.

행복감에 들떠 있었는데, 땅바닥에 내동댕이쳐진 것 같았다. 기분 좋은 꿈을 즐기고 있던 중, 갑자기 현실로 끌려나온──그런 감각이 있었다.

차가운 물을 뒤집어쓴 것 같다.

소름이 끼쳐, 나는 목소리도 내지 못하고 굳어 있었다.

"음? 이렇게 밤늦은 시간인데⋯⋯ 가든 테라스에, 누가 있는 것 같네?"

"정말이네. 아, 이쪽으로 온다. 누구지? 수상한 사람 아냐?"

스바루 군과 마코토 군이, 조용히 서로 속삭인다. 내 시선이 닿는 곳—— 귀족의 정원 같은 가든 테라스에서 일어나는 사람이 있다. 어두워서 잘 보이치 않는다. 그러고 보니 오늘, '강당'으로 향하던 도중에 왠지 신비한 인상을 남기는 사람과 눈이 마주쳤었다.

다가오고 있는 건, 아무래도—— 그때 마주쳤던 사람인 것 같다. 거리가 가까워짐에 따라, 달빛이 조금씩 그 모습을 명확하게 드러내 준다. 얼굴은 아직, 어둠에 물들어 있다.

유유히, 그 사람은 다가온다.

"아이돌을 기다리는 일반 관객 같아 보이진 않는데. 그런 건 금지되어 있고, 게다가 우리 학원 교복이잖아……?"

왠지 불길한 예감이 들었는지, 마코토 군이 다가오는 인물을 해석하고서, 이해하고 공포를 극복하려 한 것이리라. ——여러 정보나 추측을 늘어놓고 있다.

하지만 무엇 하나, 해답을 찾지 못한 사이에.

그 인물은, 우리 근처까지 다가와 있었다. 도망치지 못했다. 그런 알 수 없는 실감이 들었다. 태평하게 승리의 여운에 취해 있지 말고, 모든 것을 무시하고 얼른 이 자리에서 뛰었어야 했다. 그런, 영문을 알 수 없는 본능적인 경고가 뇌리를 스친다.

이건 아마, 접촉해선 안 되는—— 불길한 존재다.

"안녕."

예상외로 밝게, 그 인물은 말을 걸어왔다.

십년지기 친구처럼.

"너희, 『Trickstar』였지? 오늘 라이브, 정말 훌륭했어."

친근하게 손뼉을 치는, 그 몸짓 하나하나에 기품이 있다.

"혁신적이고, 열정으로 가득하면서도……. 하지만 깊은 곳에 전략이 있고, 논리가 있었어. 아름다운 무대였어, 정말 기적이야. 신의 축복을, 운명을 느꼈어."

배우처럼, 유창한 대사를 길게 읊으며 우릴 칭찬하고 있다. 바로 의미를 알기 어려운 난해한 표현이다. 미사여구로 장식되어, 본심을 전혀 알 수 없다.

어딘가 머나먼 나라에서 온, 음유시인이 읊는 노래 같다.

"고마워, 보기 드문 걸 볼 수 있어 기뻤어. 후후후, 케이토의 그 당황한 모습이란…… ♪"

"저기……?"

갑자기 말의 홍수에 휩쓸려, 마코토 군이 당황했다. 모두 그저 기묘한 분위기에 압도되어── 그 인물의 목소리를 듣고 말았다. 위대한 군주가, 연설을 하는 것 같았다. 청중은 마지막까지 얌전히 들을 수밖에 없다.

"이런, 실례했군. 모르는 사람이 갑자기 말을 걸어오면 당황스럽겠지. 하지만 한마디라도, 너희와 대화해 보고 싶었어."

달에 어렴풋이 걸려있던 구름이 바람에 흘러가, 그 인물의 모습이 연출적으로 확연히 드러난다. 정체불명의 인물은── 역시, '강당'으로 가던 도중 나와 눈이 마주쳤었던 그 사람이었다. 이상하게 기억에 남아 있다, 어쩐지 기분 나쁠 정도의 존재감.

딱 봐도 평범한 사람은 아니다. 일반인이라 할 수 없을 만큼 너무나도 아름답다. 몇만 명의 재능 있는 예술가가 시행착오를 거듭한 끝에 겨우 찾아낸 황금률처럼 균형 잡힌 육체. 상당히 키가 큰데도 위압감은 없고, 오히려 만지면 부러질 듯 전체적으로 섬세하고 갸름하다.

육체를 얻은 천사 같다, 이 세상의 것이라곤 생각할 수 없다. 하루살이나 유리공예품, 금방 녹아버릴 것 같은 얼음 결정, 벚꽃잎—— 그런 덧없음과, 아름다움이 있다. 희귀한 금속 같은, 빛을 굳혀 놓은 듯한 머리칼. 이 행성에서 채집할 수 있는 어떤 광물이라고도 할 수 없는, 이세계의 보석 같은 눈동자.

어둠마저 그를 받들어 접근하지 않는지, 전신에 달빛을 받아 한밤중인데도 눈부시게 빛나는 것 같아 보였다. 신령이나 부처님이, 무언가 변덕을 부려 왕림한 것 같았다.

정말 신탁 같은, 무시할 수 없는 침투율을 가진 목소리로—— 그는 이야기했다.

"너희처럼 기운이 넘치는 젊은 친구들이, 아직 유메노사키 학원에 있어서 다행이야."

대답도 하지 못하고 침묵을 지키는 우리를, 왠지 행복하다는 듯 바라보고 있다.

"앞으로 매일매일, 즐거울 것 같아 ♪"

만족했다는 듯 고개를 끄덕이며, 일정 거리를 둔 채 이야기하고 있다. 그의 모든 발언이, 첫 음절부터 계산되어 작곡된 음악 같다.

"후후. 피곤할 텐데 붙잡아서 미안해. 밤길 조심해서 가. 소중한 '전학생'을, 집까지 잘 바래다줘야 한다?"

어째선지 나를 알고 있다. 그 사실에, 소름이 끼칠 정도로 공포를 느꼈다. 무심코 뒷걸음치자, 그 사람은 조금 쓸쓸한 듯 미소 지었다.

"나도 이만 가 볼게. 난 태어날 때부터, 몸이 그렇게 튼튼하지 않거든. 라이브를 보는 것만으로도 굉장히 지쳐버렸어……. 그래서 가든 테라스에서 쉬고 있었지만."

살짝 기침하고서, 그는 쉽사리 우리에게 등을 돌려 버렸다.

흥미를 잃었다는 것처럼, 어린아이가 싫증난 장난감을 버리는 것처럼. 우리를 완전히 보잘것없는 존재로 판단한 걸까──태연히, 무방비한 등을 보인 것이다. 압도적 강자의, 여유.

"너희도 가서 푹 쉬도록 해. 학생회의 아성을 흔들고, 멈춰 있던 이 학원의 역사를 움직이게 한 보상이야."

들뜬 모습으로, 어깨 너머로 우릴 보고서──지휘자처럼 손을 흔든다. 일방적으로, 그의 등장에 강제적으로 시작된 불온한 희곡에 막을 내린다.

"오래도록 기억될 오늘 밤만큼은, 안심하고 편히 잠들었으면 좋겠어. 후후후── 나도 오래간만에, 멋진 꿈을 꿀 수 있을 것 같아."

그리고 유유히, 천천히 멀어져 간다.

"그럼 잘 있어. 다음에 또 만나, 『Trickstar』."

"……앗, 가버렸어. 역시 수상한 사람이었나?"

신비한 인물이 완전히 어둠 속으로 모습을 감추는 걸 기다린 후, 마코토 군이 상당히 심한 말을 했다. 뭐 실제로, 다시 생각해 보면 완전 수상한 사람이었지만.

뭔가 좀 더 다른, 기묘한, 말하자면 형용할 수 없는 존재였던 것 같은 느낌이 든다.

"음~. 유메노사키 학원 교복을 입고 있던데, 본 적 없는 얼굴이었지?"

"…………."

마코토 군이 "어두워서 얼굴이 잘 보이지 않았던 것뿐일까." 하고 혼잣말을 하고 있는 옆에서, 호쿠토 군이 고개를 숙인 채 깊이 생각에 잠겨 있다.

"어. 왜 그래, 홋케~. 무서운 표정을 다 짓고."

스바루 군은 딱히 아무 느낌도 없었는지, 아니면 그에게도 아까 본 정체불명 인물과 질이 같은 무언가가 있는 건지―― 유일하게 태연히 있다.

입을 다문 호쿠토 군이 걱정되는지, 눈썹을 찌푸리며 얼굴을 살핀다.

"아까 그 사람, 혹시 아는 사이였어?"

"태평하군, 너희는. 아는 사이라고 해야 할까……너희는, 아니 유메노사키 학원 학생이라면 누구나 알고 있을 존재야, 그 녀석은."

거추장스럽다는 듯 스바루 군의 얼굴을 잡고 '꾹, 꾹' 밀어내고서, 그런 평소 행동으로 일단 진정이 됐는지, 호쿠토 군은 길게 한숨을 내쉬었다.

얼굴을 들고, 수수께끼의 인물이 사라진 방향을 불길하다는 듯 노려보고 있었다.

"간담이 서늘하군. 이번엔 우리가 기습을 당한 거야. 설마 이런 타이밍에 나타날 줄은, 귀신이라도 본 기분이야."

체온이 낮은 호쿠토 군일지라도 오한을 느꼈는지── 떨고 있다. 마코토 군도 나도 똑같이, 두려운 나머지 얼굴이 새파래졌다. 아무 변화도 없는 건 스바루 군뿐이다.

하지만 그는 다른 사람들이 기운이 없으면 불안해지는 건지 표정이 어두워져 있다.

"…… '안심하고 편히 잠들었으면 좋겠다' 고? 뻔뻔스럽긴. 우리가 오늘 이룬 것은 보잘것없다고 말하고 싶은 건가. 대단한 여유야, 괘씸하군."

스바루 군에게 걱정을 끼치는 것은 원치 않는지, 호쿠토 군이 자신의 손가락을 깨물며 억지로 떨림을 눌렀다. 그리고 늠름하게 얼굴을 들어, 그 눈동자에 걱정이 깃들게 한다.

우리는 오늘 승리했다.

난공불락의 강적, 『홍월』을 쓰러트리고── 유메노사키 학원에 혁명을 일으켰다.

분명 그랬을 텐데.

"라이브에서 얻은 고양감도, 승리의 여운도, 모조리 빼앗긴 기분이야."

마치 완벽하게 패배한 것처럼, 우리는 서로 모여 움츠러드는 것밖에 할 수 없다. 이젠 집으로 돌아가, 행복한 꿈을 꾸기만 하면 됐는데.

정말 마지막에, 불합리한 현실에 세차게 뺨을 맞았다.

"녀석은 우리에게 있어 최강이자 최악의 적이야. 넘어야 할 가장 높은 장애물이지. 가능하면 상대하는 일 없이 모든 걸 끝내고 싶었지만, 상황은 그렇게 순순히 움직여주지 않는 것 같군."

분한 듯, 호쿠토 군이 신음했다.

온몸에 힘을 실어, 그러지 않으면 목소리마저 낼 수 없는——자신을 부끄러워하는 것처럼 이를 갈고 있다. 주먹을 꽉 쥐고, 마치 이야기의 주인공을 소개하는 것처럼.

"그 녀석은 유메노사키 학원 톱 아이돌이자, 모든 『유닛』의 정점에 선 『fine』의 리더. 학생회장, 『황제』 텐쇼인 에이치……!"

우리의 미래를 절망으로 덮어버리는, 불길한 괴물의 이름을 입에 담았다.

🎤 *Emperor* ✨

광란노도의 하루였던 『S1』 본선의 다음 날이 찾아왔다.

지친 기색이 역력하고 사랑스러운 황갈색 머리칼이 한껏 뻗친 유우키 마코토 군이 유메노사키 학원 교문을 통과한다. 아이돌 과는 경비가 엄중해 접수처까지 있는데, 어째서인지 마코토 군이 통과할 때 담당 직원이 무언가 메모를 적고 있었다.

그 사실을 눈치채지 못하고, 마코토 군은 졸린 눈을 비비며 걷는다. 개화가 늦은 벚나무 옆을 비틀비틀 걸으며, 앞에 잘 아는 상대가 있음을 발견하고 불렀다.

"앗, 히다카 군. 좋은 아침~♪"

"좋은 아침, 유우키."

녹슨 로봇처럼 삐걱대며 걷던 호쿠토 군이 뒤돌아보았다. 다소 속도를 늦춰 마코토 군과 어깨를 나란히 하고, 평소처럼 무뚝뚝한 얼굴로 말을 걸었다.

"이런 시간에 등교하다니 대단하군. 지각 직전이라고?"

"그러는 히다카 군이야말로, 평소엔 제일 일찍 오면서……. 역시 『S1』때문에 근육통과 피로로 침대에서 못 일어난 거지?"

실제로 두 사람은 상당히 늦게 등교하고 있어 주변에 사람은 거의 보이지 않는다. 고요한 아침 공기 속, 마코토 군은 긴장이 빠진 웃음을 지으며 이야기한다.

"나도 '오늘 정도는 쉬어도 되겠지! 보상으로 자체휴무!' 라는 유혹에서 벗어나는 데 고생했어~. 부모님이 억지로 깨워서 어쩔 수 없이 나왔지만."

어제는 일그러진 학원에 혁명을 일으키는 투사로서 싸웠지만, 기본적으론 고등학생이다. 흔히 있는 아침 에피소드를 선보이며, 들뜬 발걸음으로 신나게 걸어간다.

"그리고 우리가 학생회를 이긴 걸 통해 유메노사키 학원이 어떻게 변했는지 보고 싶었기도 하고. 후후후, 오는 중에 모르는 일반인이 힐끔힐끔 쳐다보고 하지 뭐야~ ♪"

"기뻐 보이는군. 나도, 오는 길에 '팬이에요!' 라고 말해 주는 유치원생이나 초, 중학생 집단에게 둘러싸여서 난처했어."

"히다카 군, 왠지 어린애들에게 인기가 많은가 보네!?"

"응. '내 왕자니므로 삼아주께!' 라며 다가오는 아이도 있었기에, 우선 같이 사진을 찍거나, 스케치북에 사인을 하거나, 유치원까지 데려다주기도 했어."

"엄청 친절하네, 히다카 군!?"

"그리고, 할머니가 홍보해 주셨는지 어르신들께도 포위당했지. 짐을 들어드리거나, 같이 횡단보도를 건너는 걸 도와드리거나 했더니 지각할 뻔했어."

무표정으로 유쾌한 미니 에피소드들을 담담하게 말하며, 호쿠토 군은 복잡한 표정을 짓는다.

"어째서 편중된 연령층에 지지받고 있는지 잘 모르겠지만, 인기가 있다는 건 좋은 거야. 우리 또래 팬들이 말을 걸어주거나 몰래 사진을 찍어 가기도 했어."

"무단 촬영인가……. 막기도 힘들고 골치가 아프지, 지금은 인터넷에서 얼마든지 순식간에 퍼지는 시대고."

사진에 찍히는 걸 좋아하지 않는 마코토 군에겐 생각만으로도 오싹한 일이겠지. 오한을 느낀 것처럼, 자기 자신을 끌어안는 듯한 시늉을 했다.

"등교할 때도 신경을 좀 더 써야할지도 모르겠어, 학교 안은 안전하지만. 후후. 왠지, 정말로 아이돌이 된 것만 같아~♪"

"뭘 이제 와서. 우린 이미 아이돌이야. 어제『S1』으로 그 사실이 공공연하게 드러난 것뿐이지. 이런 사소한 걱정거리와는 앞으로도 계속 마주치게 될 거야."

『S1』다음 날임에도 이미 마음가짐을 새로이 가졌는지, 호쿠토 군은 미래에 대해 생각하기 시작했다. 방심한 틈에 목이 날아가 삼일천하, 란 것도 한심한 이야기니까.

"역시『S1』직후라 피곤한데, 익숙하지 않은 팬서비스를 해서 그런지 지쳤어. 아케호시나 이사라라면 잘 대응했겠지만, 난 아무래도 이런 건 서툴러."

"행복한 비명이지 않겠어, 난 연예인다운 분위기도 안 나는지 둘러싸이는 일도 없었다고. 나한테도 모두가 꺅~꺅~ 소리질러 줬음 좋겠는데, ……응?"

조금 부러운 듯 이야기하며, 문득 마코토 군이 얼굴을 들었다.

"저 창문, 우리 교실이지. 뭔가 좀 이상하지 않아?"

"정말이군, 인파가 형성되어 있어. 무슨 일이지?"

두 사람이 바라보는 곳── 유메노사키 학원의 호화찬란한 교사 한 곳에서, 소란이 벌어지고 있다.

그들의 시선을 느끼고, 한바탕 소란이 벌어지고 있는 2학년 A반 교실── 그 중심에 있는 내가, 서둘러 그들을 향해 손을 흔들었다. 조금, 진퇴양난의 사태가 진행 중이다.

"설마 학생회에 반항한 괘씸한 인물이라고 자객을 보낸 건가……?"

"아니, 조폭 영화도 아니고. 쳐들어온 건 아닐 거야, 부회장 성격이라면 무대 위에서 복수할 테고."

호쿠토 군과 마코토 군도 나를 보고, 명확히 표정이 변했다. 『S1』의 피로도 아직 다 빠지지 않았을 텐데, 고생시켜서 미안하지만──.

"그래도, 조금 신경 쓰이네. 얼른 교실로 가 보자, 히다카 군!"

마코토 군이 서둘러 달리기 시작하고, 호쿠토 군도 고개를 끄덕이며── 그 후는 아무 말 없이 달린다.

아무래도 영웅에게 휴식이란 없는 것 같다.

"앗, 드디어 왔네! 늦었잖아 홋케~, 웃키~!"

어제 『S1』의 라이브 공연장── '강당' 을 방불케 하는 것처럼, 2학년 A반 교실은 인파로 넘쳐흐르고 있었다. 바다색 교복을 입은 학생들이 만원전철 안처럼 꽉 들어차, 서로 어깨가 부딪히고 발을 밟으며 불평을 외치는 대혼잡 상태다.

그런 패닉 영화 같은 광경 속에서, 달려온 호쿠토 군과 다소 늦게 도착해 숨을 헐떡이는 마코토 군을 발견하고 스바루 군이 폴짝폴짝 뛰어오르며 군이 말을 걸었다.

"도와줘! 전학생이 큰일났어……!"

"왜, 왜 그래? 무슨 일이 있었던 거지?"

의아해하는 호쿠토 군에게 달려들어, 집이 근처라 그런지 일찍 등교하는 일이 많은(오지 않을 땐 하루 종일 오지 않는다)스바루 군이 상황을 설명해 주었다.

"응. 우리가 어제 드림페스에서 학생회를 꺾었잖아. 그 승리엔 전학생의 존재가 컸다……고 학원 전체에 소문이 난 것 같아."

곤란한 듯 스바루 군이 가리키는 방향, 교실 구석 창가 자리에 반쯤 벽으로 몰려 있는 상태가 된 내가 버둥대고 있다. 남자애들이 우르르 좀비영화처럼 달려와, 이젠 거의 습격당하다시피하고 있다. 도와줘. 짜부라지겠어.

"무명인 『Trickstar^{트릭스타}』가 학생회의 『홍월^{아카츠키}』을 쓰러뜨렸다는 극적인 승리를 이룩한 건, 전학생이란 '실력 있는 프로듀서'가 있기 때문이라나!"

아무래도 이야기가 그렇게 돌고 있는 모양이다. 내 주변에 있는 학생들도 딱히 악의가 있어서 그러는 것이 아니라, 흥분한 상태이면서도 나를 마구 칭찬하거나, 프로듀스 비결을 듣고 싶어 하거나, 고민 상담을 하려는 등 하고 있다.

"그 소문을 듣고 여러 『유닛』이며 학원 내 아이돌들이, '나도 프로듀스 해 줴!' 라며 몰려든 거야~!"

애초에 아이돌들은 개성이 강하다. 지금까지는 학생회의 지배에 순순히 따라 왔지만── 어제 혁명이 이뤄지고 말았다. 억눌러오던 자기 자신을 드러내고, 어째서인지 내게 부딪혀온다. 솔직히, 조금 부담스럽다.

나는 『프로듀서』로서 아직 반사람 몫밖에 하지 못하고, 어제 『S1』에서도 역할은 정말 작았다. 마지막에 결과 발표를 받을 때 리더로서 행동하게 된 것이 불필요한 오해를 낳게 된 것 같지만, 횡설수설 수준으로밖에 대응하지 못하고 있다.

물론. 나도 『프로듀서』로서 조언 하나라도 해 주고 싶은 마음이지만. 지금은 그저 폭풍에 휩쓸린 것 같은 상황이라 핑글핑글 눈만 돌고 있다. 아아, 이래선 금방 또 양호실 신세를 질 것 같다.

"그렇군. 상황은 알겠어, 확실히 전학생의 역할은 컸으니까. 그렇다 해도 실질적으로 『프로듀서』로선 초보인데. 당사자가 아닌 이상, 그런 사정은 모르겠지."

기본적으로 납득한 후에야 움직이는 융통성 없는 기계 같은 점이 있는 호쿠토 군이, 한눈에 봐도 알 수 있을 것 같은 것들을 하나하나── 생각하고 있다.

"그리고, 우리 『아이돌』보다 『프로듀서』와 함께하는 게 얻을 수 있는 게 많다는 심산이겠지."

"우와, 전학생 쨩 정말 완전히 포위당했네. 인기 폭발인걸~?"

드디어 숨을 고른 마코토 군이 동정하듯 나를 바라본다. '어떡하지.' 라고 말하는 것처럼 그가 바라보기에 호쿠토 군이 고민했다.

"이런 영향이 생길 줄이야, 예상하지 못했어. 우린 학교 밖에서 일반인만 조심하면 되지만, 전학생은 교내에서 마음 편히 있을 장소가 없어지고 말아. 전학생이 피해를 보는 건 원치 않아. 시달리다 등교거부라도 하게 되면 곤란해."

하지만 거의 폭동 무리 같은 학생들을 앞에 두고 세 사람도 손을 쓸 수 없는 것 같았다. 모두 같은 학원의 동료이기도 하니까 공격해 떨어트려놓을 수도 없다. 그렇게 됐다간 그들의 혁명아 전력에 오점이 남는다.

폭력으로 다른 사람을 억지로 누른다, 방식은 다르다 해도——그래선 학생회와 다르지 않다. 오만한 강자로서 행동하며, 무고한 서민을 학대하는 폭군이다.

단순히 세 명만으로는 몰려든 군중을 떨쳐내는 것이 어려울 것 같기도 하다. 그들이 크게 날뛰더라도, 간단히 튕겨 나가기만 하겠지.

"그리고 곧 수업이 시작될 거야. 일단 2학년 A반과 관계없는 녀석들은 나가줬으면 하는데……?"

"음~. 사람이 너무 많아서 가까이 갈 수가 없어, 나도 전학생을 구출하려고 열심히 했는데. '방해하지 마!' 란 느낌으로 밀어내 버리지 뭐야~."

스바루 군이 힘없이, 곤란해 하는 표정으로 나를 바라본다. 실제로 그는 나를 구출하기 위해 목소리를 높이거나 이런저런 일을 해 주었지만—— 아무래도 상대가 다수일 때, 스바루 군은 잘 움직이지 못하는 것 같다. 지금껏 타인의 마음을 모르고 고독하게 지내왔던 그는 교실이란 작은 세상 속에서의 행동법에는 익숙하지 않다.

요령 좋게 군중을 유도하는 것도 하지 못하고, 어찌할 바를 몰라 하고 있다.

스바루 군은 아이돌로선 천재고, 이 인원의 곱절은 고사하고 더 많은 관객들을 빠져들게 할 수 있는 남자애지만—— 무대에서 내려오면 살아가는 방식이 서투른 고등학생의 얼굴이 엿보인다. 그래도 동시에 그 인간다운 감성은 잊어선 안 된다.

어제 조우했던 학생회장처럼—— 인간에서 벗어난 괴물이 되어선 안 된다.

"게다가……전학생은 선의로 우리에게 협력해 줬을 뿐이고, 『Trickstar』의 전속 『프로듀서』도 아냐. 독점하는 건 도리에 맞지 않겠지."

스바루 군을 달래듯 머리를 쓰다듬으며, 호쿠토 군이 다소 쓸쓸한 듯 중얼거렸다.

"하지만 우리가 뿌린 씨앗이야, 못 본 척하는 것도 마음에 걸리지만……음?"

그 직후, 낭랑하고 용맹한 목소리가 드높이 울려 퍼졌다.

"물러서시오, 물러서시오! 죽고 싶은 게요!"

교단을 화려하게 발로 차 쓰러트리고, 한 남자애가 자신에게 모든 주목을 모은다. 이성을 잃은 것처럼 내게 모여 있던 학생들은, 움찔 놀라고선—— 소리가 난 쪽을 돌아보았다.

훌륭하게 시선을 모으고서, 그 남자애는 무대 연기자 같은 태도로 이야기했다.

"곧 수업이 시작될 시각이니 각자 교실로 돌아가시오! 이곳은 2학년 A반의 거처요!"

시대착오라고도 할 수 있을 언동으로 주위를 위엄 있게 누르고 있는 건, 나와 같은 반 학생 중 한 명인——칸자키 소마 군이다. 어제, 『S1』에서 『Trickstar』가 가까스로 승리를 빼앗은 난적, 『홍월』의 유일한 2학년 멤버다.

무사처럼 묶은 머리는 고우며, 어딘가 여성적이다. 현대적 교복이 어울리지 않은 고풍스러운 미인으로, 조용히 앉아 있으면 숨이 멎을 정도로—— 한 자루의 검 같은 인상이다. 엄하게 교육받았겠지, 기본적으로 예의바르며 몸짓에도 기품이 있다.

시대극에서 튀어나온 것 같지만 의외로 때때로 언동이 거칠다. 지금도 쓰러트린 교단에 발을 얹고, 어째서인지 항상 허리춤에 차고 있는 칼을 스르르 빼고 있다.

미려한 검집에 들어가 있던 진검이다.

교실 조명을 반사해, 물기에 젖은 것처럼 반짝이는 칼날.

어제 패배했다곤 하지만 『홍월』은 지금까지 학생회의 대표로서 군림해 온 강호이며, 검으로 위협하면 누구나 무섭다. 흥미로만, 혹은 주변 분위기에 떠밀려 내게 붙어 있던 학생들은 생존본능에 패배해 두려워하며 도망쳤다.

뿔뿔이 흩어지는 그 모습을, 소마 군은 열화와 같은 눈길로 노려보고 있었다.

"칸자키, 교실에서 검을 뽑지 마. 위험하다."

"그래도 덕분에 모두 겁먹고 도망쳤네~ ♪"

다른 반 학생들은 물론 같은 반 아이들마저 두려움에 도망치는 상황 속에서, 『Trickstar』멤버들이 혼란에 빠진 군중과 부딪치지 않기 위해 피하며 남아 있다.

소마 군에게 반장다운 잔소리를 늘어놓는 호쿠토 군을 두고, 마코토 군이 가장 먼저 내 곁에 달려와 걱정스러운 듯 바라보았다.

"괜찮아, 전학생 쨩? 누가 이상한 데 만지거나 하진 않았지?"

나는 고개를 끄덕이며 괜찮다고 미소 지었다. 이래저래 눌려 있었기에 학생들이 다소 만지기도 했었지만, 사고였겠지. 모두 딱히 내게 악의가 있었던 건 아니고—— 기본적으로 정중히 대해 주고 있었다. 그래도 역시 조금 무서웠다.

마코토 군과 손을 잡고, 재회를 기뻐한다. 내가 무사하다는 것에 안심했는지 한숨을 내쉬며, 호쿠토 군이 소마 군에게 머리를 숙였다.

"고마워. 덕분에 살았어, 칸자키. 설마, 네가 전학생을 구출할 줄이야."

"흥. 착각하지 마시오, 어제의 설욕은 언젠가 반드시 할 테니."

상황이 무사히 끝났다 판단했는지 소마 군이 드디어 칼을 검집에 돌려놓는다.

"『트릭스타』는 『홍월』의 적. 친하게 지낼 생각은 없소…… 하나, 2학년 A반 급우이기도 하니."

어제, 우리는 불패신화의 강호, 『홍월』의 전력에 패배를 남겼다. 비열한 기습과 속임수로……. 원한을 가져도 어쩔 수 없다, 분한 게 당연하겠지만—— 소마 군은 의외일 정도로 태연하다.

"유사시와 평시엔, 입장도 다르오. 어제는 『홍월』로선 속이 뒤틀리는 『드림페스』였소만, 급우로선 가슴속이 후련해질 정도로 통쾌했다오."

우릴 칭찬하는 것 같은 말까지 하며, 소마 군은 솔직하게 웃었다. 승부의 결과를 받아들이고 앞으로 나아간다. 용맹스럽고도 긍지 높은 무사도를 실현하고 있다.

시원시원한 쾌남아 같은 우리의 반 친구는, 늠름하게 미래를 바라보고 있다.

"같은 학년의 급우가 그 정도로 대단한 공연을 보였소. 본인도 더욱 정진해야겠다 생각했다오, 다음엔 지지 않을 것이니, 언젠가 다시 칼을 맞댈 기회가 있었으면 좋겠구려."

혈기왕성한 선전포고에, 호쿠토 군이 쓴웃음을 지었다.

"우리로선 그대로 자리를 뜨고 싶은 마음이지만. 정면에서 맞붙으면『Trickstar』는 아직『홍월』에 비할 바가 못 돼."

"흥. 겸손은 미덕이오만, 다소 마음에 들지 않는구려."

재치 있는 말까지 하며, 다시금 소마 군이 내게 걸어온다. 조금 흐트러진 교복을 정돈하고 있던 나를 보고, 그는 크게 시선을 돌렸다. 이성의 맨살을 보는 데는 그다지 익숙하지 않은 것 같다. 순진하다기보다는, 순박한 타입인 거겠지.

호감이 가는 남자애다. 내가 웃어 보이자, 소마 군은 얼굴을 붉힌 채 다른 방향을 보며—— 떠넘기듯 편지 하나를 건넸다.

"그보다, 본인은 전학생 공에게 용건이 있었던 거요. 하스미 공으로부터 서한을 부탁받았으니, 받아 줬으면 하오."

"하스미…… 부회장이?"

넘어지고 흐트러진 책상을 꼼꼼하게 정렬하며, 호쿠토 군이 눈썹을 찌푸렸다.

"어제 드림페스와 관련해서, 우리에게 뭔가 처벌이 내려지는 건가?"

"그건 아닐 거요. 하스미 공은 도리에 어긋나는 행위는 하지 않소, 그대들이 악행을 저지른 것도 아니지 않소?"

역할을 마치고, 소마 군도 호쿠토 군의 작업을 돕고 있다. 기본적으로 착한 아이다.

"단순히 방과 후, 학생회실로 오라는…. 그런 '호출'인 것 같소. 그 자리에서 쓴소리를 들을지도 모르겠소만, 그건 내가 관여할 수 있는 부분이 아니오. 좌우간 서한은 확실하게 전달했소이다."

"방과 후에, 학생회로 오라고 했다고?"

장례식 종 같은 아침 예비종이 울려 퍼지는 상황 속, 호쿠토 군은 단숨에 심각한 표정으로 변한다.

"좋지 않은 예감이 들지만, 무시할 수도 없군. 지명된 건 전학생뿐인 것 같다만…… 우리도 함께 가는 게 좋을까?"

순식간에, 방과 후가 됐다.

편지로 호출받는 일이라면, 이전 『홍월』의 키류 쿠로 씨와의 한 장면이 떠오르지만—— 이번엔 경계심이 더욱 높아진다. 유메노사키 학원을 지배해 온 학생회, 그 진정한 보스가 기다리고 있는 걸지도 모르기 때문이다.

혼자 가는 것도 불안해, 결국 나는 『Trickstar』멤버들과 함께 왔다. 그런 일은 없을 거라 생각하지만, 납치라도 당하면 큰일이다. 내 완력과 발걸음으론 쉽사리 잡히고 말겠지.

내가 인질로 잡히기라도 해서 『Trickstar』의 발목을 잡는 것은 원치 않는다. 동시에, 어째서인지 다른 학생들은 높이 평가하고 있었던 것 같지만—— 나는 기본적으로 풋내기 『프로듀서』다. 어떤 용건이라 해도, 만족스러운 대답을 할 수 있을지 모르겠다. 불안했기에, 같이 와 달라고 부탁했다.

혼자서 그토록 심상치 않은 분위기를 내는 학생회장 등과 혼자서 면회하는 것이 두렵기도 했다. 아침이 밝았지만, 그와의 만남은 아직 꿈속 일인 것 같이 느껴졌다. 태평하게 차라도 마시고 작별일 리도 없겠지── 정신을 바짝 차려야 한다.

긴장하면서 방과 후, 나는 학생회실 문앞에 서 있었다. 같은 반인 호쿠토 군, 스바루 군, 마코토 군도 바로 뒤에서 기다려 주고 있다. 마오 군만은 다른 반이고, 그 교실로 가 보니 먼저 학생회실로 간 것 같다──란 이야기도 들었기에.

일단 나를 포함해 넷이서, 적의 총본산에 발을 들여놓게 됐다.

"유메노사키 학원 학생회실에 어서 와."

노크하니, 정중히 문이 열려 내부 광경이 눈에 들어왔다. 나는 학생회실에 발을 들이는 게 처음이지만, 조금 믿을 수 없을 정도로 호사스럽게 꾸민 실내다. 독일 언저리에 있는 한정적으로 내부 관람이 허가된 성 같다. 왕이 지배하는 영역이다.

본래라면 서민이 발을 들이는 건 용서받지 못할 것 같은, 높은 격조와 고급스러운 느낌이 있다. 평범한 여고생인 나는 다소 주눅이 들어, 굳어버리고 만다.

그런 나를 지키듯, 호쿠토 군과 스바루 군이 먼저 앞으로 걸어 나갔다. 마코토 군은 나처럼 겁을 먹고 있는 건지 벌벌 떨며 주위를 둘러보고 있다.

"후후. 전학생을 부르면 『Trickstar』도 와 줄 줄 알았는데, 예상이 맞았네. 사이가 좋은 건 보기 좋은 일이지, 환영할게."

실내에 우아한 클래식 음악이 흐르고 있다고 생각했더니── 학생회장의 목소리였다. 기분 좋은 그 울림에 강제적으로 긴장이 풀린다. 노래하는 듯한, 마성의 말투다.

다시금 꿀꺽 침을 삼키며 목소리의 주인을 바라보았다.

"그러고 보니 어젯밤엔 자기소개도 못 했었네, 학생회장 텐쇼인 에이치야."

커다란 창문에서 방대한 반짝임이 흘러들어와, 그는 마치 후광을 두르고 있는 것 같았다. 역광 때문에 표정은 거의 알 수 없다. 명화에 그려진 고대 왕족처럼 속세를 벗어나 있어, 어디까지나 아름답다. 무심코 넋을 잃고 바라보게 되고 만다.

그런 그의 존재감이 압도적이기에 알아채는 것이 늦었지만, 학생회장 주위에는 다른 사람들의 모습도 보인다. 옥좌 같은 의자에 앉아 있는 학생회장, 그 옆엔 유능한 비서처럼 부회장 케이토 씨가 대기하고 있다.

그도 어제 라이브 및 사후처리로 피로할 텐데, 그걸 느끼지 않게 똑바로 서 있다. 그저 쓰디쓴 표정으로 학생회장을 바라보고 있는 그 옆얼굴은 조금 인상적이었다. 왠지 시한폭탄이나 말을 듣지 않는 아이를 보고 있는 것 같은 시선이었던 것이다.

유메노사키 학원 중앙에서 위풍당당하게 행동하던 케이토 씨가 옆에서 대기하고 있다. 그 사실을 확인하고, 종자 같은 그 모습을 보고 다시금 실감했다.

이 세상 사람이라곤 생각할 수 없는 아름다운 인물, 텐쇼인 에이치 씨는—— 틀림없는 유메노사키 학원 학생회장인 것이다.

강대한 벽, 학생들의 정점에 군림하던 케이토 씨는 어디까지나 대리였으며, 그가 진짜 왕인 것이다. 이 유메노사키 학원의 『황제』——.

에이치 씨는 온화한 태도로, 굳어 있는 우리를 따뜻하게 맞아 주었다.

"그렇게 긴장하지 말고, 편히 있어. 유즈루, 손님께 차를 내어 주겠어?"

"분부대로 하겠습니다."

목소리를 통해 처음 깨달았지만, 학생회실 벽 부근에 유즈루 군이 있다. 나와는 일단 면식이 있기에, 눈이 마주치자 몰래 눈인사를 해 주었다.

그는 학생회 일원처럼 행동하며, 나는 그들과 적대 관계인 혁명아들에게 협조하고 있다. 입장은 정반대지만—— 같은 전학생으로서, 조금 친근감이 있었다.

"노예~, 나한테도 차 한 잔 줘! 오랜만에 회장이랑 가득 얘기했더니 목이 말랐어, 후후후 ♪"

즐거운 듯 차를 준비하는 유즈루 군에게, 그 주인인 토리 군이 말을 건다. 작고 사랑스러운 그는 고양이나 작은 동물처럼, 에이치 씨 무릎 위에 몸을 내던지고 뒹굴며 어리광을 부리고 있다. 남자 고등학생답지 않은 걸 하고 있지만, 왠지 누구도 뭐라 할 수 없는 자연스러움이 있었다. ——에이치 씨도 딱히 싫어하지 않고 토리 군의 머리를 쓰다듬거나 하고 있다.

기쁜 듯 눈을 가늘게 뜨며, 토리 군은 긴 소매에 싸인 손을 입가로 가져간다.

"드디어 벌을 받을 때가 왔구나, 『Trickstar』! 회장이 돌아왔으니 너희는 한 방에 펑이라고, 펑! 콱 짓밟혀 버려라~☆"

"예의바르지 못하구나, 토리. 난 싸우기 위해 그들을 부른 게 아냐, 손님 대접을 해야지?"

신나게 우리를 몇 번이고 가리키는 토리 군을 에이치 씨가 꾸짖는다. 진심으로 화났다기보다는, 어딘가 이 상황을 즐기고 있는 것 같은 느낌이지만.

그런 신비한 학생회장을 올려다보며, 토리 군은 배배 몸을 꼬았다.

"에헤헤, 회장도 참 착하다니까! 이런 쓰레기들에게도 온정을 베풀다니, 역시 그릇이 크구나! 격이 다른 걸 느껴!"

아첨하는 게 아니라 솔직한 생각을 말하고 있는 거겠지, 토리 군은 "회장, 너~무 좋아! 부비부비 ♪"하며 귀엽고 작은 동물 같은 소리를 내고 있다.

"그래그래. 토리는, 여전히 아기 고양이 같구나 ♪"

방문자인 우릴 내버려 두고, 에이치 씨는 행복한 듯 토리 군의 복숭아색 머리칼을 아름다운 손가락으로 빗어준다. 강제적으로 평화로운 분위기가 만들어져 있다.

그런 학생회 인물들을 바라보며, 우리의 동료── 마오 군이 한숨을 쉬고 있었다.

(내숭을 떨고 있군, 히메미야 녀석……. 뭐, 회장과는 이전부터 집안끼리 교류가 있다고 하지만. 윗사람에겐 죽어라 아첨을 떠는걸?)

그도 학생회 멤버, 회계다. 먼저 학생회실에 와 있다는 이야기는 들었었다. 유즈루 군이 차를 준비하고 있는 곳과는 반대쪽

벽에 등을 대고, 우리에게 눈짓을 준다.

(그나저나 다들 어떡할 거야? 겨우 난관을 극복했나 했더니, 쉴 틈도 없이 최종 보스가 등장했다고. 승리의 여운에 취할 새도 없잖아.)

학생회와 『Trickstar』, 어느 입장으로 행동할지 아직 정하지 못하고 있는 건지——마오 군은, 지금은 움직이지 못하는 것 같다.

(장기 입원 중이던 학생회장이 이렇게 빨리 돌아오다니……. 예상 밖이야. 『Trickstar』를 불렀다는 건, 역시 어제 드림페스와 관련해 뭔가 처벌을 내리려는 건가?)

이래저래 생각하면서도, 그것을 목소리로 바꿔 우리에게 전할 수단이 없다. 섣불리 발언했다간 마오 군이 스스로 입장을 명백히 표명하는 셈이 된다. 실제로 그는 아직 학생회에도 『Trickstar』에도 소속되어 있다——. 그다운 이중생활을 보내고 있는 것 같지만, 만약 우리 편을 드는 언동을 보이면 학생회에서의 지위를 잃고 만다.

(곤란한 걸. 명실 공히, 학생회장은 이 학원의 톱이야. 그 권력에 일반 학생은 거역할 수 없어.)

어려운 입장에 있는 그는 신중히 행동할 수밖에 없다.

(가세한다고 해도, 내가 할 수 있는 건 '한계'가 있어. 학생회장이 진심으로 죽이러 온다면 저항할 틈도 없어, 일단 조용히 상황을 지켜볼 수밖에 없는 건가?)

어젯밤 헤어진 후 전혀 보지도 못했고, 연락도 되지 않아 조금 걱정하고 있었지만. 그는 터프한 남자애다, 지금은 기운이 넘쳐 보인다.

어디까지나, 신체적으론. 마음속 및 이 상황에 따른 스트레스는 생각하는 것만으로도 내 속이 쓰릴 정도로 느꼈다. 평소엔 학생회 일원이기도 한 그가 편의를 봐주고 있는 『Trickstar』지만, 이 상황에선 그에게 의지하는 것도 가혹한 일이겠지.

여긴 적의, 학생회의 중추. 그들의 성, 본거지다. 섣불리 움직이면 포위되어 간단히 처형당한다. 호출을 무시하는 것도 좋지 않기에 왔지만, 될 수 있으면 아무 일 없이 용건만 듣고 얼른 떠나고 싶을 정도다.

(부회장도, 굉장히 무서운 표정이고. 두려워서 말을 걸 수도 없어, 어제의 추태를 부끄러워하고 있는 거라 생각하지만.)

마오 군은 우릴 신경 쓰면서도, 학생회 인물들의 동향도 주의 깊게 보고 있다. 하지만 지금 에이치 씨는 토리 군을 쓰다듬고 있을 뿐이고, 토리 군은 어리광만 부리고 있다. 유즈루 군은 차를 준비하고 있을 뿐—— 다른 학생회 인물들도, 조용히 대기하고 있을 뿐이다.

유일하게, 케이토 씨만이 무언가 말하고 싶은 듯 줄곧 에이치 씨를 노려보고 있지만, 발언은 하지 않는다. 조용히, 인왕상처럼 입을 굳게 닫고 있다.

그 전신에서 뿜어 나오는 압력에, 마오 군은 두려움에 떨면서도—— 조금 걱정스러운 눈길로 보고 있었다. 어제는 적대관계였지만, 마오 군은 케이토 씨의 인품이나 일처리를 존경하고 있는 거겠지. 그 시선은, 동료에게 향하는 것처럼 온화하고 다정하다.

(학생회장이 돌아오고 나서 한마디도 하지 않고 있어……. 회장과 부회장은 사이가 좋은 건지 나쁜 건지 모르겠다니까~?)

시선을 들키지 않을 정도로만, 마오 군은 자신의 상사들을 관찰한다.

(회장이 없을 때 부회장은 '회장을 위해' 노력했는데. 막상 회장이 돌아오니 둘이 언쟁만 하고 말이지? 신기한 관계야……. 그나저나 학생회 보스가 돌아왔어, 방심하면 진짜로 그 자리에서 당장 짓밟힐 거야.)

입장이 족쇄가 되어 움직이지 못한 채, 마오 군의 마음속엔 초조함이 끓어오르고 있다.

(여긴 적의, 학생회의 본거지야. 섣부른 언동을 하면 '그냥' 넘어가진 않을 거야. 어떻게 이 난국을 극복하지, 『Trickstar』?)

"용건을 듣고 싶다만."

단도직입적으로, 호쿠토 군이 날카롭게 파고들듯 앞으로 나오며 말했다.

『S1』에선 다른 사람에게 양보하려 했었지만, 역시 그에겐 누구보다도 리더의 자질이 있다. 공평하게, 냉정하게, 『유닛』에게 득이 되는 교섭을 할 수 있다.

집결한 학생회 임원들에게 위축되는 일 없이, 정정당당하게.

"우린 어제 드림페스의 피로가 남아 있다. 오늘은 느긋하게 몸과 마음을 안정시키고 싶으니 하찮은 용건이라면 돌아가겠어, 학생회장."

(오오, 세게 나왔는데. 역시 호쿠토…… 전혀 떨지도 않아.)

상황을 지켜보던 마오 군이 휘파람을 부는 시늉을 한다. 듬직하다는 듯, 한층 성장한 동료를 바라보고 있었다.

(어제 드림페스에서 승리한 걸로 자신감이 붙은 건가?)

"후후. 그렇게 강하게 굴지 않아도 되는데, 귀여운걸 ♪"

유즈루 군이 준비해 준 차를 맛보며, 느긋하게 찻잎 산지가 어떻다는 둥 관계없는 이야기를 하던 에이치 씨가── 의미심장하게 웃었다.

우리가 이 공간에 있는 걸 처음 알았다는 것처럼, 다시금 바라본다.

"도발은 그만둬 줬으면 좋겠는걸. 난 너희와 친목을 다지고 싶은 것뿐이니까."

"흥. 난 너희 학생회와 친하게 지낼 생각은 없다. 친해질 이유가 없어, 쓸데없는 잡담이라면 '이제 끝이다'. ……나가자, 다들."

호쿠토 군은 정말로 강하다, 단숨에 발길을 돌려 학생회실 입구로 향하고 만다. 어려운 교섭 등은 호쿠토 군에게 맡기려는지, 웅크리고 앉아 가구 등을 바라보던 스바루 군이 서둘러 일어섰다.

"어, 벌써 가는 거야? 상관은 없지만, 학생회실은 반짝반짝한

게 많아서 좋아~! 장식이나 이것저것 좀 더 구경하고 싶은데,
저기 봐, 큰 보석이야~☆"

"도도도돌아갈 거면 빠빠빠빨리 가자 히히히히히히다카 군."

"아케호시는 너무 태평하고, 유우키는 너무 긴장했어. 좀 더
신사적으로 행동해."

산책 기분인 스바루 군과 극한의 땅에 알몸 상태로 던져진 것
처럼 떨고 있는 마코토 군—— 동료들을 바라보며, 호쿠토 군
이 도움을 청하듯 나를 바라보았다.

나를 봐도 곤란하지만. 괜찮아, 나는 호쿠토 군 편이야.

"후후. 너희는 참 재밌네."

흐뭇하다는 듯 그런 우리를 바라보며, 에이치 씨가 음악을 듣
는 것처럼 눈을 감았다.

"역시 부르길 잘했어……. 아니, 이렇게 얼굴을 마주할 수 있
어 기뻐. 난 줄곧, 너희 같은 혁명아가 나타나길 기다려 왔으니
까."

"……무슨 의미지?"

"젊은 아이는 성급해서 탈이야. 금방 답을 원하지, 결론을 쉽
게 내려 해. 좀 더 우아하게 행동해야 해. 그렇다곤 해도, 느긋
하게 머물러 줄 것 같지도 않으니……. 어쩔 수 없지, 길게 말하
지 말고 용건을 딱 말해 볼까?"

반발하는 호쿠토 군을 사랑스럽다는 듯 바라보고서, 에이치
씨는 폭탄을 던졌다.

"우선, 『Trickstar』는 해산하도록 해."

"⋯⋯⋯?! 무슨 소리야 그건. 강권발동에도 정도가 있어!"

한순간 의미를 알 수 없었지만── 호쿠토 군이 곧바로 혈색을 잃었다. 명확하게 혐오감을 얼굴에 띄우며, 임전태세가 됐다.

"학생회에 거역한 자는 따지지 않고 짓밟겠단 건가? 『유닛』을 억지로 해산시킬, 그런 권리가 학생회에게 있는 건가? 단호히 항의하겠어!"

"맞아, 우리 『Trickstar』는 결성한 지 얼마 안 된 '이제부터'가 중요한 『유닛』이야! 여기서 해산할 순 없어!"

태평하게 있던 스바루 군도 일어서서, 호쿠토 군과 나란히 동조한다. 나와 마코토 군은 충격으로 움직일 수 없고 목소리도 낼 수 없다. ──그건 사실상 사형 선고니까.

해산, 이라니.

생각지도 못했다. 난데없이 제시된 히든카드에, 바로 반응할수 없다. 좋지 않은 예감이 든다. 학생회실을 방문하면서 아무 것도 각오하지 않은 건 아니었지만── 혁명, 『S1』 직후라 다소 긴장이 풀려 있었다.

이번엔 우리가 기습을 당하고 말았다. 통렬한, 같은 수법으로 당한 것이다. 만나자마자 얻어맞은 것과 같다. 이대로 가면 아무것도 하지 못하고 끝없이 얻어맞는다. 그것은 기이하게도, 어젯밤 우리가 증명하고 말았던 그 기습공격의 재현이다.

"다들 존댓말을 써라. 일단 우리는 상급생이다."

방금 떨어진 폭탄의 종류와 위력을 필사적으로 확인하고 있는 우리에게, 생각할 시간을 주는 것처럼── 도움을 주듯 발언한 건, 의외로 케이토 씨였다.

그는 잔소리를 입에 담으면서도, 자기 편일 에이치 씨를 불길하다는 듯 노려보고 있다.

"그건 그렇고. 나도 방금 말은 심했다고 생각한다, 에이치. 어제 드림페스에서 『Trickstar』가 학생회를 쓰러트렸다는 사실은 학원 내외에 이미 알려져 있어. 이 녀석들은, '영웅 취급'을 받고 있는 거다."

도리를 모르는 어린아이에게 상식을 해설하듯, 하나부터 열까지 설명하고 있다.

"드림페스에서 패배했단 분풀이로, 학생회가 강제로 녀석들을 해산시켰다……. 그런 구조가 되면, 거듭 수치가 될 뿐이다. 학생회에 대한 불신은 깊어지고, 모두 제2, 제3의 영웅을 기다리며 학생회의 권위는 와해되겠지. 임시방편도 되지 못해, 생각할 수 있는 것 중 최악의 '수법'이다."

방금 한 에이치 씨의 발언에 대해, 오히려 우리에게도 알기 쉽게 해설해 주고 있는 것 같았다. 케이토 씨는 결코 우리 편이 아니고, 비열한 수단까지 사용해 승리한 우릴 불쾌하게 여기고 있을 텐데도── 역시 공평하다.

자신들에게 승리한 『Trickstar』를, 사적인 감정으로 쓸데없이 상처 입히지 않도록 배려해 주고 있는 느낌이 든다. 전체를 생각해 학생을 지키고 있다.

우리 또한 유메노사키 학원 학생이다. 그 사실을 상기시켜주는 것 같은 발언이었다. 그 진의는 알 수 없다, 하지만 케이토 씨의 의리와 인정의 표현이었다고 생각하고 싶다.

"이 녀석들은, 드림페스에서 정정당당하게 학생회가 쓰러트릴 거다. 그렇지 않으면, 명예 회복은 할 수 없어. 억지로 해산시켜도 잠시 마음이 풀릴 뿐, 종합적으론 손해다. 『Trickstar』를 해산시키는 걸로……. 죽은 자야말로 영웅이 되고, 전설이 된다. 오히려 명성은 높아지고, 이룬 기적은 과장되어 손쓸 수 없게 돼."

있을 수 있는 미래를, 가능성을 제시하고——— 케이토 씨는 그것을 혐오하고 경멸했다.

공명정대하게.

"그건 악수(惡手)다, 에이치. 구제할 길이 없어."

"후후, 케이토는 상냥하네. 기습으로 자기를 무너트려 창피를 준 밉살스러운 아이들을 감싸 주는 거구나?"

오히려 기다렸다는 듯, 에이치 씨는 태평하게 기울이던 찻잔을 놓고서——— 옆에 선 케이토 씨를 곁눈질로 바라본다. 두 사람은 잠시 우리가 있는 것도 신경 쓰지 않고 언쟁하고 있었다.

"딱히, 『Trickstar』를 감싸는 건 아니다. 종합적으로 봐서, 학생회에게 득이 되지 않는다 판단한 것뿐이야."

"알고 있어. 안심해, 잘 생각하고 있으니까. 모두가 행복해질 수 있는 미래를, 난 바라보고 있어."

변명처럼 이야기하는 케이토 씨의 말을 받아넘기고, 에이치 씨는 그에 비해 묘하게 현실감 없는—— 기분 나쁠 정도로 편안한 말을 늘어놓는다.

"이 이야기는, 분명 해피엔드로 끝날 거야."

"그럼."

아름다운 학생회장은, 다시금 『Trickstar』를 향해 돌아앉는다.

그리고 희곡을 자아내듯, 정성들여 연습을 거듭한 것처럼 막힘없이 이야기했다.

"단도직입적으로 말할게. 현명한 너희는 잘 알고 있겠지만, 어제 드림페스에서 너희가 이길 수 있었던 건 기적이야. '우연'이었단 거지. 기습, 『UNDEAD^{언데드}』와 『2wink^{트윙크}』등의 협력, 전학생의 특별함, 나의 부재——."

우리가 그 대사를 이해하기 위해 필요한, 최소한의 시간 간격을 두고서.

"——등등 여러 요인이 겹친 덕에 운 좋게 잡은 승리였어. 우리가 정면에서, 진지하게 너희와 싸웠었다면 너희에게 가능성은 없어. 복수에 불타는 케이토의 『홍월』이나, 내 『fine^{피네}』라면 간단히 꺾어 버릴 수 있지."

(……확실히, 분하지만 학생회장 말대로다.)

어느새 관객처럼, 그저 에이치 씨가 노래하는 말의 홍수를 뒤집어쓰며—— 말에 끼어들지도 못하고, 호쿠토 군이 필사적으로 생각하고 있다.

(어제의 승리는, 기적이었어. 기적은 몇 번이고 일어나지 않아, 실력 차이는 명백해. 정정당당히 싸워서 이겼다고 생각진 않아. 썩어 빠졌다 하여도 학생회장은, 유메노사키 학원을 지배해 온 톱 아이돌이야.)

곱씹고, 이해하고, 판단한다.

호쿠토 군은 그다운, 연산장치 같은 계산과 생각을 뇌 속에서 펼치고 있다.

(권력만으로 지배했던 게 아니야. 확실한 실력이 있어. 누구도 넘을 수 없는 높은 벽이기에 군림할 수 있었던 거야. 우리도 아직 미숙해. 결성된 지 얼마 되지 않은 『Trickstar』── 그런 우리가 필사적인 노력과 계획, 많은 동료들의 도움을 얻어 간신히 승리할 수 있었던 거야.)

여긴 괴물의 소굴이다. 잘못 대응하면, 기다리고 있는 건 절망뿐. 그런 본능적인 기피감이 든다. 우린 아무런 준비도 없이, 거미집 안에 발을 들여놓고 말았다.

(두 번은 없어. 학생회에 비해 우린 아직 실력이 부족해. 시간을 들인다면, 언젠가 분명 따라잡을 수 있겠지. 하지만 현시점에선, 명확한 실력 차이가 있어.)

"그렇지만. 너희는 유메노사키 학원에 핀 꽃이야, 필 리 없던 꽃이었어. 기적 그 자체지, 고귀한 존재라 생각해. 짓밟아 버리는 건 너무나 아까워."

그런 호쿠토 군의 마음속 모든 생각을 읽어내고 있는 것처럼,

그가 생각에 일단락을 짓고―― 결론을 얻길 기다리는 것처럼, 에이치 씨가 차를 즐기고 있다.

입을 축이고 나서, 말의 검을 뽑아든다.

"그러니 제안을 하나 할게. 그러려고 너희를 부른 거야. 말은 끝까지 들어. ――이건, 너희에게도 '기회'일 테니까."

영혼을 사고파는 거래를 제의하는 악마처럼 친절한 태도다. 괴물 그 자체. 경계하거나, 거친 목소리를 낼 필요도 없는 것이다. 교섭하고 있는 것처럼 보이지만, 실제론 다르다. ――그는 순식간에 우리의 모든 존재를 지워버릴 수 있다.

"안타깝지만 『Trickstar』는 해산시키겠어. 하지만, 멤버는 모두 더 유력한 『유닛』으로 이적 시키려고 해."

하지만. 그는 굳이 말로서, 인간 같은 말투로 교섭 놀이를 하고 있는 것이다. 우릴 바보 취급하고 있기보다는, 그건 그 나름 대로의 예의 같았다.

"전격 이적이지. 그래…… 히다카 호쿠토 군, 아케호시 스바루 군. 너희는 『Trickstar』란 오합지졸의, 어디서 굴러 먹었는지도 모르는 『유닛』에 두기엔 아까워. 내 『fine』에 들어오도록 해. 유메노사키 학원 최강의 『유닛』으로. 오늘은 제재하려고 너희를 부른 게 아니야. 권유를 위해서인걸?"

테이블에 매너에 맞춰, 접시에 놓인 우리를 잘라 입으로 가져가 음미하며 씹는다.

"내 동료가 되도록 해. 그리고 미래의 『fine』를, 유메노사키 학원을, 아이돌 업계를 짊어질 인재가 되어 줬으면 좋겠어. 너희에겐 자질이 있어, 눈부시게 빛날 재능이 있어. 그건 내 적이 아닌, 아군으로서 크고 화려하게 피어나야 할 싹이야."

정말로 고급 요리를 바라보는 것 같은, 오싹할 정도의 눈길이다. 상스러운 욕망은 없다, 어디까지나 우아하다. 하지만 우리를 전혀 인간으로 보지 않는다.

"갓 눈뜬 그 싹을, 내 손으로 짓밟게 하지 말아 줘. 아끼고, 키우게 해 줬으면 좋겠어. 이건 부탁이야, 나 텐쇼인 에이치가 머리 숙여 부탁할게. 너희를 원해, 진심으로."

에이치 씨는, 지명한 두 사람을—— 호쿠토 군과 스바루 군을 손짓해 부른다. 그 몸짓도, 역시 음식 재료를 자르기 위해 포크와 나이프를 다루는 것 같다.

우아하게, 그는 우리를 삼키려 하고 있었다.

"가련한 꽃을, 장래 유망한 젊은 아이돌을 수확할 날을, 난 계속 기다려왔어."

✦❖⬩✦

"물론…… 히다카 군과 아케호시 군을 제외한 두 멤버에 대해서도 생각하고 있으니. 안심해."

갑작스러운 제안에 대답은커녕 이해조차 따라가지 못해 멍하니 있을 수밖에 없는 우리에게, 생각할 틈도 주지 않고—— 에이치 씨는 계속 칼을 휘두른다.

말과 권력. 다루기에 따라선 어떤 병기보다도 무서운 그것을 종횡무진 날린다. 머나먼 높은 자리에서, 우릴 평가하며 잘게 잘라 나간다.

기분이 나쁘다. 두렵다. 하지만 아무 저항도 할 수 없었다. 그가 장황하게 늘어놓는 말 속에 든 악의와 포석. 그것이, 속속 식충식물처럼 이빨을 드러낸다.

에이치 씨의 다음 목표는, 『Trickstar』의 다른 두 멤버다. 벽 쪽에서 초조함을 드러내며 언제든 움직일 수 있게 태세를 갖추고 있던 마오 군과 그저 이상한 상황에 떨고 있는 마코토 군이다.

"먼저 이사라 마오 군은, 그를 높이 평가하는 케이토의 『홍월』로 보내도록 하지."

마치 훌륭한 상을 내리는 것처럼, 에이치 씨는 내 동료들을 보석 상자에 넣어 분배한다. 그 행위에, 내 의지는 포함되지 않는다.

모든 것이 학생회장의 손안이다.

"유우키 마코토 군은, 내 지인이 소속된 『Knights』에서 '원한다'고 손을 들었어. 세나 이즈미 군……그가 유우키 군의 이적을 강하게 바라고 있는 것 같아."

그 이름에, 나는 오한을 느낀다. 이즈미 씨——『S1』 개최 직전 방음연습실에 찾아와 꺼림칙한 언동으로 상처 자국을, 싫은 느낌을 남기고 갔던 그 수상한 미청년이다. 그는 아무래도 마코토 군에게 집착하고 있는 것 같았으니까……. 이적처로서 자신의 『유닛』을 제시한 건가.

"『Knights』는 학생회 세력 외에선 최대급의 유력 『유닛』이야. 낙오된 열등생이란 평가를 받는 유우키 군에게는, 다시없을 기회겠지?"

역시 선행을 하고 있는 것처럼, 마치 우리를 위해 정성을 다하는 것처럼——에이치 씨는, 『Trickstar』라는 기적 같은 집단을 해부해 나간다.

"이건 너희 모두에게도 해당하는 말이야. 이대로 닳아 흔적도 없이 사라질 정도로 우리 학생회와 싸워보겠니? 지옥 같은 소모전이 하고 싶은 걸까?"

모든 것을 바친 격전을 넘어온 직후의, 너덜너덜하게 지친 우리를——마치 위로하듯 에이치 씨는 이야기한다. 역시, 어제같은 무리를 몇 번이곤 할 수 없다. 그랬다간 다음엔 사상자가 나올 것 같다. 모두 생명을 깎아, 수명을 줄여가듯이 싸웠다.

그런 전쟁을 몇 번이고 반복하는 건 무리다. 적어도, 조금은 쉬고 싶다. 승리하여, 이 유메노사키 학원을 변화시키고——혁명을 달성했다. 그 보상으로서, 잠시 휴식을 갖고 싶다, 머릿속 어딘가에서 그렇게 생각하고 있다. 본능이, 호소하고 있다.

에이치 씨는 전쟁을 피하려는 우리 마음을 간파해 자극하고 있다. 뇌 수술을 받고 있는 것 같다, 이 사람의 이야기를 계속 듣는 건 너무 위험하다.

"처음엔, 자기가 '대단한 일'을 했다고 착각해 자랑스러울지도 몰라. 하지만, 그건 결국 애들 장난이야. 혁명 놀이지. 이윽고 깨닫게 되겠지, 그런 건 아무런 의미도 없다고——."

우리가 어렴풋이 안고 있던 불안도 그는 실마리로 잡아——

마음이란 이름의 장벽을 무너뜨리러 든다. 그래. 혁명이다 뭐다 말해 봐도, 세상을 새로이 칠한 건 아니다. 작은 고등학교의, 누구도 뒤집을 수 없던 큰 흐름의 길을 조금 바꾼 것뿐이다.

그 정도의 일에, 우리는 사력을 짜냈다. 하지만 거기가 한계였던 건 아닐까. 더 이상은, 무리인 건 아닐까. 나약한 소리가, 차갑고도 무거운 현실이 짓누르기 시작한다.

우린 아직 고등학생이다. 경험도 없다. 미숙하고, 젊음과 기운과 가능성만이 특징이다. 언제라도, 우리가 걷고 있는 길에 자신도 확신도 가질 수 없다.

그 불안에, 마음속 틈새에 칼을 꽂아 넣고 에이치 씨는 달콤한 독을 칠한다.

"우린 유메노사키 학원 학생이잖니. 동료끼리 다투는 건 슬픈 일이야. 생산적이지 않아, 미래를 생각하렴. 이건 너희에게 결코 패배를 의미하는 게 아냐, 영혼을 파는 행위도 아니지."

에이치 씨의 말이 뇌 틈새에, 마음속 주름에 침투한다. 그는 행복한 미래를 제시하고, 인도하며, 우리에게 변명의 소재까지 준다.

"너희는 승리했어. 내 제안은, 승리한 너희에게 주는 보수야. 너희의 재능은 내 손안에서 비로소 빛날 수 있을 거라 확신해, 그러니 '알겠다'고 말해 줬으면 좋겠어. 내 손을 잡아주길 바란다. 함께 걸어 나가자."

한순간 그 미소가, 정말로 인간의 것으로 보이지 않게 됐다.

"너희의 꿈을, 내 꿈으로 만들어 줄게."

그렇게 입에 담은 에이치 씨는, 인간의 탈을 쓰고 있는 괴물 같았다. 나조차도 이해할 수 없을 정도의 떨림이, 온몸에 번개처럼 지나갔다. 괴물의 이빨이 목덜미에 박혀, 아픔과 충격을 지우려 뇌내마약이 흘러나온다.

아아. 그는 포식자고, 우린 그를 위해 준비된 먹이인 것이다.

"그 꿈은 분명 가장 밝게 빛나, 이 세상 모든 것을 비출 희망이 될 거야. 너희는 신데렐라야. 성공의 계단을 높이높이 올라갈 수 있어. 이건 최고의 찬사야. 버티고 있어도 의미는 없어. 성장하기 위해선 반항기도 필요하지만, 언제까지고 놀고 있을 수만은 없지."

어린아이의 꿈 이야기를, 동화 이야기를 하는 말투다. 에이치 씨의 말엔 무수한 거짓말과 독, 악의가 배어 있지만──그 말만은 본심인 것처럼 느껴졌다.

갑작스레 흘러넘친, 그도 고등학생 남자애라는 증명 같았다.

"언젠가 체제에, 사회의 틀에, '큰 흐름'에 합류할 거야. 영원히 아이로 남을 순 없어, 어른이 되어야지. 그리고 그 기회는 지금밖에 없어."

우리가 다니는 유메노사키 학원의 선배, 그중 한 사람인 에이치 씨는── 왠지 평범하게 후배를 가르치고 이끌어 주는 것처럼 보였다. 그렇게 착각할 정도로, 이야기하면 할수록, 그가 착한 사람이라고── 진심으로 우릴 걱정해 조언해 주고 있는 게 아닐까 하고, 생각해 버릴 것 같다.

친근하게 구원의 손길을 내밀어 주는 것 같았다.

"이 기회를, 쉽게 포기하지 말아줬으면 좋겠어. 지금이 물러날 때이자 타협점이야. 앞으로도 아이돌로서 있고 싶다면, 너희도 성숙한 판단을 해야지."

무서울 정도의 공감이, 내 마음 깊은 곳을 흔든다.

"난 줄곧 너희처럼 재능 있는 인재를 기다렸어. 이 만남을, 불행한 결과로 끝내고 싶지 않아. 진심으로 부탁할게."

그래. 어른에겐, 체제에는 거역할 수 없다. 우린 어른들이 힘들게 준비해 준 평화로운 모형 정원 속에서, 사랑받으며 생명을 유지하고 있는 것뿐이다.

목줄이 채워진 채, 어른 흉내를 내며 기뻐하는—— 어린아이인 것이다.

"내가, 모처럼 핀 아름다운 꽃을 짓밟게 하지 말아 줘."

망설이며 갈피를 잡지 못하는 우리에게, 쉽사리 에이치 씨는 최후통첩을 보낸다.

"이 '부탁'을 들어주지 않는다면, 슬프지만 전쟁을 할 수밖에 없겠지?"

"후후."

에이치 씨는 다시 찻잔을 손에 들고, 조금 시간을 두었다. 자신의 말이 우리 안에 파문을 일으켜, 마음속 깊은 곳까지 침투하는 걸 확인하는 것처럼.

"다들 굳어버렸네. 갑작스러워서 놀란 걸까, 하지만 오래 기다리지 않을 거야. 너희는 단 2주간의 특별 훈련으로 『홍월』을 무너뜨릴 정도의 추진력과 무기를 얻었어. 내버려 두면 위험하니, 이 자리에서 바로 답해 줘."

곧바로 그는 만족스러운 듯 고개를 끄덕이고서, 변하지 않는 온화한 태도로 다시 이야기를 시작한다. 역시 모든 것이 오선지에 미리 음표가 기록된 악곡 같다. 우린 처음부터 마지막까지, 반응조차 모두 파악당한 상태로 연주하는 악기에 지나지 않는다.

관객조차도 아니다. 이미 그의 이빨은 우리 마음속에 깊이 박혀, 빼앗아가려 하고 있다. 마지막까지 저항하지 않으면, 그대로 먹혀들어 정말 그의 일부가 되고 만다.

그런 느낌이 들었다.

"유메노사키 학원 톱 아이돌이 이 정도까지 경계해 주다니, 영광이군."

에이치 씨에 대한 두려움에 떨 수밖에 없는 내 옆에서, 호쿠토 군이 버텨내듯 강한 어조로 답한다. 신참인 나와 달리, 그에겐 『Trickstar』와 함께 자아낸 인연이 있다. 그것이 갑옷이 되고 방패가 되어, 괴물의 맹공을 견디고 있다.

그럴 텐데——.

"하지만 우리의 대답은 정해져 있어. 다들 그렇지?"

"……잠깐 생각하게 해달란 건 대답이 되지 않는 건가?"

우리와 다소 떨어진 위치—— 벽 쪽에 있던 마오 군이, 몹시도 담담하게 말했다. 믿을 수 없다는 표정으로, 호쿠토 군이 '이사라?' 라고 동료의 이름을 불렀다.

마치 미아가 된 것처럼.

"호쿠토. 너답지 않아, 열정만 앞서고 있어. 이건 생각 이상으로 위험한 상황이라고."

그런 호쿠토 군을 오히려 부럽다는 듯 바라보고, 열을 분산시키는 것처럼 자신의 머리를 마구 쥐어뜯고는 마오 군은 날카롭게 숨을 내쉬었다.

"뭐, 위에서 거만하게 일방적으로 명령하는 느낌이니 기분은 좋지 않지만. 지금이 장기판이었다면, 우린 이미 패를 다 드러내고 있는 거나 마찬가지야. 섣불리 움직였다간 그대로 끝장이라고."

"후후. 젊다는 건 좋네, 뭐든 할 수 있을 것 같은 자신감이 있겠지. 하지만, 일단 '그런 건' 잊고 냉정하게 생각해 줬으면 기쁘겠는걸."

그런 마오 군의 태도를 보고 어떤 생각을 했을까, 에이치 씨는 적확하게—— 우리가 움직임과 동시에 병기와도 같은 말을 투입해, 싹트려던 희망을 쉽사리 짓밟아 버린다.

"이사라 군. 현명한 너라면, 제대로 득실을 헤아릴 수 있겠지?"

"…………."

이사라 군은 입을 다물고 말았다. 그는 처음부터 어려운 입장에 있다. 섣불리 발언할 순 없다. 그래도 호쿠토 군을 걱정해 목소리를 높인 건데, 벌써 입이 막혀 버렸다.

정말로 장기였다면, 더는 손쓸 수 없는 느낌이다. 절망적이다.

이 장기판은 이미 학생회장의 손바닥 안이다.

"대답을 재촉하는 데도 이유가 있어. 가까운 시일 내에 이벤트 하나를 열 계획이거든."

화제를 바꾸기보다, 정리하는 것처럼 에이치 씨는 새로운 사실을 제시한다.

처음부터 모두, 그 지점을 목표로 이야기를 구축하고 있었던 것 같다.

"거기에 모든 걸 맞추고 싶어. 사실은 지금 당장에라도 움직여야 하는걸? 시간도 빠듯해. 우리 입장만 밀어붙여 미안하지만, 난 상당히 오래 입원해 있었으니까……. 하고 싶은 일, 해야 할 일들이 아주 많아."

한순간, 에이치 씨는 지금까지 줄곧 띄우고 있던 다정한 미소를 지웠다.

그것만으로도 이미, 심장이 으스러뜨려진 것처럼 무서웠다.

"언제까지고 너희와 놀고 있을 시간은 없어. 방해할 생각이라면, 수단과 방법을 가리지 않고 너희를 부술 거야. ……난, 케이토처럼 착하지 않아."

✦✦✦

"후후. 생각하기 쉽도록, 좀 더 카드를 꺼내 볼까."

완전히 침묵해 버린 우릴 보고, 이래선 이야기가 진행이 되지 않겠다 싶었는지—— 에이치 씨가 또다시 미소를 지으며 말을 자아낸다.

숨이 끊어지고 말 것 같은 우리에게, 마지막 일격을 날리는 것처럼.

"유우키 마코토 군."

"에, 저요? 무무, 무슨 일이시죠?"

갑작스러운 부름에, 마코토 군이 공교롭게도 내 뒤에 숨었다. 괜찮지만, 사실 나도 무섭다. 그다지 지켜주지 못할 것 같은 느낌이 든다.

"그렇게 겁먹지 말아 줬으면 좋겠는걸. 난 폭군이 아니야. 항상 유메노사키 학원 학생을 위해 생각하고, 행동하고 있어."

가여운 피에로라도 보는 것처럼, 에이치 씨는 즐겁다는 듯 마코토 군을 바라보고 있다.

"유우키 군, 확실히 말해둘게. 네 매력을 최대한 발휘할 수 있는 곳은 『Trickstar』가 아니라 『Knights』야. 그 『유닛』엔, 업계 정상급 모델인 나루카미 군과 세나 군이 있지."

나루카미, 라는 이름은 잘 모른다. 이즈미 씨와 같이 언급될 정도라면, 역시 같은 느낌의 사람이겠지. ――그렇다면 마코토 군과는 스타일이 정반대일거라 생각하지만.

마코토 군은 뒤에 숨은 채, 내 교복 옷깃을 쥐고 있다. 그 떨림이 전해져 온다. 자신이 죽을 날을 선고받은, 불행한 환자 같다.

"네 특성을 최대한 살릴 수 있는 시스템이 마련되어 있어. 넌 『Knights』에서야말로 꽃필 거야. 네 성장을 위해, 더 좋은 무대로 옮기는 게 현명하지 않을까?"

"전 이제, 모델은──."

"모델로 돌아가라는 게 아냐. 그 재능을 최대한 살릴 수 있는 환경에 있는 게 좋다고 제안하는 거지. 네겐 그 최고의 환경이, 『Knights』라는 거야."

미약하게 항변하려던 마코토 군의 목소리를, 에이치 씨는 노골적으로 차단했다. 정중하게 이야기를 나누는 것보다, 일방적으로 밀어붙이는 것이 마코토 군에게 효과적이라고 깨달은 거겠지.

사실 그 말대로── 마코토 군은 더는 찍소리도 하지 못한다.

"『Trickstar』에선 재능을 낭비할 뿐이야. 언제까지고 그늘에 있을 거니? 이대론, 넌 영원히 다른 멤버들의 들러리밖에 되지 못해."

"…………."

"장기적인 인생 계획을 세워야지. 멀리 내다보고, 최적의 수를 선택하렴. 이건 내 지론인데, 우리 나라의 엔터테인먼트 산업이 해외에 뒤지고 있는 건── 전체에 투자하지 않고, 개인을 방목하기 때문이야."

죽은 듯이 침묵한 마코토 군에게 흥미를 잃었는지, 딱 맞게 치사량의 말을 투여했다 생각한 건지, 에이치 씨는 관계없는 것 같은 이야기를 시작한다. 하지만, 전혀 하찮은 이야기일 리가 없다. ──이것 또한, 우릴 굴복시키기 위한 수인 것이다.

"해외는 시스템에 주력하고 있어. 형태와 설비를 충실하게 만들어, 노하우를 축적해 엔터테인먼트를 공업화하지. 자금을 낭비하지 않고 운용해 시스템을 만들어 가."

그는 국민에게, 즉 자신이 지배하는 자들에게 강하게 연설하는 것처럼 이야기하고 있다.

"아이돌 업계를 포함한 우리나라의 엔터테인먼트 산업은, 그걸 소홀하게 해 왔어. 개인에게 많은 보수를 지불하지만, 시스템은 충분하지 못한 채 '대충대충' 해결하고 있어. 그때그때 화제가 되어 유행하지만 그 이유를 모르지. 통계도 내지 않고, 하다 보면 하나는 되겠지 식의 무차별 승부를 하고 있어. 도박이라고 해도 너무 어설퍼. 유행을 만드는 시스템을 형성하지 못하고, 그 자리에서 그저 '됐다, 안 됐다' 고 구경이나 하고 있을 뿐이야."

대화는 끝나, 에이치 씨의 독무대가 시작됐다.

청중이 된 우리는, 그저 그 입담을 조용히 듣고 있을 수밖에 없다. 반론을 용서치 않는, 마음이 담긴—— 그의 지론. 내가 아침은 졸린다거나 편의점에서 아이스크림 사야지, 같은 그런 걸 생각하고 있는 사이에, 그는 줄곧 이런 복잡한 일들을 생각하고 있었던 거겠지.

다시금, 무섭다고 느꼈다. 이미 나와는 다른 종류의 생물이다.

이야기의 등장인물처럼, 아름다운 학생회장은 낭랑하게 지론을 펴간다.

"돈을 뿌리면, 그 자리에 있는 사람은 기뻐하겠지. 하지만 돈을 쓰는 방법으로써 그건 낭비밖에 되지 않아. 하수구에 버리고 있을 뿐이지, 투자라고 할 수도 없어."

에이치 씨는 고등학교 3학년. 나와는 한 살밖에 차이가 나지 않는 아이일 터다. 하지만 어른처럼, 경영자처럼 이야기하고 있다. 사는 세상이 다르다── 살아 왔던 장소가 다르다, 그는 다른 무대 위에 서 있다.

"비유하자면 해외는 '무도' 고, 국내는 '싸움' 이야. 마구잡이로 하다보면 일시적으로 '싸움' 이 승리하는 일도 있겠지. 하지만 장기적으로 보자면 시스템을 형성하고, 거기에 주력한 '무도' 가 강해. 완성된 시스템은, 어떤 천재적인 개인도 능가하지."

비유까지 들며, 알기 쉽게 자기 생각을 보여준다.

이것은 아무것도 모르는 우리를 위한, 학생회장 텐쇼인 에이치의 강의였다. 신탁이나 세뇌 같다. 말 하나하나가 뇌세포에 침투해, 물들여 간다.

그의 사상이, 뇌 속을 침략한다.

"최종적으로는 죽창과 전투 스킬의 승부. 승산이 없어진 다음엔 너무 늦지. 천재는 필요 없어, 일기당천의 강자도 필요 없어. 대량생산되어 훈련받은 '평범한 군대' 가, 언젠가 반드시 승자가 될 거야."

당연한 사실을 논하듯 그는 이야기한다. 그리고 분명 현실로 만들기 위해 노력과 행동을 거듭하고 있다. 자신의 의지와 사상이 있고, 그에 기반을 두고 움직이고 있다. 그 모습은 정말 어른이었다.

단순히 나이를 먹었다는 게 아니다, 어른에게 길러져 천진난만하게 뛰놀던 아이에서 탈피해, 이 현실에 간섭하는── 이야기의 등장인물 같은 말투였다.

그는 현실에서의 자신의 위치를 이해하고, 배역을 받아, 완벽히 행동하고 있다.

우리는 단순한 독자로서, 주어진 이야기를 즐기는 아이로서, 그의 행동을 지켜보고 있을 수밖에 없다. 우리에게는 그와 대화할 권리조차 없다.

그러니 어른이 되라고, 이야기의 등장인물이 되라고 그는 말한 것이다.

"시스템에 주력한다는 건, 그런 거야."

대답도 하지 못하는 우리에게, 에이치 씨는 매듭을 짓기 좋은 곳까지 자기 의견을 정중히 말했다. 자신은 이런 사람이라고, 친절히 해설해 주는 어린이 책의 주인공처럼.

일단 이야기를 끊고, 에이치 씨는 열을 식히듯 차를 입에 머금는다. 자신을 훈계하는 것처럼 몇 번인가 눈을 감았다 뜨고, 눈가를 주무르며 현실과 다시 마주한다.

그리고 또다시 너무 상냥해 불안해질 정도의, 온화한 미소를 짓는 것이었다.

사랑스러운 이야기의 고결한 주인공이나 우리의 보호자——부모처럼. 우릴 얕보고 깔보고 있는 것이 아니라, 단순히 현실적으로 우리와 그 사이에는 차이가 있다.

서 있는 장소가, 다르다. 에이치 씨는 여유가 넘쳐 보인다.

"이야기가 옆길로 샜네. 내 말의 의미가 지금은 이해되지 않을지도 모르겠지만, 신중히 생각해 줬으면 좋겠어. 아이돌 업계의 미래를 위해, 너희도 공헌해 줬으면 해."

"당신의 군대가 되라는 건가…… 『황제』 폐하?"

둔감한 건지 강한 건지, 나보다 그다지 동요하지 않은 호쿠토 군이 눈썹을 찌푸리며 물었다. 우릴 감싸는 것처럼 다시 한 발 앞으로 나가, 호전적으로 학생회장을 노려본다.

에이치 씨는 아기가 처음 대답한 걸 보는 것처럼, 흐뭇해하는 표정이다.

"나의 군대는 아니지. 아이돌 업계의, 군대가 되어 줬으면 해. 더 깊게 말하자면, 노예가 되어 줬으면 좋겠어. 심지어 기뻐하며 봉사하는, 행복한 노예가 되어 줬으면 하는 거야."

과격한, 그렇기에 전해지기 쉬운 직접적인 단어를 골라 에이치 씨는 이야기했다.

"난 장기적인 관점으로 시스템을 생각하고 있어. 사소한 승패 하나하나엔 의미가 없어. 『아이돌』이란 존재를 국내의 힘자랑에서만 끝내지 않고, 인류사에 이름을 남길 수 있을 위대한 무도가로서—— 영웅으로, 문화로서 뿌리내리게 하고 싶어."

현란한 말로, 그는 현실을 화려하게 꾸며 손보아 나간다. 있을 수 없는 꿈 이야기 같은 것을, 어디까지나 현실의 일로서 이야기하고 있다.

그것이 기묘하고 기분이 나쁘다. 하지만 동시에 거역할 수 없는 무거움이 있다. 나 같은 기타 다수가, 이야기의 등장인물에게 항의할 권리가 있을까?

"내가 아이돌을, 문화라는 높은 경지로 끌어올릴 거야. 아니, 그 이상의 존재로 승화시켜 보일거야. 너희가 그걸 도와줬으면 좋겠어. 너희는 할 수 있어. 재능이 있고, 자질이 있지. 분명 커다란 성과를 올릴 수 있을 거야."

에이치 씨는 미소 지은 채, 아직 전의를 잃지 않은── 마음이 꺾이지 않은 자들을 하나씩 유린해 나간다.

첫 타깃은, 건방지게도 저항을 지속하고 있는 호쿠토 군이었다.

"장래성이 있기에, 이렇게 말하는 거야. 히다카 군, 네 부모님과도 이미 이야기는 마쳤어. 응원해 주시는 것 같아, 믿지 못하겠다면 확인해 보도록 해. ……애들 장난은 그만두고, 진짜 전장으로 가야지."

그 말엔, 천둥 벼락과도 같은 위력이 있었다. 지금까진 평소의 무표정을 아주 조금 일그러뜨리고 있던 호쿠토 군이, 크게 반응했다. 얼굴을 구기며, 몹시도 불쾌한 표정으로 이를 갈고 있다. 나는 그런 호쿠토 군을 처음 봤다.

울부짖기 직전의, 아기 같다.

"부, 부모님은 관계없잖아. 확실히, 시스템론 같은 걸 좋아하는 우리 집이라면 당신의 의견에 긍정적이겠지만."

말투마저 혼란스러워져, 호쿠토 군은 필사적으로 항의했다. 치명상을 입으면서도 싸우고 있다. 그런 느낌이 들었다──. 보면 안쓰러울 정도였다.

그러고 보면 호쿠토 군은, 부모님과 무언가 갈등이 있는 것 같았다. 『S1』에 승리하기 위해, 부모님께 머리 숙여 도움을 청했다고도 들었다. 도움을 청한다고? 부모님인데? 마치 애끓는 심정으로, 미운 상대에게 도움을 청하는 것 같았던 그 표정을 기억하고 있다.

그것은 틀림없이 호쿠토 군의 급소 중 하나다. 그곳을 에이치 씨는 화려하게—— 가차 없이 찔렀다. 호쿠토 군은 비틀거리며, 필사적으로 말했다.

"난, 마음 없는 톱니바퀴가 되는 게 싫어서, 『Trickstar』로서 활동하고 있는 거다."

"그건 단순한 반항기야. 어른이 되렴, 히다카 군. 청춘은 짧아. 지쳐 움직일 수 없게 되고 나서 후회해도 늦어."

알기 쉬운 말로 호쿠토 군의 모든 것을 베어 버리고서, 에이치 씨는 눈으로만 웃는다. 호쿠토 군이 최대한 내보인 허세를 간파하고, 종이를 구깃구깃 뭉쳐 휴지통에 버리는 것처럼—— 필요 없는 것으로서 제거한 것이다.

말을 잃어버린 호쿠토 군에게, 에이치 씨는 그야말로 고집쟁이 부모처럼 고했다.

"이미 경쟁은 시작됐어, 급할 때는 옆에 있는 누구에게든 부탁하라는 말도 있잖니. 좋은 환경과, 이용할 수 있는 사람들이 있는데, 등을 돌리는 건 단순한 투정일걸?"

"물론, 보수도 지급할게. 너희의 귀중한 청춘을, 젊은 날의 시간을 날 위해 사용해 달라 부탁하고 있는 거니까."

결국 호쿠토 군까지 침묵해 버려, 학생회실에 정적이 깔렸다. 어두운 분위기를 불식시키는 것처럼── 에이치 씨는 다음 폭탄을 투하한다.

융단폭격이다. 우리의 모든 것이, 허허벌판이 되어 간다.

"합당한 금액을 준비할게. 어디 보자. 한 명에 천만 엔 정도면 될까?"

"우릴, 매수하려는 건가?"

호쿠토 군이 혐오감을 숨기지도 않고 말하자, 에이치 씨는 곤란한 듯 미소 지었다.

"투자야. 아니, 노동에 대한 정당한 보수지. 싸움에서 아무리 이겨도 기분만 좋아질 뿐이야. 하지만 군대는 이익을 낳고, 그건 개개인에게도 환원돼. 그런 얘기야."

아까 했었던 긴 이야기가 전제 지식으로서, 이미 우리 뇌 속에 자리를 잡고 있다. 그의 문맥에 거둬들여져, 그의 사고를 기반으로 상황을 판단하려 하고 있다.

이미 우리 마음속에, 의식 속에, 그는 영토를 만들었다. 그 사실을 자각하고── 나는 역시 기분이 나빠졌다. 마법에 걸린 것 같다. 하지만 그건 확실히 공주님을 행복하게 하는 종류의 동화 속 마법은 아니다.

이 현실을 마음대로 바꾸는, 악의를 가진 자에 의한 금단의 기법이다.

"아케호시 군, 넌 돈을 좋아했었지. 돈으로 해결할 수 있다면 간단해서 좋아, 천만 엔에 '알겠다'고 답해 주지 않겠니?"

다음 목표를 스바루 군으로 정했는지, 에이치 씨는 그를 향해 몸을 돌리며 이야기했다.

"톱 아이돌의 수입으로선 적은 금액이지만. 아직 아무 성과도 내지 않은 사람에게 지불하기엔, 큰 투자가 될 거야."

미리 준비했겠지, 그는 영화 등에서 자주 보이는—— 그렇기에 현실감이 없는 아타셰 케이스를 대수롭지 않게 책상 위에 놓았다. 간단히 열린 그 안은, 믿을 수 없을 만큼 많은 지폐 다발로 차 있었다. 에이치 씨의 말대로라면 천만 엔, 아니 『Trickstar』 전원에게 각각 나눠준다면 4천만 엔?

4천만 엔? 조금 현실감이 없는 금액이다, 의미를 모르겠다. 그만큼 있으면 뭐든지 살 수 있다, 집이든 차든 뭐든……. 동화 속에 그려지는 종류의 행복이나 사랑 말고, 이 현실에 존재하는 것이라면 아마 뭐든지.

어른이라면 크게 기뻐하며 그 현실적인 보수를 받았을 거다.

하지만 그건 우리의 청춘을, 혁명을, 기적을 팔아 치우기에 충분한 금액인 걸까. 모르겠다. 눈앞에 있는 생생한 지폐 다발에 현기증이 나, 구역질까지 나기 시작했다.

"받아 줬으면 해, 내가 너희에게 주는 기대의 증표를."

"장난치지 마."

스바루 군은 망설이지 않았다.

그도 이야기 속 등장인물인 것 같다. 그래—— 동화 속 왕자님이나 소년만화의 주인공은, 그런 것에 눈이 어두워지지 않는다. 내가 바보였다. 자신이 부끄럽다.

그는 격정을 담아, 전혀 탁하지도 더럽지도 않은 분명한 목소리로 말한 것이다.

"내가 돈을 좋아하는 건 맞지만, 당신의 돈은 반짝반짝하지 않아!"

"무슨 말인지 모르겠네. 동전이나 금괴, 보석으로 지불하면 될까?"

조금 의외라는 듯 그런 스바루 군을 보고, 설교를 포기한 건지 단순히 시간 초과인지—— 에이치 씨가 손목시계를 신경 쓰며 일어나려 한다.

"됐어, 조건은 제시했으니. 내 손을 잡을지 말지 판단해 선택하는 건 너희야. 강제로 할 수도 있었지만, 그러지 않았다는 거에 내 성의를 알아준다면 기쁘겠지만……. 아무쪼록 냉정하게 생각해 줬으면 해."

그의 무릎 위에서 그대로 잠들 뻔했던 것 같은 토리 군이, 놀라 벌떡 일어났다.

"참, 이따 내 『fine』가 참가하는 드림페스가 있어. 너희도 꼭 보러 와 줘. 비공식 경기…… 즉 『B1』이니, 티켓 없이도 관전할 수 있어. 내 실력을 보고, 동료가 될지 말지——."

토리 군을 살포시 내려놓고, 학생회장은 일어선다. 교섭은, 아니—— 그의 독무대는 끝인 것 같다. 안도감이 생기지만, 그의 위압감은 오히려 커진다.

에이치 씨가 내 키로는 올려다봐야할 정도로 키가 큰 것을 실감한다. 하지만 신장 이상으로 크게 보였다. 들어오는 햇빛을 흡수하고 반사하여 서 있는 그 모습은 성스럽다.

"권력에 순종할지, 아니면 고집을 부려 저항할지 선택해 줘. 약간의 발표도 있으니, 관전해서 손해 볼 건 없을 거야."

마지막 한 방울까지 차를 마시고, 에이치 씨는 창가까지 걸어가 바깥 풍경을, 그가 지배하는 영역인—— 유메노사키 학원을 높은 곳에서 바라보고 있다.

눈부신 빛 속에서, 『황제』는 어깨너머로 우릴 돌아보았다.

"현명한 판단을 기대할게, 아직 아무것도 되지 못한 너희에게. 하지만 오래 기다릴 순 없어. 몇 번이고 말하지만 청춘은 짧아. 하지만 인생에서 1초도 허투루 할 수 없는 중요성을 갖고 있어. 웃고 떠드는 걸로 끝내 버리는 건, 아깝지."

그 시선에 담겨 있는 건 동정이나 선망, 말하자면 형용할 수 없는 사랑 같은 것이다. 또다시, 나는 그를 이해할 수 없게 됐다. 정말로 처음부터 끝까지, 그는 우릴 생각해 이야기해 주고 있는 거라고, 착각하게 될 것 같다.

한없이 선의에 닮은 악의를 흩뿌리고, 우릴 완벽하게 때려눕혀 입을 다물게 해 놓고, 학생회장—— 텐쇼인 에이치는, 역시 지상에 내려온 신처럼 선택을 강요한다.

"여기가 너희 인생의 갈림길이야. 어떤 길을 선택할지 심사숙고해 줘. 애매한 꿈이 아닌, 생생하고도 잔혹한 현실과 마주할 때가 온 거야."

그 말에 어떻게 대답할지, 우리는 아직 모른다.

기묘한 느낌을 남기고 회담은—— 왕과의 알현은 막을 내리고, 우린 나중에 생각해도 악의 그 자체인, 하지만 무시할 수 없는 무거움을 가진 현실과 마주하는 처지에 놓이게 된다.

눈물로 만들어진 소용돌이 속에서, 발버둥 치며 괴로워하는 것 같은……. 그것은 괴물 같은 미모를 가진 학생회장의, 위장 속에서 엿본 *한단지몽이다.

---

* 한단지몽 : 邯鄲之夢 덧없는 일생. 인생의 부귀영화는 꿈처럼 허무함을 나타내는 말.

✎ *Punishment* ♪✦

　그 뒤.

　『황제』와의 알현을 마친 나와 『Trickstar』멤버들은, 아무 말 없이 운동장까지 이동했다. 방과 후다. 부활동 등이 그다지 활발하지 않은 유메노사키 학원이지만, 이곳저곳 학생들이 다니며——청춘 그 자체의 활기를 흩뿌리고 있었다.

　꿈에서 깬, 즉 일어난 직후처럼 걸음이 불안하다. 비틀비틀거리며, 우린 살아 있는 시체처럼 줄지어 걷고 있다. 아직 아까 홍수처럼 맞았던 학생회장의 말을 소화하지 못했다. 온몸이, 특히 뇌가 무겁다.

　실제로 어제 『S1』의 피로도 다 풀리지 않았다. 우린 마치 철저하게 당해 도망친 패배자처럼, 고개를 떨군 채 걷고 있었다.

　"아, 정말 야외 무대가 설치돼 있어!"

　혼자 기운찬 스바루 군이, 꾸물대는 우리를 기다릴 수 없었는지—— 모두의 손을 잡아끌며 돌진한다. 우리를 돌아보는 그 얼굴에는 최상급의 웃음이 깃들어 있다.

　학생회장의 저주나 마법 같은 말의 파도를 맞고 아무것도 느끼지 않은 듯한 분위기는 왠지 걱정되지만—— 그 강아지 같은 몸짓에, 조금 안심했다.

"정말로 비공식전에 나가는구나~, 학생회장 ♪"

"부회장의 『홍월』은 절대로 참가하지 않았었는데, 학생회가 비공식 경기에 나오는 건 처음 아닐까?"

마코토 군도 마음이 풀렸는지, 아직 조금 떨면서도 미약하게 웃으며 답했다. 그 말을 잇듯 호쿠토 군도 이야기에 들어온다.

"우리 같은 일반학생에겐 비공식전인 『B1』이 가장 친숙해. 그런 '우리의 무대'에서 실력을 과시하는 걸로, 일반학생의 마음을 장악하려는 거겠지."

그렇게 대화하는 사이, 서서히 평소의 『Trickstar』로 돌아오고 있는 것 같았다. 서로 빛을 나누어, 반사해 빛난다. 그건 그들의 미점이다.

아직 표정이 조금 어둡지만, 호쿠토 군은 평소처럼 착실하게 현재 상황을 해석한다.

"『홍월』은 비공식전을 존재하지 않는 걸로 취급해, 오히려 우리의 자유로운 표현과 활동을 묵인해 왔다고 할 수 있어. 지나칠 땐 탄압했지만. 우린 그런 압력에 저항하기 위해 분발해, 실력을 갈고닦고 비공식전에서 단련해 왔어."

건드리지 말았으면 싶은 민감하고 부드러운 부분을 아까 흙발로 마구 짓밟힌 그는 학생회장에게 적개심을 품고 있는 것 같다. 그 말투엔 가시가 돋쳐 있어, 무서울 정도였다.

"하지만 학생회장은 비공식전에 출전해. 우리의 낙원을 어지럽히고 정복해 우리가 도망칠 곳을 빼앗을 거야. 이기기 위해

선, 자신의 권력을 확대하기 위해선 수단과 방법을 가리지 않는단 건가."

그래도 호쿠토 군은 원래 그런 성격인지 공평하게, 오히려 칭찬하는 것처럼 이야기했다.

"정말 황제야. 단순한 억압자가 아냐, 학생회장은 유메노사키 학원의 모든 것을 수중에 쥘 생각이야. 그럴 실력과 권력이 있고, 계략도 마다하지 않아. 정치와 전쟁도 해. 그리고 분명, 반드시 승리할 거야."

물론 승부는 그때의 운이고, 어제 우리가 이뤘던 혁명으로 '학생회에도 이길 수 있다'는 사실은 증명됐다. 지금껏 반드시 학생회 세력이 승리한다는 시나리오는 깨졌다.

그래도. 그 학생회장이 지는 모습은 그다지 상상이 가지 않는다. 실제로 그가 노래하고 춤추는 것을 본 적도 없지만── 그렇게 생각하고 만다.

그 싫은 느낌, 패배자 근성 같은 사고를 떨쳐내기 위해서도, 공포에서 눈길을 돌리지 말고 똑바로 볼 수밖에 없다. 이제부터 보게 될, 그의 퍼포먼스를 관전하는 걸로.

어쩌면 더한 절망만을 맛볼지도 모르겠지만.

상처를 똑바로 보지 않으면 치료도 할 수 없다.

"학생회장은 무서운 상대야. 생각하는 것 이상으로."

오한이 들었는지, 호쿠토 군은 자기 가슴께에 손을 얹고 호흡을 가다듬고 있다. 확실히 학생회장은 우리 마음에 상처 자국을 남겼다. 포식당할 뻔한 공포감은 지우기 어렵다.

"정면에서 맞서 싸워도, 헛수고라는 생각만 들게 만들어, 아까 잠시 이야기를 나눈 것만으로도 간담이 서늘해졌어. 난 솔직히, 학생회장이 두려워."

"지금이 물러날 때일지도 몰라."

갑자기 줄곧 조용히 생각에 잠겨 있던 있던 마오 군이—— 중얼거렸다.

학생회 사람들은 그 회담 이후 해산해, 이제부터 에이치 씨가 집행할 『B1』의 준비 등 자기 임무로 향했다. 마오 군에게만 일이 주어지지 않아 그는 우리와 함께 행동해 주고 있다.

아니다. 아마 이게 마오 군의 일이자 역할이겠지. 흠씬 두들겨 맞은 우리의 상태를 직시하며, 바깥쪽에선 학생회의 권력을 재확인시킨다.

그는 학생회장의 해체 작업에서 마찬가지로 학생회 세력—— 『홍월』로 이적을 추천받았다. 그 길을 선택하면, 그는 완전히 학생회 사람이 된다.

에이치 씨는 마오 군에게, 마지막으로 『Trickstar』와 대화할 기회를 준 것처럼 느껴졌다. 사형수에게 마지막으로 베푸는 진수성찬처럼.

"우린 잘했어, 부회장을 쓰러트리고 『S1』에서 우승해서……. 하지만 그게 한계일지도 몰라. 좋은 추억을 만드는 데 그쳤어."

오히려 같은 입장에 있기에 우릴 설득하기 쉬울 거라 판단해 에이치 씨가 보낸 자객처럼 말한다. 학생회와 『Trickstar』, 두 진영 사이에 있는 그는 상황을 가장 객관적으로 볼 수 있다. 그런 그의 솔직한 결론인지도 모른다.

"혁명이니, 유메노사키 학원을 바꾸느니 큰소리쳤지만. 실제로 우리가 뭘 할 수 있었지? 생각보다, 나쁘지 않은 이야기일지도 몰라. 학생회장의 제안은 말이야. 우리 각자가 확실히 성장할 수 있을 거고."

굳이 반감을 살 것 같은 표현을 하며, 마오 군은 자신에게 분노나 증오를 모으려 하는 것처럼 보였다. 학생회장의 말에 모두가 욱해, 도전해, 짓밟히지 않도록 하고자. 학생회와 『Trickstar』 사이를 중재하려 하고 있다.

그런 느낌이 들었다. 모두의 머리를 식히기 위해, 일부러 담담하게 말하고 있는 것 같았다.

"『Trickstar』는 사라지지만, 장래를 생각하자면 학생회장의 제안을 따라도 손해는 없어. 정면에서 맞붙는 것만이 정답은 아니야."

높은 곳에서 던져진 에이치 씨의 말보다도, 동료 한 사람의 말이 더 직접적으로 울린다. 무시할 수 없고, 웃어넘길 수도 없다.

"학생회 세력에 있으면서, 내부에서 바꿔 나가는 방법도 있어. 그쪽이 건설적이기도 해, 이건 내가 학생회 임원이라서 하는 말이 아니야."

실제로 마오 군의 말이 맞다. 소년만화가 아니다. 정면에서 악에 맞서는 것만으론── 현실이란 이름의 벽에 머리를 부딪쳐, 거꾸로 넘어질 뿐이다.

"백기를 들고 항복하는 건가. 분하지 않아, 이사라?"

"덤벼들기만 해도 어쩔 수 없단 얘기야, 호쿠토."

화풀이 같은 호쿠토 군의 냉엄한 목소리를, 마오 군은 흘려보내고 있다.

"정면에서 싸우면, 승패와 상관없이 양쪽 다 소모하게 돼. 최악의 경우, 모든 게 무로 돌아가서 아무것도 남지 않아. 학생회장과 3학년들은 내년엔 졸업하잖아. 그때까지 이적한 『유닛』에서, 큰 위치를 점해서 장악하면 돼."

마오 군의 말은 현실적이고, 처세에 능한 자답다. ──유연한 사고에 기반하고 있다. 무심코 납득해 버릴 것 같다, 확실히 그런 길도 있을지 모른다.

"학원을 개혁하는 건, 그때부터라도 괜찮지 않을까? 장래와 미래를 생각하면 그게 더 효율적이야. 서둘러선 누구도 득을 보지 못해, 지쳐서 닳아 없어질 뿐이야."

실제로, 몹시 지친 듯── 마오 군은 깊이 탄식하고 있다.

"졸업 후를 생각하면, 학생회장 편이 되는 것도, 학생회 세력에 합류하는 것도 나쁘지 않을걸? 유메노사키 학원을 졸업함과 동시에 인생이 끝나는 게 아니야. 그 후에도, 아이돌로서 살아갈 거라면……. 높은 녀석, 강한 녀석과 관계를 만들어둬야 해."

그건 그렇겠지만, 순순히 에이치 씨의 제안을 받아들이는 것도 뭔가 걸린다. 그는 우리 모두에게 메리트가 있다는 식의 이야기를 했지만⋯⋯. 응원하고 혁명을 환영해 주었던 학생들에게, 우리는 혐오하고 경멸해 마땅할 배신자가 된다.

유메노사키 학원은 아무것도 변하지 않고, 또다시 『Ra*bits』^{라빗츠}처럼 슬픈 눈물을 흘리는 아이들이 계속 생겨나게 된다. 아니, 더 심해질 거다. 희망을 줘 놓고, 밑바닥으로 떨어트리는 격이 된다. 세상을 새로이 칠한 혁명아들이, 악의 앞잡이로 전락하는 거니까.

어제의 기적 같은 승리를, 허사로 만들어도 되는 걸까.

"각자 다른 『유닛』에 이적해 너희와 싸우는 것도⋯⋯꽤 즐거울 것 같아. 학생회와 『Trickstar』 사이에서, 이중스파이 같은 지금 생활보단 훨씬."

"이사라가 그렇게 말한다면, 우린 할 말이 없어."

호쿠토 군이 왠지 토라진 것처럼, 애석하다는 것처럼 중얼거렸다.

"네겐 힘든 일을 시키고 말았어. 그 입장이 더는 싫다면 강요할 순 없어."

우리 한 사람 한 사람이, 마오 군에 의해 마음속 고민이 여과됐다. 그래도 아픔을 동반하는 생각을 계속해야 할 필요가 있다. 가만히 있다간 타임오버. 되도록 빨리 결론을 얻어야 한다.

"사리~는 학생회장의 제안을 받아들일 거야?"

"바로 정할 순 없어, 의리와 인정도 있고. 이론만으로 결정할 수 있는 게 아냐. 하지만 솔직히, 상당히 마음이 흔들렸어."

왠지 쓸쓸해하는 스바루 군의 물음에, 마오 군은 비통한 표정을 지었다. 갑자기 정신을 차린 것처럼, 묘한 얼굴로 먼 곳을 바라보고서—— 머리를 마구 헝클어뜨렸다.

처신을 잘하고 현명한 방법을 택하려 해도, 잘되지 않는다. 수치로 환산할 수 없는 인간관계가, 굴레가 있다. 최적의 답만을 선택하는 것이 정답이라고도 할 수 없다.

어려운, 원하는 대로 되지 않는 현실 속에서—— 마오 군은 몸부림치고 있었다.

"너희도 밤이나…… 잠자리에 눕고 나서도, 한번 차분하게 생각해 봐. 학생회장의 제안…… 아니, 우리 인생에 대해서."

그러고 보니.

아까 학생회장은, 나에 대해 처음엔 조금 언급했었지만—— 어느새 전혀 화제에 오르지도 않았던 것 같다. 뭐, 보잘것없는 풋내기 『프로듀서』니까……. 딱히 부자연스러운 건 아니지만.

학생회장은 나를 지명해 불렀고, 『Trickstar』는 같이 온 형태다. 그렇기에, 내겐 전혀 아무런 용건도 없었단 느낌이 굉장히 신경이 쓰이고 만다.

그들을 낚기 위한 미끼로서, 에이치 씨는 나를 이용하기만 한 걸까. 『Trickstar』를 직접 불러도, 경계해서 호출에 응하지 않았을 수 있으니까.

조금, 마음에 걸렸다.

아마 에이치 씨는 나를 마주하고, 태도나 언동 등 모든 것을 관찰한 후—— 나를 고려할 필요도 없는 하찮은 존재라고 판단했겠지. 실제로도 그렇고. 중요한 『Trickstar』와의 교섭을 우선한 것이다.

나는 아침부터 모두에게 실력 있는 『프로듀서』 취급을 받았기에, 자기 자신을 뭔가 대단한 사람이라 착각하고 있었던 모양이다. 그렇다면, 부끄럽다.

반성하자. 지금은 나보다도 『Trickstar』가 걱정되니까.

"게다가. 학생회장은 아직 계획을 꾸미고 있어. 이 비공식 경기……『B1』에서, '약간의 발표가 있다'고 했었으니까."

"?"

멋대로 얼굴이 빨개져 있는 나를, 마오 군이 이상하다는 듯 바라보며 이야기를 이어 나간다.

"그 내용에 따라, 우리 생각도 바뀔지 몰라."

"맞아. 이 『B1』에서 학생회장의 『유닛』이 처참하게 질 가능성도 있고."

스바루 군이 희망을 발견한 것인지, 바로 목소리를 밝게 하며 웃었다.

"그러면 빨리 생각을 접을 수 있어, 금방이라도 침몰할 것 같은 배에 탈 순 없으니까."

"그래. 어제 『S1』에서 학생회의 권위는 무너졌어. 학생회도 질 수 있단 사실이 증명된 거야."

호쿠토 군도 그 발언에 동조해, 자신에게 용기를 주는 것처럼 강하게 말했다. 어젯밤── 사력을 다해 『Trickstar』가 쟁취했던 성과를 자랑스러워하고 있다.

"학생회의 비위를 맞추려고 학생회에만 투표한다는 '유메노사키 학원의 기존 상식'은 뒤집혔을 거야. 이번엔 공정한 실력 승부가 될 거야. 비공식전이기도 하고⋯⋯ 기록에도 남지 않으니, 관객은 라이브를 보고 '마음에 든' 쪽에 투표하겠지."

이야기하는 사이 자신의 말에 용기를 얻었는지, 호쿠토 군도 얼굴을 들고 미소 지었다. 아직 정체를 알 수 없는 불안을 지울 수 없는 건지, 다소 얼굴빛은 좋지 않았지만.

"학생회장의 실력을 확인할, 좋은 기회야."

그 눈앞에는, 이전── 【용왕전】의 무대가 됐던 야외 무대가 있다. 이번엔 학생회가 관여하고 있어서 그런지 호기심이 많은 학생들 혹은 라이브를 견학해도 혼나지 않을 거라 판단한 학생들이 대량으로 모여, 무시무시한 인파로 붐비고 있었다.

유메노사키 학원의 넓디넓은 운동장이, 수많은 관중으로 거의 꽉 찰 것 같다.

인파 사이에 들어가면 항상 그렇게 해 주는 것처럼, 자연스레 모두가 내 사방을 둘러싸주듯 벽이 되어 준다. 그 배려가 기쁨과 동시에, 왠지 허무하게 느껴졌다.

학생회장의 제안을 받아들이면, 이 작고 둘도 없는 평화로운 공간을 잃어버리고 만다. 네 남자애들의 애정 그 자체인, 내 안전지대를.

그건 심장을 빼앗기는 것보다 슬프고 싫은 일인 것처럼 느껴졌다. 물론 결정하는 건 『Trickstar』지만, 그게 내 솔직한 마음이었다.

"말은 거만하게 했지만, 학생회장은 오래 입원해 있었고 소속 『유닛』도 활동을 쉬고 있었어. 병상에서 막 일어난 상태에서 이길 수 있을 정도로, 드림페스는 만만하지 않아."

대관중 속, 호쿠토 군이 무대를 주시한다. 나를 기준으로 북쪽에 호쿠토 군, 서쪽에 스바루 군, 동쪽에 마오 군, 남쪽에 마코토 군이 있다. 왠지 행복한 별자리 같다.

내 키로는 무대가 잘 보이지 않지만, 이미 퍼포먼스는 시작된 모양이다. 귀가 아플 정도의 음량으로 거친 음악이 흐르고 있다.

들은 적 있는 곡이다. 이건 분명——.

"글쎄, 그건 직접 보아야 알 수 있지 않겠는가?"

갑자기, 우리 전신을 덮는 것 같은 커다란 그림자가 드리워졌다. 놀라 얼굴을 드니, 바로 옆에 우리의 대은인—— '삼기인' 사쿠마 레이 씨가 서 있었다.

태양을 가로막듯 하며 우릴 들여다보는 자세라, 그의 표정은 잘 보이지 않는다.

"텐쇼인 군은 병약하기에, 불필요한 땀을 흘리지 않네. 체력과 에너지를 소모하지 않고, 승리해야 할 때 최소한의 힘으로 승리하지. 퇴원한 지 얼마 되지 않았다고 얕보면, 크게 후회할 텐데?"

"음, 사쿠마 선배."

호쿠토 군도 그가 있음을 늦게 알아채고, 의아해하고 있었다.

"『유닛』 전용 의상을 입고 있다만……. 설마, 이 야외 무대에서 열리는 『B1』에서 학생회장과 싸우는 건, 『UNDEAD^{언 데 드}』인 건가?"

"그렇다네. 이미 드림페스는 시작됐지, '싸우는 건' 이 아니라 '싸우고 있는 건' 이라 보아야겠지?"

우릴 다정하게 가르치고 인도해 주는 것 같은, 그 언동은── 틀림없이 레이 씨. 호쿠토 군도 뭔가 이상하다고 느끼는 것 같지만……. 왠지 오늘의 레이 씨는 이상했다.

패기가 없다.

입고 있는, 어제는 마물과도 같은 괴이함과 힘을 느끼게 하던 『UNDEAD』 전용의상도 왠지 초라한 느낌이어서── 표현은 나쁘지만, 불투명한 쓰레기봉투나 그걸 뒤지는 진흙투성이 까마귀 같았다. 서둘러 입고 왔는지 여기저기 주름이 져 있어 그런 걸까.

그때 나는 위화감의 정체를 알았다. 그래, 야외에서 햇빛 아래 일어나 있는 레이 씨를 보는 건── 이게 처음이 아닐까. 아직 그와 알게 된 지 그렇게 시간이 지나진 않았지만, 낮엔 대체로 관 속에서 자고 있을 텐데.

그는 자칭 흡혈귀다. 태양은 약점일 터다.

실제로, 햇빛을 싫어하는지── 핼쑥해 보였다. 항상 든든해 보이던 레이 씨이기에, 약해져 있는 모습은 애처로울 정도로, 나는 땅이 무너질 것만 같은 불안을 느꼈다.

그나저나 라이브 중이라면, 왜 레이 씨는 이런 인파 속에 있는 걸까. 무대에 올라 퍼포먼스를 해야 할 텐데.

"텐쇼인 군이 자신들의 상대로 『UNDEAD』를 지명했다네. 혈기에 넘치는 우리 멍멍이가, 덥석 그 도전을 받아버린 게야."

우리의 시선을 느끼고 레이 씨는 쓴웃음을 지었다. 호흡이 흐트러져 있다. 추측이지만——『UNDEAD』가 라이브를 하고 있음을 알고 서둘러 관 속에서 나온 건 아닐까. 동료의 궁지를 알고, 햇빛을 참으며 달려온 것이다.

그래서 겨우 무대 근처에 도착해, 현재 상황을 확인하고—— 슬픔에 잠겨 있다.

"지난밤 드림페스에선 『UNDEAD』는 『Trickstar』의 백업 담당이었으니, 자네들이 날아오르기 위한 받침대가 됐네만."

우리가 괜히 죄악감을 느끼게 하지 않기 위해서인지, 서둘러 보충하듯 이야기하고 있다. 그 말투도 불안해, 역시 레이 씨답지 않다.

무언가, 이상한 사태가 진행되고 있다. 나는 소름이 끼쳤다.

"아무래도, 멍멍이는 그 입장이 스트레스였던 모양이네. 게다가 지기 싫어하는 아이이기도 하니, 자네들에 대한 대항심이 싹트고 있었던 모양일세. 자네들에게 가능했던 일이, 자신에게 불가능할 리 없다……. 그렇게 마음먹고, 학생회와의 대결을 단행하고 만 것일세."

레이 씨는 "곤란한 아이지." 하고 오히려 칭찬하는 듯한 어조로 중얼거렸다.

"생각이 얕다고 해야 할지, 혈기왕성하다고 해야 할지…….
그건 멍멍이의 미덕이네만. 이번엔 어떨지 모르겠다네, 그대로 함정에 빠진 기분이 드는구먼?"

레이 씨의 시선에 향하는 곳, 무대 위에는 확실히 코가 군이 있다. 시야가 나빠 잘 보이지 않지만, 처음으로 그를 목격했을 때처럼—— 야외 무대에서, 울부짖는 것처럼 노래하고 있었다. 레이 씨는 그런 그를 참관수업에 온 보호자처럼 바라보고 있다.

"그 텐쇼인 군이, 승산 없는 싸움을 할 거란 생각은 하지 않네. 들어 보게나, 이 연주와 노랫소리를……. 정말 야무지지 못한, 늘어진 퍼포먼스지 않은가?"

자조하는 것처럼 레이 씨가 말하고 있는 사이에도, 『UNDEAD』의 퍼포먼스는 미적지근하게 이어진다.

"실제로 『UNDEAD』는 지난밤에 이어 2연전으로 피로가 남아 있다네. 결코 완벽한 상태라곤 할 수 없으니. 본인도, 이렇게 햇빛이 내리쬐는 곳에선 지쳐 버린다네. 컨디션은, 최악일세."

필시 그가 사태를 파악하는 것이 굉장히 빨라 처음부터 제대로 무대에 서 있었다고 해도—— 어떻게 할 수 없었겠지. 어젯밤의 보복인 것처럼 『UNDEAD』는 함정에 빠진 것이다. 아마도 에이치 씨에 의해.

"카오루 군도, 어제 속아서 무대에 오른 것에 화가 난 것 같으이. 오늘은 나와 주지 않았다네, 카오루 군은 『UNDEAD』의 양대 에이스 중 한 명인데도 말이지. 의욕이 없는 카오루 군이 어제 무대에 올라가 준 것이 애초에 기적이었네만."

그러고 보니 카오루 씨의 모습은 보이지 않는다. 화려한 사람이고, 어째서인지 여성을 탐지하는 능력에 뛰어나기에—— 있었다면 내가 있는 걸 알고 어필했을 것 같지만. 그런 기척은 느껴지지 않는다. 『UNDEAD』는 그야말로 현실에 관여할 수 없는 시체처럼 무력한 존재로 전락한 상태다. 약체화되어, 무수히 베이는 중이다.

햇빛 아래에선, 마물들은 마음껏 날뛸 수 없다.

"양대 에이스가 빠진 상태에선……. 『UNDEAD』의 힘도 절반 이하일세. 멍멍이와 아도니스 군이 열심히 해 주곤 있네만. 전혀 진가를 발휘하지 못하고, 연주가 끝나버릴 것 같다네——."

고개를 떨구며, 레이 씨는 의상 일부이기도 한 군모 같은 것을 얼굴에 누른다. 적어도 굴욕이나, 어떤 감정으로 일그러진 그 표정을 우리에게 보이지 않으려 하고 있다.

긍지 높은 '삼기인'은, 웅성대는 주위 관중을 멍하니 바라보았다.

"후회가 남는 드림페스가 되어 버릴 것 같으이. 보게나, 관객도 전혀 즐거워 보이지 않지?"

"흠. 확실히, 관객도 전혀 흥분하지 않는 느낌이다."

사태 파악에 바빠, 존댓말을 쓰는 것도 잊고 있는 것 같은 호쿠토 군이다. 그런 걸 신경 쓸 때도 아니다. ——예상 이상으로, 심각한 사태가 전개되고 있다.

"그런 상황을⋯⋯『UNDEAD』가 실력을 발휘할 수 없는 무대를 골라 승부를 걸었단 거군. 학생회장은, 그런 비열한 수단도 마다하지 않는 건가."

"그 점이 성실한 하스미 군과는 다른 점이라 할 수 있지."

호쿠토 군의 탄식하는 듯한 말에 수긍하며, 레이 씨는 짐승처럼 이를 드러내며 내뱉었다.

"텐쇼인 군은 천사처럼 얼굴이 곱지만, 악마처럼 잔인하다네."

학생회장의 성질을 단적으로 표현하며, 레이 씨는 군모를 쥐어 뭉갰다. 그 두 눈이 형형하게 빛나고 있다. 그 박력에, 나는 숨이 막혀 사레가 들릴 뻔했다.

"정말, 노인은 좀 더 보살펴 주어야 하는 게 아닌가?"

그런 나를 알아채고, 레이 씨는 온화하게 미소 짓고는—— 살기를 눌러 주었다. 무심코 흘러나오던 아까의 성난 기운만으로도, 나는 심장이 짜부라질 정도의 공포를 느꼈지만.

레이 씨는 든든한 우리 편이자 은사지만, 밤의 어둠을 다스리는 마물의 왕이기도 하다. 본래, 평범하게 살아온 내가 접할 일 없을—— 무서운 사람이다.

"학생회는 어젯밤 드림페스에서 진 원한이 있네. 상처 입은 백수의 왕이지. 무서운 녀석들일세, 태평하게 덤벼서 좋을 상대는 결코 아니지. 그런데도 멍멍이 녀석은⋯⋯. 아무 생각도 없이 무대에 올라서는, 이래선 놀림거리밖에 되지 못해."

레이 씨가 거칠게 무대 위에서 무언가 외치고 있는 코가 군을 노려보고, 그 시선을 민감하게 알아챈 그가 깜짝 놀라 몸을 떤다. 코가 군은 비에 젖어 떨고 있는 강아지 같은 처음 보는 표정을 짓고 있었다. 아아, 아마 나중에 벌이라도 받는 건 아닐까.

"아니, 텐쇼인 군에겐 '그런 의도'가 있었을 걸세. 어젯밤, 『UNDEAD』는 『Trickstar』에게 협력했네. 그 연유로, 심판을 당하는 걸세."

코가 군을 노려보는 걸로 기분 전환을 한 건지, 전신에서 내뿜던 격정을 숨기고 레이 씨는 심호흡한다. 그리고 단적으로 상황을 파악해 설명해 주었다.

"학생회에 대적한 반역자이자 죄인으로서, 『황제』에게 처형당한다. 이 드림페스 『B1』은 본보기로 삼은, 말하자면 공개 처형인 게지."

공개 처형. 잔혹한 본보기. 민중의 불만을 해소하기 위한 피에 젖은 오락. 어젯밤, 『S1』에서의 패배로 권위의 기둥이 흔들린 학생회는—— 혁명의 주역인 『UNDEAD』를 제물로 삼아, 안팎으로 학생회의 위광을 과시함과 동시에 그 권력을 증명했다.

제국은 아직 와해되지 않았다. 금이 간 성벽을 보수하고, 반역을 꾀한 마물들을 짓밟아 목을 내걸어, 너도나도 학생회에 거스르려는 자들의 기개를 꺾었다.

적확한, 무자비한 한 수다.

"감쪽같이 단두대에 오르고 말았네. 다음은 자네들 차례일 걸세, 『Trickstar』……. 목이 날아가기 전에, 도망칠 수단이라도 마련해야 하지 않겠는가?"

그렇다. ——이미, 우리도 처형대에 올라갈 순서를 기다리는 몸인 것이다. 아까 학생회실에서의 회합 중, 우리는 목을 매달기 위한 줄에 묶였다.

혁명은, 화려했던 승리는 일장춘몽이 되어 가혹한 현실이 우리를 맞이했다.

"텐쇼인 군이니, '도망갈 길'은 제대로 준비했을 테지. 거기로 도망치더라도 포위당해 전멸할지도 모르겠지만 말일세."

경험이 풍부한 레이 씨이기에, 절망적인 상황을 잘 이해할 수 있는 거겠지. ──그마저도 타개책을 찾을 수 없는 건지, 놀랍게도 머리를 부여잡고 말았다.

그걸 보고, 우린 눈물이 날 것 같았다. 지뢰 위에 서 있는 것 같은, 불안과 공포…….

"이미 그의 계획은 완성됐네, 이 판은 끝났어."

눈앞이, 깜깜해진 것 같다.

무한히 펼쳐져 있을 터인 미래를, 학생회장이 어이없이 뭉개버리고 말았다.

✦❁✦❁✦

"시간 초과일세. 자네들이 고생하고 사력을 짜내 움직였던 이 학원의 시곗바늘이, 강제로 되돌려지고 말았네."

급격하게 늙어버린 것처럼, 레이 씨는 힘없는 목소리로 중얼거렸다. 햇빛 아래에선 계속 소모되기만 한다. 당장에라도 재가 되어 바람에 날려 흔적도 없이 사라져 버릴 것 같다.

하지만 자기 자신을 꽉 껴안듯, 레이 씨는 무대로 향한다. 적어도 마지막까지 돌보려는지, 조금이라도 『UNDEAD』와 노래할 생각인 걸까. 목에 가느다란 손가락을 얹어, 성량을 조절하고 있다.

"설마 이렇게 빨리 텐쇼인 군이 퇴원할 줄은……. 녀석이 돌아오기 전에 유메노사키 학원의 개혁을 끝내지 못했네. 그게 패인일세."

레이 씨는 똑바로 야외 무대로 향한다. 이상한 박력이 있어, 가는 경로에 있던 관중들이 당황해 길을 비켜준다. 누구라도 마물이 가는 앞길을 막고 싶지 않다. 어떤 무인이라도, 마수에겐 못 당한다── 부딪혀 날아갈 뿐이다.

그런 레이 씨의 뒤를 쫓아, 우리도 무대 가까이까지 간다.

"『UNDEAD』는 그림자일세. 빛이 강할수록, 그림자는 더욱 짙어지지. 자네들과의 공동 투쟁은 즐거웠네. 정말로 꿈만 같았어."

우리 한 사람 한 사람의 머리를 쓰다듬으며, 레이 씨는 패전이 결정된 무대를 향해 나아간다. 자리를 떠나도 됐을 텐데, 마지막까지 저항하려 하고 있다.

"하지만, 『fine』의 빛은 너무 강하네. 모든 어둠이 사라지게 만들지. 아무래도 '여기까지' 인 것 같구먼……. 우린 자네들에게 협력하기 전에 이 자리에서 처형당할 걸세. 자네들은 홀로, 저 『황제』와 싸워야 해."

그리고 레이 씨와는 반대편에서 걸어오는, 순백의 의상을 입은 자들을 발견하고── 턱짓으로 가리켰다. 그들은 학생회 인물들에 의해 정리되어, 아무도 없는 통로를 걷고 있다. 내 위치에선, 정면에 선 레이 씨에게 가려서 아직 잘 보이지 않는다.

똑바로 바라보면 눈이 망가질 것 같은, 반짝임 그 자체 같은 집단이다.

"보게나, 유메노사키 학원의 왕이 오고 있다네. 학원 최강의 『유닛』……『fine』가, 곧 무대에 오르지. 이미 이건 '대결'도 아닐세. 텐쇼인 군의, 드높은 승리 선언인 게야. 차마 보고 있을 수 없으니, 본인은 빨리 떠날 생각이네만."

그쪽에는 시선을 주지 않고, 레이 씨가 놀랄 정도로 크게 도약해 마침내 도착한 무대 위로 내려앉았다. 무대 위에 있던 코가 군과 아도니스 군이, 자신들의 리더에게 미안해하는 표정을 짓는다. 음악은 이미, 마지막 짧은 음절만을 남겨두고 있었다.

단말마의 외침 같은 그 부분을 노래하기 위해, 레이 씨는 무대에 선다. 그저 창피당하기 위해, 패배만을 위해, 하다못해 동료들만이 주검을 드러내는 걸 막고자.

"조심하게나. 텐쇼인 군은, 마음을 꺾으러 올 걸세."

우리에게, 적어도 긍지 높은 죽음을 보여주기 위해.

"타인의 마음과 희망과 꿈을, 으깨고 집어 삼켜 자기 것으로 만들지. 사악한 몽마와 같은 정복자일세. 절대로 경계를 늦추지 말게, 이미 늦었을지도 모르지만……. 행운을 빌겠네, 『Trickstar』 제군."

레이 씨는 마지막까지 친절하게 조언해 주고는, 굳세게 노래한다. 오히려 즐겁다는 듯 송곳니를 드러내며. 피를 토하는 것처럼, 마지막까지 웃는 얼굴로.

코가 군이, 아도니스 군이 그에 따른다. 음을, 목소리를 맞춘다. 마물들의 포효가, 유메노사키 학원을 흔든다.

이미 관객들의 주목은, 무대로 다가오고 있는 하얀 집단——학생회장이 이끄는 『fine』에게 가 있다. 지금까지의 퍼포먼스는 비참함 그 자체였을 거고, 관객들이 들어 올린 야광봉의 색은 거의 변하지 않는다. 무정하게도, 채점이 이뤄진다.

컬러풀한 색채가, 우리 주변을 채운다. 마물들이 용사에게 당해, 정체를 알 수 없는 피와 내장을 쏟아내는 것 같았다. 우리는 하다못해 은인들을 위해 최고 득점을 나타내는 색을 제시했지만, 고작 몇 명의 힘으로는 현재 판세를 뒤집을 순 없었다.

✦✦ ✦ ✦✦ ✦

죽은 자의 신음소리 같은, 비통한 노랫소리와 음악이 끊긴다.

드문드문 올라오는 박수와 성원이, 허공에 녹아들어 간다.

레이 씨가 마지막으로 올라 마무리를 지은 덕에, 어떻게든 형태는 잡혔지만——『UNDEAD』는 본래 매력의 10%도 발휘하지 못했겠지. 코가 군은 겉돌았고, 아도니스 군은 망설임에 어색해졌으며, 레이 씨도 도착이 늦었다. 카오루 씨는 처음부터 끝까지 모습을 보이지 않았다——. 완전히 무너진 그들은, 그저 처형의 본보기가 됐을 뿐이다.

톱니바퀴는 맞물리지 않고 삐걱대며 공회전해, 망가지기 직전 아슬아슬하게 레이 씨가 회수. 어떻게든 볼품만은, 최소한의 자존심은 지켰다. 그게 모든 결과였다.

『UNDEAD』 멤버들은 마지막까지 퍼포먼스를 끝내고, 얼른 철수한다. 우리 외의 누구도, 이미 그쪽을 보고 있지 않다. 항상 반항적인 코가 군마저 망연자실한 것 같은 표정으로, 조용히 레이 씨를 따라 내려간다.

"앗, 사쿠마 선배……. 괜찮을까, 비틀거리는데?"

무대 곁에서, 마코토 군이 멀어져 가는 『UNDEAD』를 걱정스러운 눈길로 바라보았다. 은인들의 참혹한 모습은 보고 있을 수 없을 정도라, 가슴이 미어진다. 멀어져 가는 레이 씨가 한 번 뒤돌아보며, 무대를 턱짓으로 가리켰다.

지금은 그들을 걱정해 따라가는 것보다도, 무대를 마지막까지 봐야겠지. 우리의 진정한 적—— 학생회장이 이끄는 『fine』를.

"저 사람, 평소라면 이 시간엔 자고 있는 것 같고. 억지로 일어나 드림페스에 참가하게 됐으니, 당연히 실력 발휘가 어렵겠지."

(그렇게 약체화시킨 상대를, 전력으로 짓밟는 게 학생회장의 '수법'인가. 정말 패왕의 전법이군. ……이건 유린이자, 학살이야.)

마코토 군의 독백을 들으며, 호쿠토 군이 이를 갈며—— 평소처럼 고찰하고 있다.

(그런 압도적인 강자에게, 우리가 맞설 수 있는 건가? 제안을 받아들이고 항복해 버리는 게 좋은 게 아닐까?)

우리도 이미 상처를 입었다. 학생회실에서 나눈 회담에서, 각자의 마음속 깊은 곳에 쐐기가, 치명적인 칼이 꽂혀 있다. 손질이 끝나 요리사가 도착하는 걸 기다리고 있다.

　모든 것이 무너져, 에이치 씨의 손안에서 놀아난다. 이루 말할 수 없는 공포와 불안 속—— 호쿠토 군은 고개를 저은 후 씩씩하게 무대를 노려보았다. 강하게, 긍지 높게.

　(안 돼, 약해지지 마. 이 학원을 바꾸기로 맹세했어, 우린 할 수 있을 거야……. 여기서 무릎을 꿇으면, 더는 일어설 수 없어.)

　"어두운 표정을 짓고 있군요, 호쿠토 군!"

　갑자기, 맥이 빠질 정도로 밝은 목소리가 울려 퍼졌다. 폭죽이 터진 것처럼 놀라 우리는 모두—— 소리가 들린 쪽으로 시선을 향한다.

　목소리는, 천천히 무대에 가까워지고 있는 순백의 집단——『fine』쪽에서 들려오고 있다. 아직 그 전모는 파악할 수 없다, 무대 위 스크린 너머에 있는데다 거리도 멀다.

　아니. 발걸음을 맞추는 『fine』 멤버들 중 혼자 먼저 나와, 놀랍게도 불안정한 스크린 꼭대기에 서 있는—— 기묘한 인물이 있었다.

　"하지만, 당신에겐 웃는 얼굴이 어울립니다! 어둡고 차가운 대우주에 빛나는 유성, 그것이 바로 미소! 즉 웃는 얼굴은 희망이자 소원이자, 꿈이자 사랑인 겁니다!"

　의미를 알 수 없는 소리를 제정신이 의심될 정도로 즐겁게 외치고 있는 사람은 키가 큰 남성이다. 상당히 높은 곳에 있고, 태양이 완전히 얼굴 위치에 있기에 눈부셔서 자세히는 보이지 않는다.

그나저나 어떻게 저런 곳에 올라간 걸까. 하늘에서 새처럼 내려앉았다는 생각밖에 들지 않는데. 가늘고 약한 스크린 위에서 균형을 잡아 똑바로 서서는—— 거만한 태도로 우릴 내려다보고 있다. 무수한 장미꽃을 흩날리며, 소리 높여 웃었다.

"활짝 웃읍시다! 온 세상에 사랑의 꽃을 피웁시다! 장밋빛 인생을 노래합시다! Amazing! 오늘도 우주에 사랑의 반짝임을……☆ 당신의 히비키 와타루입니다!"

자신 있게 이름을 밝히며, 히비키 와타루라는 것 같은 그 인물은—— 순식간에 뛰어 내렸다. 모든 관객의 주목을 한 몸에 받고서, 『UNDEAD』의 침통했던 라이브의 잔재를 한꺼번에 날려 버릴 정도로 밝고 천진난만하며 매우 화려하게.

모두 깜짝 놀라, 모든 생각이 어지러이 뒤섞인다.

트럼프의 조커 같은, 즉 피에로 같은 몸짓을 취하고 있다. 익살맞은 태도로 인사하며, 어디에선지 비둘기니 장미 등을 꺼내 관객들에게 던지고 있다. 나에게도, 아름답지만 가시도 향도 없는 장미 조화가 날아왔다.

너무나도 기발하다. 의미를 알 수가 없다. 잘 보니 비상식적이라 느껴질 정도로 단정한 외모를 지닌, 신화 속 영웅 같은 미장부다. 뛰어내린 반동으로 천사의 날개처럼 우아하게 춤추고 있는 매혹적인 긴 은빛 머리칼. 빨려 들어갈 것 같은, 어딘가 공허한 눈동자.

누구보다도 반짝이는 미모를 숨기는 것 같은, 비인간적인 인상을 주는 가면을 쓰고 있다. 현실에는 있을 수 없는, 애니메이션이나 만화 같은 창작물의 등장인물처럼.

입고 있는 건 칠흑의 『UNDEAD』와는 정반대의, 빛을 강하게 반사하는 순백의 의상. 동화 속 왕자님 같은 고귀하고 아름다운 차림이다. 우아한 금자수. 그들이 유메노사키 학원의 지배자임을 증명하는 것 같은, 교복 색깔보다도 짙은 푸른 넥타이.

그것이 『fine』의 전용의상인 거겠지. 일반인이라면 의상만 붕 떠버릴 것 같지만, 이 불가사의한 인물에겐 딱 맞춘 것처럼 잘 어울린다. 시간을 들여 만들었을 사슬처럼 땋은 머리가 짐승 꼬리처럼 자유분방하게 흔들리고 있다.

✦✶❂✧❂✦✶✦

"으엑……나타났군, 변태가면."

"어라. 히다카 군, 저 엄청 화려한 사람이랑 아는 사이야?"

굉장히 싫어하는 듯한 표정을 지은 호쿠토 군에게, 마코토 군이 멍하니 입을 벌린 채 묻는다. 웬일로 노골적으로 얼굴을 찌푸리며, 호쿠토 군은 쓰디쓴 표정으로 고개를 끄덕였다.

"음. 될 수 있으면 아는 사이라 여겨지고 싶지 않은, 내 인생에 관여하지 말아 줬으면 하는 존재다만……. 안타깝게도, 우리 연극부 부장이다."

그러고 보니 호쿠토 군은, 연극부 소속이었던가. 기본적으로

유메노사키 학원에서의 인간관계는 『유닛』이라는 운명공동체를 중심으로 구축되어 있지만, 그 밖에도 부, 위원회, 반, 기타 이것저것—— 신참인 내겐 아직 관련이 없는 복잡괴기한 인연이 있는 것이다.

단순히 같은 부라고 해도 모두 친한 건 아니겠지, 와타루 씨란 인물에게 보내는 호쿠토 군의 시선은 차가우며 가시가 돋쳐 있다. 증오 등의 어두운 감정은 없는, 단순히 눈앞에 싫어하는 음식이 수북하게 쌓여 있는 것 같은—— 조금 어린아이 같은 거부감이다.

"그래, 저 변태도 학생회장의 『유닛』—— 『fine』의 일원이었지. 만약 제안에 따라 내가 『fine』로 이적한다면, 저 녀석과 한 팀이 된다는 거야. 그건 싫어, 진심으로 싫어."

"다 들린답니다, 호쿠토 군! 당신의 목소리가 들려요, 느껴져요! 제 영혼에 울려 퍼지고 있습니다……☆ 거기서 보고 계십시오, 우리의 화려한 퍼포먼스를!"

호쿠토 군은 가까이 있는 내게도 잘 들리지 않을 것 같은 작은 목소리로 말했지만, 와타루 씨는 완벽하게 들었는지—— 불꽃이 튈 것 같은 윙크를 보낸다.

"당신을 위해 노래하겠습니다, 무한한 사랑이 드높이 울려 퍼지게 하겠습니다! Amazing……☆"

"잠깐~, 멋대로 시작하지 말라니까 히비키 선배!"

드디어, 다른 『fine』 멤버들이 무대에 도착했다. 갑자기 얼굴을 새빨갛게 붉히며 태클을 걸고 있는 건, 아까 학생회실에서도 마주쳤던 히메미야 토리 군이다.

　그도 『fine』다. 전용 의상을 입은 모습은 처음 보았다. 아까 학생회장 무릎 위에서 고양이처럼 애교를 떨던 것이 거짓말 같은 고결한 인상. 의상을 입고 바른 자세로, 그도 또한 유메노사키 학원 최강 『유닛』의 일원으로서 인상을 다시금 잡고 있다.

　"우린 아직 준비 안 됐거든? 으으~ 리허설도 없이 오르라니 믿을 수 없어!"

　중얼중얼 불만을 표현하며 무대 위로 올라와 호흡을 가다듬고 있다. 그러는 중에도 어째서인지 물구나무를 서거나 공중제비를 돌며 자유자재로 움직이는 와타루 씨를, 지긋지긋하다는 듯 곁눈질로 노려보고 있었다.

　"회장도 참……. 학생회 멤버로만 채우면 될 텐데, 왜 히비키 선배처럼 제어할 수 없는 괴짜를 『fine』에 들인 걸까?"

　"실력이 있으니까요, 히비키 님은."

　그런 토리 군의 한 발짝 뒤에서 따라오던 유즈루 군이, 쓴웃음을 지었다.

　그도 『fine』인 거겠지, 전용의상을 입고 있다. 다른 멤버에 비하면 수수하지만 분위기에 밀려 움츠러든 느낌은 없다. 주인인 토리 군 옆에 항상 그림자처럼 대기하고 있는 그는, 예의바르게 관객들에게 인사하고 있었다.

　덤으로. 조금 흐트러진 토리 군의 머리칼이나 의상을 재빠르게 정돈하고 있다.

　"개인 기량만 보자면 회장님과도 비등합니다. 특정 분야에 있어선 누구보다도 뛰어나시겠지요. 그는 '삼기인' 중 한 사람으로 칠 정도로 뛰어난 인물이니까요."

"'삼기인' 말이지. 아까 재미없는 퍼포먼스를 하던 『UNDEAD』에 있던 사람도 그거였지? 그 정도 실력으론, 회장과 비등할 정도는 전혀 아니지 않아?"

"'삼기인'은 특이한 성질을 가지고 있기에, 본래의 역량을 발휘할 수 없는 자리가 있는 모양입니다. 그 점을 노려 공격해 '삼기인' 사쿠마 레이를 무력화했다⋯⋯. 회장님의 혜안이야말로 높이 평가해야겠지요."

얕보는 것 같은 토리 군에게 '그럼 못써요'라는 느낌으로 타이른 후, 유즈루 군이 웃었다.

"그와 동시에, 이러한 대담한 일이 가능한 회장님이라면 '삼기인' 히비키 와타루도 다룰 수 있으실 겁니다. 따라서 그는 저희의 동료로서 함께하고 있는 것이지요."

"조잘조잘 시끄러~. 즉 회장은 위대하다는 거지? 나도 알아 ♪"

세세하게 신경 써주는 게 성가신 거겠지, 토리 군이 유즈루 군에게서 도망친다. 그 모습을 유즈루 군은 쓸쓸한 표정으로 쫓고 있다. 간접적으로 들려오는 두 사람의 대화에 사전지식을 더해—— 나는 상황 파악에 전념한다. 이대로 상황에 흘러가기만 하면, 좋지 않을 것 같은 느낌이 든다.

'삼기인'. 아까부터 머리가 이상한 움직임을 하는 와타루 씨도, 우리의 은인인 레이 씨와 동격의 큰 인물인 것이다. 유메노사키 학원의 특이점. 인간에서 벗어난 초월자. 레이 씨가 적으로 돌아섰다고 생각하면── 공포심밖에 들지 않는다.

그런 인물까지도 자기 말로, 부하로 삼아 에이치 씨는── 유메노사키 학원의 『황제』는 군림하고 있다. 누구의 손도 닿지 않는, 아득히 높은 곳에서.

"너무 칭찬하진 말아 줘, 역시 쑥스러운걸."

마지막으로 등장한 건, 다른 누구도 아닌── 학생회장, 텐쇼인 에이치다. 그 또한 『fine』전용 의상을 입고 다른 세 사람이 정중하게 맞아주는 상황 속에서 무도회에라도 참가한 것처럼 우아한 자태로 무대 위로 가뿐히 올라온다.

"평가해 주는 건 기쁘지만. 톱 아이돌은 이름만이 아니란 걸, 이 텐쇼인 에이치가 완전히 부활했다는 걸 증명해야겠지."

아까 학생회실에서 마주했을 때도, 간담이 서늘해지는 압력을 내뿜고 있었지만── 움직이니 더욱 위광이 커진 것 같았다. 아직 노래하지도 춤추지도 않았다. 『fine』의 퍼포먼스는 시작도 하지 않았는데.

에이치 씨가 발을 움직이고 미소 짓는 것만으로도, 심장이 멈춰버릴 것 같다. 강제적으로 모든 시선을 자신에게 모아, 그 일거수일투족을 지켜보게 한다. 그가 이야기의 주인공이다. 그 언동이 모든 것을 좌우한다. 세상의 중심에 있는 그가, 블랙홀처럼 모든 것을 흡인한다.

별들의 반짝임마저 끌어들여 탐식하고, 소멸시킨다.

"특히, 관전해 주고 있는 귀여운 후배들에겐 ♪"

(우릴 의식하고 있군. 굳이 초대까지 했어, 『UNDEAD』의 공

개 처형을 과시하는…… 것만이 목적은 아닐 거야.)

에이치 씨가 보낸 시선에 호쿠토 군이 몸을 딱딱하게 굳혔다.

(어디 한번 보여주시지, 톱 아이돌의 실력을.)

마음속이 혼란스럽지만, 아직 전의는 꺾이지 않았다. 호쿠토 군은 도전적으로 『fine』를, 에이치 씨를 노려보고 있다. 강하게 지면을 밟으며 높은 곳에 있는 그들을 관찰한다.

(하지만 존재감만으로 압도적이군……. 이 무슨, 반짝반짝한 집단이란 말인가! 눈이 부셔. 아니, 화려하다고 표현해야 할까. 『fine』가 등장한 것만으로도 단숨에 자리가 밝고 아름답게 바뀌었어. 이것이 『fine』── 유메노사키 학원 최강의 『유닛』인가.)

"와타루, 유즈루, 토리……우선, 연주를 시작해 줘."

만족스러운 듯 몇 번인가 고개를 끄덕이고, 에이치 씨가 지휘자처럼 손을 들어올렸다. 그 순간, 어딘가 이완되어 있던 분위기가 완전히 바뀌어── 긴장감이 커져 간다. 보통은 손이 닿지 않는 별들까지 침략해 영토로 삼는, 스페이스 셔틀이 이륙하기 직전 같다.

"먼저 가볍게 몸을 풀어 볼까. 설마, 그동안 실력이 녹슨 건 아니겠지?"

"당연하지! 난 성장기라고~☆"

"회장님이 부재 중이신 동안, 도련님은 성실하게 수련하고 계셨습니다 ♪"

"내 실력을 의심한다면, 언제든 『fine』에서 추방해도 상관없습니다!"

에이치 씨의 질문에—— 각자 다양하게 토리 군이, 유즈루 군이, 와타루 씨가 답한다. 흔들림도 망설임도 없는, 왕의 진격이 시작된다. 더는 누구도 막을 수 없다.

에이치 씨가, 『fine』가 돌아온 것이다. ——이곳 유메노사키 학원의 지배자들이.

와타루 씨가 긴 은발을 물결치게 하며 뒤로 물러나, 에이치 씨를 가장 앞으로 유도한다. 자신은 보좌 역할로 들어가면서도, 괴물처럼 찢어지듯 웃었다.

"말이 아닌 실력으로 증명합시다, 사랑의 힘을……☆"

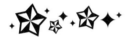

그리고 유린이 시작됐다. 압도적인, 『fine』의 퍼포먼스가.

이번 『B1』은 두 『유닛』—— 『UNDEAD』와 『fine』가 차례로 공연을 하고, 득표수를 겨루는 형식인 것 같다. 아까, 마코토 군이 스마트폰으로 알아봐 주었다.

양 팀이 한 번씩 라이브를 하고, 얻은 점수가 높은 쪽이 승리한다. 비공식 경기지만 형식은 『Ra*bits』가 비극을 맛봤던 『S2』와 같다.

항상 승리한다는 학생회의 시스템이 무너진 지금은, 먼저 공연을 한 팀이 불리하다. 뒤에 공연할 『유닛』이 기다리고 있기에, 아무래도 먼저 출연했던 『유닛』에 대한 평가는 엄해진다.

먼저 나온 사람에게 최고점을 줘 버리면, 뒤에 등장한 사람이 더 좋은 공연을 보여줬을 때 곤란해지기 때문이다.

올림픽의 개인종목 등과 같다. 뒤에 더 멋진 공연이 기다리고 있을지도 모른다, 대기하고 있을지도 모른다는 관객의 기대에 따라 먼저 등장한 사람을 낮게 채점하는 경향이 생긴다. 물론 관객들은 고용된 공평한 심사위원이 아니기에, 어디까지나 기분의 문제지만.

먼저 등장한 쪽이, 그야말로 혁명 이전의 학생회 등을 확실히 이길 수 있는 압도적으로 뛰어난 자였다면—— 이 전제는 무너진다. 개막 공연에 최고점을 주고, 나중에 등장한 쪽을 무시한다, 공연도 보지 않고 자리를 뜬다. 그렇게 라이브가 시작되기 전부터 결과가 정해져 있는 것 같은, 거짓과 날조 같은 전제가 버젓이 통했더라면.

하지만 어제, 누구도 아닌 우리 손으로 혁명이 이뤄지면서 먼저 등장한 압도적 강자가 승리한다는 유메노사키 학원 드림페스의 상식은 무너졌다. 그리고 이번에는 먼저 등장한 『UNDEAD』가 제 실력을 발휘하지 못했고, 자연스레 득표는 낮아졌다.

그들에 비해 『fine』가 확연히 뛰어난 공연을 보인다면, 관객들은 최고점을 아낌없이 투표할 것이다. 뒤에 나온 『유닛』에게, 승리의 여신이 미소를 짓는다.

우리가 어젯밤 이뤘던 결과까지도 전략적으로 이용해, 거둬들여—— 『fine』는 분명 이 『B1』에서 승리할 것이다. 보복과 동시에 실리도 챙긴다.

무서울 정도로 강하다. 완벽한 승리, 그것을 자랑스럽게 내보이고 있다──이건 그들의 개가다. 이 유메노사키 학원의 지배자들의, 승리선언 그 자체다.

(무시무시하군, 『fine』의 퍼포먼스! 설마, 이 정도까지 압도적일 줄이야.)

나와 같은 생각엔 당연히 도달해 있다──아니, 더 깊고 상세하게 이해하고 있겠지. 호쿠토 군이, 점점 혈색을 잃어가고 있다.

(분하지만──역시 대단하군, 히비키 부장. 재주가 너무 좋아, 악기를 동시에 다섯 개나 연주하고 있어! 뭐지 저건, 1인 악단? *메리 포핀스인가!?)

그 시선이 가는 곳에서, '삼기인' 히비키 와타루 씨가 믿을 수 없는 움직임을 보이고 있다. 온몸에 갑옷과 투구처럼 여러 개의 악기를 달고, 동시에 다루고 있는 것이다. 길거리 곡예의 일종이다── 아이디어가 기발할 뿐이라 생각했으나, 그 연주는 물 흐르듯 귀에 기분 좋은 천상의 음악이다.

뛰어난 음악가 여러 명이 심혈을 기울여 연주하고 있는 것 같다. 단 혼자서, 오케스트라 급의 아름다운 선율의 흐름과 깊이를 낳고 있다. 단순한 기행이 아니다, 바보 같은 언동으로 덮여 있을 뿐── 와타루 씨의 기술은 진짜다. 괴물이다.

(후시미도 무난하지만 우수해, 제멋대로인 히비키 부장에게 완벽히 맞추고 있어. 히메미야는 아직 실수도 잦지만, 재능은

---

* 메리 포핀스 : 영국 작가 P.트래버스가 쓴 동명 동화의 등장인물이다. 신비한 힘을 가지고 있어 아이들을 즐겁게 한 유모.

누구보다도 있겠지. 반짝임이, 매력이 있어.)

가장 뒤에서 대량의 악기를 동시에 다루는 히비키 씨의 정면, 왼쪽에 유즈루 군, 오른쪽에서 토리 군이── 노래와 춤을 선보이고 있다. 마치 그들도 와타루 씨가 조종하는 악기 중 하나 같다. 연주와 노랫소리가 얽혀 녹아들고 승화되어, 온 세상에 울려 퍼진다.

마음속에선 『fine』를 칭찬하거나, 인정하고 싶지 않은 우리마저 그저 충격을 받아 감동하는 것밖에 할 수 없다. 이게 뭘까. 이게 인간이 할 수 있는 일인가. 지금 우리 눈앞에 전개되고 있는 건, 현실에 재현된 신화 그 자체다.

장엄하고도 아름다운 이야기가, 눈앞에 펼쳐져 있다. 넋을 잃고 감사의 눈물을 흘릴 수밖에 없다. 불안이나 갈등, 쓸데없는 고민이 모두 날아가── 그저 감개무량해진다.

(학생회장이 퍼포먼스에 참가하지 않고도, 이 정도인가. 말도 안 돼, 프로 이상이라고! 심지어, 이 음악 스타일은…… 알기 쉽고 받아들이기도 쉬우며, 즐겁고도 밝은 현대풍이야! 팝? 아이돌 송 계보에 있지만, 수준이 너무 높아!)

충격으로 뒤집힐 것 같으면서도, 호쿠토 군이 고집스럽게 해석하고 있다. 우리의 최대의 적──『fine』의 본연의 상태를 해석하고, 공략법을 찾으려 한다.

온몸이 칼에 찔리고 피부가 뒤집혀 끝없이 피를 흘리는 상태인 것 같은, 비통한 표정으로.

(우리……『Trickstar』와 선곡이나 스타일이 비슷해. 하

지만 모든 점에서 우리보다 한 수 높아. 즉 『fine』는, 우리 『Trickstar』의 상위존재다……!)

절망적인 사실을 이해하고, 이번에야말로 호쿠토 군은 완전히 혈색을 잃었다. 눈처럼 새하얀 피부, 그 뺨을 손톱으로 긁어 활력을 불어넣고── 아픔을 참는 것처럼 신음한다.

(최악이야. 『홍월』때는 서로 다른 스타일이었기에, 복싱과 레슬링의 대결 같았어. 적합한 무대를 고르면 시합을 유리하게 진행할 수 있었지. 승산이 있었어. 어제 『S1』은, 말하자면 이종격투기였던 거야.)

알기 쉬운 말로 정리하는 걸로 『fine』를 이해의 범주에 넣어 공포감을 떨치려 하고 있다. 하지만 생각하면 할수록 불합리할 정도의 격차가 떠오른다.

(하지만 『fine』와 『Trickstar』는, 같은 스타일이야. 복싱 간의 대결이 되지, 격의 차이가 뼈저리게 느껴져. 같은 잣대로 비교하면, 기책으로 실력 격차를 뒤집을 수도 없어. 이길 수 있는 건가? 우리가……. 저 녀석들을, 『fine』를?)

그야말로 뭇매를 맞은 것처럼, 호쿠토 군은 머리를 감싸고 웅크릴 뻔한다. 현명하고 냉정하고 공평한 그이기에, 승산이 없다는 사실을 싫어도 이해하고 만다. 몰랐다면, 이런 걸 보지 않았다면, 마음 편히 있을 수 있었을 텐데.

(무리수야. 헤비급 챔피언과 정면 승부를 하는, 아마추어 복서와 같아!)

병력 차이, 실력 차이가 확실히 드러나── 망연자실할 수밖

에 없다.

(심지어, 학생회장은 용의주도해. *러키펀치조차, 있을 수 없어! 착실하게, 무자비하게, 아무것도 하지 못하고 녹아웃 될 거야!)

"음악을 만끽하면서라도 괜찮으니 들어줘. 먼저 관객 모두에게, 학생회장으로서 '어떤 발표'를 하도록 할게."

자신은 가볍게만 퍼포먼스에 참가하며, 그야말로 몸을 풀고 있는 건지 다른 멤버들을 보좌하고 있는 에이치 씨가―― 기억 났다는 듯 말했다.

그러고 보니 잊어버릴 뻔했지만, 『B1』에서 무언가 발표를 할 거라 했었다. 신들의 축하회 같은 퍼포먼스를 배경으로, 에이치 씨가 모여든 학생들에게 말한다.

"연말에, 이 학원…… 아니, 아이돌 업계에서도 손꼽히는 큰 이벤트가 열릴 거야. 이 학원에서 주최하는 것 중 가장 권위 있고, 막대한 시간과 인재와 예산을 들여 준비해 열리는 제전이."

적절한 음량으로 노래와 음악이 억제된 상황 속, 신탁 같은 그의 목소리는 어디로든 퍼진다.

"즉, 『SS』야."

"어디까지나 교내와 주변 범위에 머무르는 『S1』등과는, 차원

---

* 러키펀치 : 복싱용어. 평범하게 내민 펀치가 우연히 히트하여 좋은 결과에 이르는 것을 말함.

이 다르지. 이 나라, 아이돌 업계의 모든 걸 끌어들이는 최대이
자 최고의 드림페스."

아무것도 모르는 어린아이에게 사교댄스를 신청하듯, 에이치
씨는 어디까지나 상냥하고 정중하게 우릴 사지로 끌어들인다.
달콤한 목소리가, 지금은 몹시도 두렵다.

"프로, 아마추어를 막론하고 수많은 뮤지션, 아이돌이 참가
해 '일본 제일의 아이돌을 결정하는' 취지로 열리는 연예계에
서도 최대급 행사 중 하나야. 『SS』에는 매년 우리 학원에서도
한 『유닛』만이 대표로 출전하지."

동료들이 낳는 아름다운 선율을 온몸으로 받아 기분 좋다는
듯 웃으며, 역시 아름다운 학생회장은 노래하듯 이야기한다.

"그리고, 전국에 있는 유메노사키 학원의 자매교나 라이벌
교…… 즉 아이돌 양성학교나, 여러 아이돌 기획사 대표와 '아
이돌의 정점'을 목표로 경쟁하는 거야."

어제의 『S1』도 현실에 있는 거라 믿기지 않을 정도의 규모와
열기에 싸여 있었다. 하지만, 그건 말하자면 내전이다. 학원 외
부에서도 관객이 오지만, 어디까지나 지역전쟁. 하지만 『SS』
는, 말하자면 세계대전인 거겠지.

모든 병기와 전략이 구사되어, 이 나라에서 가장 위대한 아이
돌을 결정한다. 소년만화에서 자주 있는 전국대회, 세계대회
같은 것일까——그 규모는 월등하겠지.

"『SS』는 TV를 통해 전국에 방송되어, 국내외를 막론하고 주
목을 받고 있어. TV에서 보고, 거기서 활약하는 아이돌들을 동

경해…… 유메노사키 학원에 입학하거나 아이돌을 목표로 삼게 됐다는 아이들도 많지 않을까?"

모인 관중들에게, 에이치 씨는 자기 아이에게 이야기하는 것처럼 말을 건다. 어딘가 꿈을 꾸는 것 같은 기분으로 그의 대사를 듣고 있던 우리는 현실로 끌려나와, 뼛속에서부터 온몸이 떨린다. 꿈 이야기가 아니다, 현실의 이야기다. 실제로, 그는 줄곧 그런 말투였다.

에이치 씨의 눈앞에는 항상 우리가 사는 이 현실이 있다.

"『SS』에서 우승하는 건, 우리 아이돌의 최대 목표이자 꿈이야. 아직 역대 유메노사키 학원 대표가, 그 영예를 차지한 적은 없지만."

그런 건가. 난 유메노사키 학원에 입학하기 전까지, 연예계 등 TV속 세상은── 나와는 관계없는 먼 이세계라 생각하고 있었기에, 견문이 적어 모르지만. 개성파 인물들, 초인에 괴물, 천재에 노력의 화신……. 여러 뛰어난 인물들이 도전했지만 영예를 손에 넣지 못했다. 『SS』란 건, 그렇게나 초월적 존재들이 모인 연회인 것이다.

"유메노사키 학원은, 『SS』 주최자이니……. 주최자가 한 번도 우승한 적이 없다는 건 한심하지. 그래서 학원 경영자나, 출자인, 이런저런 곳에서 '올해야말로 반드시 승리를!'이라며 기대하고 있어."

거국적인 행사. 국가 규모의, 투쟁.

상상도 할 수 없다. 하지만, 이미 그건 먼 나라의 이야기가 아니다. 내가 지금 서 있는 이 장소와도 연결된, 다른 사람 일이 아닌 눈앞에 있는 대이변이다.

"올해 들어 학원이 『프로듀스과』를 신설하거나, 여러 새로운 일에 도전하고 있는 것도 그 때문이야. 모든 건, 『SS』에서 우승하기 위해서."

그렇게 이어지는 건가. 나도 그런 거대한 운명의 파도 속에 포함된 톱니바퀴 중 하나였던 것이다. 『프로듀스과』 학생 제 1호인 나는, 『SS』를 향해 쏘아 올려진 포석 중 하나.

지금까지 느끼고, 생각하고, 경험해 왔던 것—— 등의 모든 것이 『SS』란 단어에 집약되어, 연쇄되고, 실감한다. 아아, 그런 거였다.

"즉 올해는, 학원이 『SS』에 엄청나게 주력하고 있단 얘기지. 『SS』에 출전할 대표 『유닛』은 학원으로부터 어마어마한 지원을 받을 수 있을 거야."

깜짝 놀라, 자기 입장을 이해하고, 갑자기 날아온 『SS』라는 단어를 소화하며 떨고 있는 건 나뿐만이 아니다. 주변에 있는 학생들, 즉 아이돌들도 자신의 인생에 『SS』라는 단어를 섞어, 각자 생각에 잠겨 있다.

에이치 씨가 그렇게 만든 거겠지. 굳이 침투하기 쉬운 화제를, 말을 고르고 있다. 어디까지나 그의 말투는 연설 같고, 대중을 자신 뜻대로 유도하고 있다.

"물론, 우승하면 경력에도 관록이 붙어. 아이돌로서 최고의 평가를 얻을 수 있지. 향후 아이돌 활동도 분명 장밋빛이 될 거야. 출전하는 것만으로도 명예로운 일이니까. 이 학원에 다니는 자라면, 아이돌이라면⋯⋯. 누구나 『SS』에 출전해, 운이 좋다면 우승하는 걸 바랄 거야."

처음 시력을 얻은 아기처럼, 거기서 처음으로 주변에 있는 모든 것이 색을 띠기 시작해──실감이 들기 시작한다. 우리는 현실에 눈떠, 지금은 그저 동요하고 있었다.

그런 우리들에게 마치 사랑의 말을 속삭이는 것처럼, 학생회장은 협박해 왔다.

"그렇지 않은 자는 이미 아이돌이 아니야. 살아 있는 시체지. 너희 중에, 그런 의욕 없는 인간은 없을 거라 믿고 있지만 말이야."

"하지만, 누구나 간절히 원하는 『SS』 출전권이지만⋯⋯. 그 출전자를, 우리 학원 대표를, 어떻게 정하는지 알고 있니?"

우리의 반응을 즐기는 것처럼, 에이치 씨는 발과 어깨로, 온몸으로 리듬을 잡고 있다. 우리가 혼란스러워 하며 내는 웅성거림은, 『황제』 폐하에겐 댄스의 배경음악이다.

"이게 참 걸작이야, 학원에 대한 출자액이 가장 큰 가정의 자제가 소속된 『유닛』⋯⋯으로 정해져 있어. 정말이야, 서류에 명확히 적혀 있어. 그 문장을 읽었을 땐 정말 배꼽 잡고 웃었지!"

완전히 분위기에 휘말려, 말없이 듣고 있는 우리에게──에이치 씨는 이야기 한다.

"아이돌이란 뭘까? '부자'? 아니면 '권력자'? 전혀 아니지, 내가 사랑하는 유메노사키 학원 학생들! 가장 빛나는 건 금괴도 보석도 아냐, 우리의 꿈이자 퍼포먼스야!"

양팔을 펼쳐, 무대 중앙에 선 그의 등 뒤에서 지금도 노래하며 춤추고 있는 『fine』 멤버들을 자랑스럽게 내보인다. 무지한 대중에게, 소중히 간직하던 보물고를 선보이는 것처럼.

"'그게' 가장 뛰어난, 가장 반짝이는 『유닛』이 대표로 선출되어야지. 난 그렇게 생각해, 너희도 같은 생각일 거라 믿어!"

광기마저 느껴질 정도의 밝은 목소리로, 반짝이는 미소로, 그는 단언했다.

"따라서 나, 학생회장 텐쇼인 에이치가 선언한다!"

지금부터 개막될, 이제껏 없었던 가혹하고도 화려한 전쟁의 이름을.

"『SS』에 출전하기에 진정 어울리는, 우리 학원의 대표 『유닛』을 선정하기 위한 드림페스를 개최한다! 【DDD】라 이름을 붙여 본 이 『S1』에서 승리한 『유닛』을, 『SS』에 출전할 우리 학원 대표로 하겠다!"

【DDD】── 뭔가의 앞 글자를 3개 따서 늘어놓은 걸까, 거기에 포함된 에이치 씨의 의도를 나는 아직 읽어낼 수 없다. 꿈? ^{드림}

^{데스매치}사투? ^{딜리셔스}미미(美味)? ^{댄스}무도?

불길한 것을 느끼고, 해석도 불안한 내 눈앞에서, 에이치 씨는 몸을 굽혀 고개를 떨구고 만다. 과장된 연기로, 알기 쉽게 비극

의 배우처럼 행동하고 있다.

그 얼굴은 기쁨으로 가득 차 있었지만.

"본래 규정대로라면, 학원에 가장 많은 출자를 한 학생은 나야. 내가, 그리고 내가 소속된 『유닛』──『fine』가 『SS』에 출전할 대표가 될 거였어."

그렇겠지. 『fine』가, 에이치 씨가 이 유메노사키 학원의 정점에 있다. 지배자, 왕이다. 이 학교의 대표 얼굴이다, 대표로서 적합하다.

똑똑히 확인한 그들의 실력은, 의심할 여지없이 진짜다.

"하지만 난, 【DDD】에서 우승한 『유닛』에게 그 권리를 양보할게. 이 자리에서 공언하고, 약속하겠어. 이건 너희가 아이돌로서 가장 빛나기 위한 기회야. ──적극적으로 【DDD】에 참여해 주길 바랄게."

의외의 말을, 에이치 씨는 입에 담는다. 평범하게 진행하면 그들이 『SS』의── 명예로운 싸움으로 향할 권리를, 영광을 얻었을 터다.

그것을 쉽사리 팔아 버리는 것처럼, 상품으로 바꿔 높이 제시한 것이다. 그 의도는 알 수 없다. 이제는 그가 뭘 생각하고 있는지── 같은 인간인지도 알 수 없다.

"물론, 우리도 참가자로서 【DDD】에 출전할 거야. 만약 우승한다면, 『SS』에도 우리 학원 대표로서 긍지를 갖고 도전할게."

순식간에 미소를 지우고, 전시엔 모든 군사력을 장악해 모든 외적을 토멸하는 국가원수의 표정이 되고는── 에이치 씨는 하늘을 올려다본다.

금방 지상으로 시선을 되돌리고, 우글거리는 군중을 향해 손을 뻗었다.

"하지만 난 바라고 있어. 내게 승리하고, 『SS』 대표의 영광을 잡을 『유닛』이 나타나기를. 너희의 꿈과 모든 열정을 걸고 도전해 줘!"

만인의 정점인 왕일 텐데. 그 순간만은 아양을 떠는 노예처럼.

『황제』 텐쇼인 에이치 씨는, 비통하게 열망하고 있었다.

"【DDD】에서 우릴 패배시킬 『유닛』의 등장을, 이 학원의 진정한 대표가 선발될 것을, 난 진심으로 바라고 있어!"

"【DDD】는 이번 주말에 개최될 거야. 앞으로 일주일도 남지 않았으니, 그동안에 각오를 다졌으면 해. 『SS』는 연말에 열리는데 아직 벚꽃도 지지 않은 이 시기부터 대표를 결정하는 건 성급하다고 생각할지도 모르겠지만."

정중하면서도 다소 빠른 말투로, 무언가에 쫓기는 것처럼 에이치 씨는 이야기한다.

벚꽃도 지지 않았다 말했지만── 올해는 개화가 늦어서인지 아직 피지도 않았다. 이 유메노사키 학원의 시공간은, 기묘하게 얼어붙어 경직된 것처럼 느껴졌다.

거대한 괴물처럼 오연히 자리 잡은 유메노사키 학원 교사를 에이치 씨는 노려본다.

악의 있는 운명에 도전하는, 고결한 용사처럼.

"나는 확정된 대표자 지위를 다른 사람에게 넘길지도 모르는 위험을 감수하고 【DDD】를 개최하는 거야. 그 대신이라고 하긴 뭐하지만, 이 정도의 재량은 허용해 줬으면 해."

미소를 지운 채, 그는 선전포고하는 것처럼 냉엄한 말투로 이야기했다.

"하지만 【DDD】의 승자를, 우리 학원의 대표를, 『SS』까지 약 1년 동안 전력으로 응원할 것도 약속할게. 학원 전체가 힘을 모아 대표를 지원할 거야. 그렇지 않으면 『SS』우승은, 우리의 비원은 달성할 수 없으니까."

현실적인 보수를 늘어뜨리며, 꿈만 같은 『SS』를—— 그리고 【DDD】를 우리도 먹기 쉬운 형태로 요리해 나눠 준다.

"우린 『SS』를 위해 하나 되어, 모든 걸 결집할 거야. 【DDD】는 그 영광스러운 우리 학원 대표를, 희망의 별을 고르기 위한 전초전이야! 너희가 노력해 왔던 것들을, 내가 입원해 있던 사이 키워 왔던 모든 꿈을 보여줘!"

거기서 에이치 씨는 긍지 높은 영웅의 표정을 지우고, 이해하기 어려운 이상한 미소를 짓는다. 울고 있는 것 같은 화내고 있는 것 같은, 하지만 그건 기묘하게 일그러져 있는 미소였다. 인간이 지어서 좋을 표정이 아니다.

"한심스러운 모습으로 날 실망하게 한다면, 가차 없이 짓밟겠지만 말이야."

그는 역시 인간에서 벗어난 괴물인 걸까.

아까부터 몸의 떨림이 멈추지 않는다.

에이치 씨는 청중의 반응을 보고, 어째서인지 낙담한 것처럼 "……이야기가 길어졌네."라고 중얼거리곤, 이야기를 마무리 하기로 결정한 모양이다.

우리에게 등을 돌려 동료들을 보며, 손가락을 움직여 어떤 지시를 내리고 있다.

"내일이라도 【DDD】에 대해선, 선생님들이 정식 공지를 하실 거야. 너희도 소속된 『유닛』과 상의해 출전 여부를 결정해 줬으면 해."

곧바로 화려하게 몸을 돌린 그의 손엔 마법처럼 마이크가 쥐어져 있다. 허공에서 무기를 꺼내는, 이세계 전사 같았다. 와타루 씨가 윙크하고 있는 걸 보아 방금 그가 넘겨주었던 것이겠지만. 연주를 하고 있으면서 재주도 좋다.

꽃다발을 받은 순진한 소녀처럼, 에이치 씨는 사랑스럽다는 듯 마이크를 볼에 부비고는── 두 눈동자를 사악하게 빛냈다.

"그 전에, 모처럼 무대에 섰으니……. 특별 서비스로, 『fine』 가 【DDD】를 위해 준비한 신곡을 하나 보여줄게."

지금까진 어디까지나 서곡. 단순한 사전 연습, 몸풀기였다.

거기서부턴, 압도적인 전력으로 우릴 단숨에 짓밟을 뿐인── 학살이나 제물을 바치는 의식이 된다. 그는 우리의 영혼을, 감정을, 모든 인생을 마녀의 솥에 던져 넣고, 팔팔 끓인 후 단숨에 마셔버리고 만다.

그리고, 그가 바라는 기적을 일으키려 하고 있다.

"다가올 결전의 서곡으로서, 너희에게 바칠게."

에이치 씨가 가볍게 숨을 들이쉬고, 노래하기 시작했다.

단 한 소절 들은 것만으로도, 작디작은 내 존재 모두가 날려가 버릴 것 같았다.

이 유메노사키 학원의—— 이 세상의 주인공이 귀환함과 동시에, 모든 것이 움직이기 시작했다. 그 사실을 실감하고, 납득한다. 우리의 모든 것이 그가 돌아오길 기다린 것만 같았다. 우리는 농락당해 배경으로 조역으로, 그를 꾸미는 요소 하나로 환원된다.

괴물 같은 학생회장의 지휘 아래, 이야기의 본편이 시작된 것이다.

🎤 *Satellite* 🎵✦

다음 날이 됐다.

『S1』의 피로감도 모두 해소하지 못하고, 어제도 마음이 편했던 순간이 전혀 없었기에—— 심신 모두가 몹시 지쳤다. 전신의 신경이 단절된 것처럼, 손 하나 까딱할 수 없다.

불행인지 다행인지, 『S1』의 기억을 덧칠하듯 【DDD】의 공지가 있었던 덕택에 학생들은 그 화제에 열중해 있다.

물론, 실력 있는 『프로듀서』라는 엉뚱한 오해를 받고 있는 내게 학생들이 몰려오긴 했지만……. 소마 군이 검을 쥐고 상황을 주시하고 있는 덕분인지—— 비교적, 그런 별난 사람들의 수도 줄었다.

딱 잘라 말할 배짱도 없어, 일단은 대응하며 아직 익숙하지 않은 유메노사키 학원 수업에서 살아남은 후 내 체력은 텅 비어 버렸다. 책상에 엎드려, 입에서 영혼을 토하며 멍하니 있다. 이 기세라면, 정말 일찍 죽을 것 같다.

나는 그런 상태였기에, 어리석게도 알아채는 게 늦었다. 항상 온화하던 2학년 A반 교실—— 그 공기가 변질되어 있다는 것을. 피로감 때문에 주의력이 산만해져 한계에 다다라, 나는 날 동료로서 맞아주었던 남자애들 사이에 떠도는 불온한 기척을 알아차리는 게 늦은 것이다. 그 사실을, 두고두고 후회하게 된다.

우린 『S1』에서 승리해 혁명을 일으켰지만── 아직 결코 해피 엔드에 도달한 건 아니었는데. 마음을 놓는 게 너무 빨랐던 데다, 어제 벌써 치료하지 않으면 목숨을 잃을 것 같은 상처를 입고 있었는데.

우리 모두가 전신에서 피를 흘리며, 천천히 쇠약해져 가고 있다는 것을 알아채지 못했다. 그 앞에는 죽음과 절망밖에 없는데도. 아직 어떻게든 되지 않을까, 또 다시 『S1』과 같은 기적이 일어나 행복한 미래에 도착할 수 있지 않을까 하고── 낙관하고 있었다.

가혹한 현실은, 가차 없이 우리 온몸을 물어뜯어 조각조각 내려 하고 있었는데.

"방과 후야!"

책상에 얼굴을 묻은 채 자폐모드로 들어가 있던 내 귀에, 평소처럼 밝은 스바루 군의 목소리가 들렸다. 지금까지 매일같이 들어왔던, 기분이 좋아져 안심하게 되는──태양처럼 따뜻한 목소리. 무심코, 잠들어버릴 것 같다.

그의 웃는 얼굴을 보면 안심할 수 있다, 치유를 바라며──천천히 얼굴을 들었다.

"【DDD】라는 드림페스까지 시간도 없고, 기합 넣고 특별 훈련해야지~☆ 이번엔 사쿠마 선배에게 더 이상 손 벌리지 않고, 우리 자금으로 방음연습실을 빌릴 수 있을 것 같으니까~."

피로는 전혀 남지 않은 건지, 스바루 군이 힘차게 뛰어오르며 이야기한다. 어제 학생회장이 떨어트리고 간 폭탄에도 전혀 대미지를 입지 않았다. 든든하다. 아니, 어쩌면—— 아픔과 상처를 자각하지 못했을 뿐인 건 아닐까.

그렇다면 위험하다. 아픔을 모르는 동물은 자연계에서 금방 죽는다.

"『S1』에서 승리한 덕분에 왕창 벌었으니까! 교내자금도 충분해, 기자재나 판촉물 같은 것도 구입할 수 있고 말이지~? 꿈이 커지네☆ 신곡도 있으면 좋겠어, 지금부터면 시간이 모자랄 수도 있겠지만~?"

들뜬 모습으로 어딘가 공허하게 울리는 목소리를 내던 스바루 군이, 몇 초간 입을 다물었다. 평소대로라면, 까부는 스바루 군에게 충고하거나 동조하는 목소리가 들려올 텐데.

마치 아무도 없는 교실에서 떠드는 것처럼 반응이 없었다.

"……으음, 평소엔 이런 건 홋케가 제일 먼저 말했을 텐데. 오늘은 조용하네, 무슨 일 있어?"

"…………."

불안해질 정도로 표정을 바꾸지 않고, 스바루 군이 가까운 자리에 앉아 있던 호쿠토 군에게 달려간다. 호쿠토 군은 평소대로 척척, 교과서나 필통을 정리해 가방에 넣고 있었다.

"오늘 계속 무서운 표정이네, 홋케~. 학생회장의 제안을 생각 중인거야? 너무 신경 쓸 필요 없다니까. 『홍월』처럼 『fine』도 쓰러트리자!"

힘차게 말하며, 스바루 군이 뒤에 서 있는 호쿠토 군을 힘껏 끌어안았다. 그리고 체온을 찾는 것처럼 얼굴을 부비고 있다. 자주 보아온, 평소의 몸짓이었다.

어떤 척박한 땅에서라도 꽃을 피우는 것 같은, 스바루 군다운 애정 표현이었다.

"우리라면 할 수 있어! 『Trickstar』라면 말이야~ ♪"

"……미안해."

호쿠토 군이 짧게 중얼거리곤, 꼼꼼하게 책상 속을 뒤져 잊은 것이 없는지 찾은 후 벌떡 일어섰다. 갑작스러운 행동이었기에, 스바루 군은 뿌리쳐진 형태가 되어 뒤로 구를 뻔한다. 균형을 잡고, 고개를 살짝 갸웃거렸다.

잠시 멍하니 있다가, 스바루 군은 호쿠토 군을 무구한 눈빛으로 바라보며 물었다.

"응? 어라, 왜 그래 홋케~? 어디 가는 거야?"

"……정말 미안해, 아케호시."

스바루 군의 얼굴을 보지도 않고, 마치 그가 존재하지 않는 것처럼 담담하게── 호쿠토 군은 교실 출입구로 걸어갔다. 뒤도 돌아보지 않고 최단거리를. 그와 처음 만났던 때 같은, 미리 프로그래밍 된 동작을 실행하는 기계 같은 움직임이었다.

호쿠토 군은 고개를 숙이고 있어, 내가 있는 곳에선 표정을 확인할 수 없다. 그저, 뭔가 이상한 분위기라는 것만은 파악했다. 나는 늦게 일어서서, 그런 두 사람을 당황해하며 바라보았다.

스바루 군은 부모님과 떨어진 아이처럼, 멍하니 입을 벌렸다.

"어, 어~이? 어라, 진짜 왜 그래? 오늘 홋케~ 이상해!"

강아지처럼 호쿠토 군을 뒤쫓으며, 스바루 군은 내심 생각하고 있었다. 아무 생각 없이 본능적으로 움직이고 있는 것 같은 그에게도 마음은 멀쩡히 있다.

(그러고 보니, 아침부터 웃키~도 못 봤어. 농구부 아침 연습 때 사리~도 조금 상태가 이상했던 것 같고? 뭐지, 잘 모르겠지만 좋지 않은 느낌이야!)

스바루 군은 이제 와서 알아챈 것 같지만, 우리 동료 중 한 사람—— 유우키 마코토 군은 확실히 아침부터 모습을 보이지 않았다. 담임인 사가미 선생님이 '유우키는 감기 때문에 결석했다'고 말했기에, 『S1』의 피로로 컨디션이 망가지고 만 거라 생각하고 있었지만.

그저 관전하고 있었던 나조차도, 아침에 침대에서 나오기 위해 상당한 근성을 필요로 했었다. 실제로 격전을 넘어 온 마코토 군의 소모는 나와 비교할 수 없을 것이다.

아직 그렇게 당연한, 평화적인 해석이 가능할 정도의 부차연스러움이었기에—— 나는 좋은 방향으로 생각하려 노력하고 있었다. 너무나도 무사태평하다.

"……무슨 일이지, 저 녀석들. 아무래도 뭔가 소란이 난 것 같은데."

나와 가까운 자리에 앉아 있던 같은 반 학생—— 오토가리 아도니스 군이, 출입구 부근에서 소란스러운 두 사람을 의아하단 눈빛으로 바라보며 말했다. 이국적이며 윤곽이 뚜렷한 얼굴과,

까무잡잡한 피부. 키가 크고 근육질이라, 한눈에 보기엔 상당히 다가가기 어렵다.

하지만 그도 『UNDEAD^{언 데 드}』의 일원으로서, 우리와 함께 혁명을 달성해 준 동지다. 어제 그는 『B1』에서 지독한 상황을 맞이했기에 걱정이 됐지만── 외견 이상으로 터프하다. 평소와 다르지 않은, 온화한 분위기다.

"칸자키, 뭔가 알고 있는 거 있나?"

"모르는 걸 뭐든 내게 묻는 건 그만해 줬으면 좋겠소만."

갑자기 화제가 날아오는 바람에 귀가 준비를 하던 소마 군이 움찔 놀랐다.

"미안하다. 하지만 반에서 가장 친한 건 너라고 생각해. 그리고, 난 이 나라의 상식 등에 대해 상당히 무지하다."

"모르는 걸 솔직히 '모른다'고 말할 수 있는 건 미덕이오, 아도니스 공."

독특한 공백을 지닌 반 친구에게, 소마 군은 멋쩍은 듯 웃으며 답한다. 이 둘은 사이가 좋은지, 교실에서는 대체로 함께 있으며 창가의 작은 새 등을 바라보고 있다. 보기에는 무섭지만, 착하고 선량한 사람들이다.

"그나저나……. 본인도 잘 모르겠소. 사이가 좋은 것이, 『트릭스타』의 좋은 점이라 생각하고 있었소만."

소마 군이, 고민하는 표정을 지었다. 학생회 세력의 『홍월』에 소속된 그는, 리더인 케이토 씨로부터 무언가 들은 것인지── 조금씩 사태를 파악하게 된 모양이다.

추잡스럽다는 듯 눈썹을 찌푸리며, 알기 힘든 고풍스러운 표현을 입에 담았다.

"이간지계라니, 끔찍한 수를 쓰는구려. 하스미 공이 말했던 대로, 학생회장은 교활한 책사인 것 같소."

"………?"

소마 군이 어려운 말을 구사하는 바람에 아도니스 군에게는 그다지 통하지 않은 건지 신기하다는 듯 눈을 깜빡이고 있었다. 그런 친구를 알아채지 못하고, 소마 군은 검 손잡이에 손을 얹고── 불길하다는 듯 마음속으로 생각했다.

(인연과 우정, 협조성이 가장 중요한 『트릭스타』를 분단시켜, 하나씩 무너트린다. 합리적이긴 하지만, 이런 계략은 좋아하지 않소. 이 정도로 무너지지 마라, 『트릭스타』……. 너희에겐, 정정당당히 『드림페스』무대에서 설욕을 하고 싶으니.)

✦✧✦

"기다려!"

이미 교실 출입문에 손을 대고 있는 호쿠토 군에게, 스바루 군이 외친다.

"우리 『Trickstar』가 빌린 방음연습실은 그쪽이 아냐! 완전 반대 방향! 정말, 홋케~도 참 성급하다니까……어, 어라?"

"…………."

아직 스바루 군은 웃고 있다. 어떤 두꺼운 구름에도 가려지지

않는, 태양보다 밝은 빛이다. 하지만 항상 그것을 달처럼 받아들여, 반사해 주었을 친구는 말이 없다.

무서울 정도로 반응이 없는 호쿠토 군을, 스바루 군은 천진난만하게 쫓았다.

"안 들려? 어~이, 무시하지 마. 슬프잖아! 훗케~?"

평소의 온화한 분위기는, 그걸로 끝이었다. 한계였다. 무언가가 파탄되어 있었다. 우린 그걸 알아채지 못하고, 태평하게 평소와 같은 일상을 보내려 했지만———.

결정적으로, 치명적으로 무언가를 빼앗겨 잃어버린 상태였던 것이다.

그것을 본능적으로 눈치챈 건지, 스바루 군이 믿을 수 없을 정도로 큰 소리로 외쳤다.

"기다리라고 했잖아! 호쿠토!"

호쿠토. 그렇게 불렀다. 상대가 누구든 편하게, 별명으로 부르는 게 스바루 군의 슬프고도 나쁜 버릇이었다. 고독하게 지냈던 그의, 친애의 표현. 외톨이가 되는 게 싫어서, 사랑받고 싶어서, 모두와 웃으며 지내고 싶어서—— 오직 그런 마음뿐이었던 남자애가 누군가와 연결되기 위해 만든 애칭. 하지만 그는 허식을, 허세의 미소와 애정 그 자체인 호칭을 버리고, 총탄을 쏘듯 외친 것이다. '호쿠토'라고 진심을 담아 친구의 이름을 불렀다.

그걸로 미움받는다고 해도, 정말 좋아하는 친구에게 무시당하는 것보단 훨씬 나으니까.

그것마저 무시할 수 있다면, 호쿠토 군은 더 이상 인간이 아니다. 잘못된 프로그램을 아무리 넣어도, 아무런 반응도 보이지 않는 기계나 다름없다.

"…………."

호쿠토 군은 잠시 굳어 있다가 천천히 돌아보았다. 스바루 군이 필사적으로 뻗은 호의의 실은, 이 시점에선 아직—— 겨우 겨우 닿아 있었다.

하지만 그것을 뿌리치는 것처럼, 호쿠토 군은 순식간에 등을 보이고 말았다. 이번에야말로 문을 열고, 하지만 그 자리에선 움직이지 않은 채, 노이즈가 섞인 것 같은 목소리로 중얼거렸다.

"흥. 처음으로 '호쿠토'라고 제대로 불리는 게, 이런 상황에서일 줄은."

"'홋케~'라 부르는 거, 그렇게 싫었어? 그럼 앞으론 계속 '호쿠토'라 부를게!"

마침내 얼굴에서 웃음을 지우고, 스바루 군은 희극 배우처럼 책상에 부딪혀 화려하게 쓰러트리며, 허둥지둥 호쿠토 군을 뒤쫓았다. 누구도 웃을 수 없다. 교실에는 정적이 깔려 있다.

심상치 않은 사태가 일어났다. 무서워서, 내 목 안쪽에서 비명이 흘러나왔다. 교실에서 대량살인이 일어나, 벽도 바닥도 천장도 모두 피로 물든 것 같아 보였다.

"그러니까, 가지 마! 또 같이 열심히 하자, 우린 운명 공동체잖아? 홋케~……호쿠토, 그러자고 했었잖아!"

드디어 친구의 곁에 도착한 스바루 군이, 그에게 매달렸다. 손을, 손가락을 움직여——— 움켜잡았다. 결코 놓아서는 안 되는 인연을 붙잡았다.

외톨이였던 스바루 군이 계속 찾고 있었던, 희망을.

"그랬었지."

하지만 호쿠토 군은 스바루 군을 보지도 않고, 그저 망가진 것처럼 서 있었다.

"하지만 사정이 달라졌어. 이 이상은 말할 수 없어, 미안해."

띄엄띄엄, 호쿠토 군이 신음했다. 무엇을 말해도 흉기가 된다, 이미 자신을 위해 총탄으로 구멍투성이가 된 친구가——— 달아오른 총신에 닿아 화상을 입지 않도록, 멀리 보내려 하고 있다. 그렇게 보였다.

"아케호시, 손을 놔 줘. 미안하지만, 서둘러야 해. 가 봐야 할 데가, 있어."

"싫어! 절대 안 놓을 거야, 놓으면 영영 어딘가로 가 버릴 것 같잖아!"

"네 말이 맞아. 지금부터 『Trickstar』 탈퇴 신청서와 『fine』 가입 신청서를 학생회실에 제출하러 갈 거야. 이별이다, 아케호시."

믿을 수 없는 말을 입에 담고서, 호쿠토 군은 싫다고 외치며 물고 늘어지는 스바루 군을——— 부드럽게 떼어놓는다. 절벽에 겨우겨우 매달려 있는 손가락을, 하나하나 잡아떼는 것처럼.

"들은 바론, 이사라나 유우키도 이미 그 부분의 절차는 끝내 놓은 것 같다. 난 마지막까지 망설이고 있었지만, 이미 시간 초과야. 학생회장은 만만하지 않아. 고민하고, 안주하고 있는 사이 상황은 점점 나빠질 거다. 더 막다른 곳에 몰리기 전에── 나는 나가겠어."

그의 발언이 이해가 되지 않았는지, 멍하니 눈을 뜨고 있는 스바루 군을── 더욱 이해할 수 없는 어둠 속 바닥으로 떨어트리고 만다.

"매정하다고, 겁쟁이라고 부르고 싶으면 부르도록 해."

차라리 스바루 군이 욕이라도 했으면 좋았겠지만, 그는 전혀 호쿠토 군을 의심하고 있지 않다, 아기 같은 얼굴로 그저 멍하니 바라보고 있다.

그것을 어깨너머로 슬쩍 보고, 호쿠토 군은 심장이 꿰뚫린 듯 신음했다.

"아케호시, 『Trickstar』 해산 신청서는 제출하지 않을 거야. 우리가 탈퇴하는 것뿐이다. 넌 남아 있어도 돼, 물론 나와 함께 『fine』에 가입해도 돼. 네가 좋을 대로 해. 그저, 희망의 빛이 사라지지 않게 해 줘."

그것이 예의라고 생각한 건지, 뭐였는지── 호쿠토 군은 마지막으로 한 번 돌아보았다. 스바루 군을 똑바로 마주하며, 역시 강아지에게 그렇게 하듯 머리를 쓰다듬었다.

"……사족이 길었어. 나답지 않게, 감정적이 된 모양이야."

정반대의 두 사람. 항상 즐거운 듯 농담을 주고받으며, 의견을 맞부딪히고, 불꽃을 반짝이며 앞으로 나아가던 두 사람. 『Trickstar』의 선두에서, 우리 앞길을 밝혀 주었던── 그 행복한 광경이, 산산이 부서졌다.

보고 있는 입장에선, 서로 때리며 싸움을 하는 편이 더 안심할 수 있었다.

하지만 호쿠토 군은 소중하다는 듯 스바루 군의 머리나 뺨 등을 쓰다듬을 뿐이었다.

"지금까지 즐거웠다, 고마워. 네 덕에, 아니 『Trickstar』 덕에, 난 조금이라도 '아이돌'을 좋아할 수 있게 됐어."

마치 평생 이별하는 것처럼, 마지막까지 다정하게──호쿠토 군은 사라져갔다.

"고마워."

그런 말을, 마지막 선물로 남기고서.

귀신과 이야기하고 있었던 것처럼, 말과 감정이 전부 순식간에 스쳐 지나가──스바루 군은, 그 자리에 그대로 주저앉아 있었다. 더는 한 발자국도 움직일 수 없는 것 같았다.

"뭐야……. 정말 작별하는 거 같잖아. 농담 같은 거 어울리지 않아. 하나도 재미없어! 호쿠토는 말이야, 항상 긍정적이고……. 열심히 하고, 진지하고, 우리가 갈 길을 밝혀 줬어."

쓰러진 책상과 의자가 널브러진 공간 속, 스바루 군은 그 자리에 무릎을 꿇었다.

신에게 버림받은 순교자처럼, 미소가 사라진 교실 한 구석에서.

그저, 사라져 버린 친구의 뒷모습을 찾는 것처럼 주위를 본다. 항상 그 곁에서, 불평을 던지며 함께 꿈을 좇던 동지는── 친구는 이제 없다. 그 사실이 정말 신기하다는 것처럼, 스바루 군은 자신의 볼을 꼬집었다.

손가락에 힘을 너무 실어 아팠는지, 그의 뺨에 생리적인 눈물이 흘러내렸다. 항상 웃는 얼굴의 스바루 군. 기쁨 외의 감정을 신에게서 받지 못한 것 같은 그의 눈물은, 마치 피가 흘러내리는 것 같아 보였다. 내장에 상처를 입어, 소중한 것들이 흘러내려 간다.

"네가 없으면, 난 어떻게 하란 말이야!"

스바루 군이 통곡 같은 소리를 터뜨렸다. 더는 닿지 않는 친구를 향해, 멀리멀리 울부짖듯이.

"호쿠토……!"

누구도, 나도 아무 말도 하지 못하고——그저 그 모습을 보고 있을 수밖에 없었다. 항상 장례식 종 같다 느끼던 유메노사키 학원의 종소리가, 지금은 마치 우릴 비웃는 것처럼 울려 퍼지고 있었다.

"…………."

그 뒤.

스바루 군은 모처럼 빌린 방음연습실에 나가지 않는 것도 아깝다고 생각한 건지——일단 그곳에 도착했지만, 아무것도 하지 않고 웅크려 앉아 있었다. 항상 우리에게 지침을 내려주고,

그날의 계획을 제시해 주던 든든한 반장은 여기엔 없다.

정말로, 그렇게 되면 스바루 군은 뭘 어떻게 해야 할지 알 수 없는 모양이었다. 뭐든지 할 수 있는 천성의 재능을 가지면서도, 무력한 아기와 같았다.

신기하다는 듯, 뺨에 남은 눈물자국을 손끝으로 쓰다듬고 있다.

(계속 기다렸는데. 아무도 연습실에 오질 않네. 홋케~ 말대로, 다른 둘도『홍월』이나『Knights』같은, 다른『유닛』으로 이적해 버린 걸까.)

무릎을 끌어안고 고개를 묻으며── 스바루 군은 끝없이 생각하고 있었다. 정적에 찬 방음연습실에는 조명도 없어, 거의 암흑이다.

(허무하네. 동료를 모아 함께 노력하고, 소중히 인연을 이어왔다 생각했는데…… 이렇게, 간단히 공중 분해돼 버리다니. 가족보다도 누구보다도 신뢰하고, 단결하던 멋진『유닛』이었는데. 그렇게 생각한 건, 나뿐이었던 걸까?)

평소엔 호쿠토 군이 생각을 대신 해 주고 있었다. 오히려 그 영역을 침범하면, 반발하는 것처럼 두 배 세 배 깊이 생각해 주었다. 그래서 신경을 쓰고 있지 않았던 건 아니었지만, 그 인간다운 기능을 새삼스레 떠올려낸 것처럼, 스바루 군은 생각한다.

(현실적으로 생각하자면, 다른 멤버들의 판단이 맞아. 『fine』도『홍월』도『Knights』도, 유메노사키 학원에선 톱 클래스 『유닛』이야. 거기에 소속되는 게, 장래를 생각하자면 유익해.

놀이로 하고 있는 게 아닌걸. 모두 진심으로 아이돌을 목표로, 이 학원에 들어온 거니까.)

생각의 밑바닥에 잠겨, 떠오르지 않는다.

아마 그는 고독했던 1학년 시절, 줄곧 그렇게 지냈던 거겠지. 하지만 사랑스러운 동료들과 만나, 슬픔이나 아픔과 함께 망각의 저편에 그 기억을 몰아놓고 있었는데.

(미래를 생각하자면, 『Trickstar』같은 풋내기 『유닛』보다……. 실적이 있고, 우수하고, 업계 평판도 좋은 곳에 있는 게 좋아.)

정말로, 호쿠토 군이 생각할 것을── 스바루 군은 생각하고 있다. 곁에서 사라지고 만 친구의 빈자리를, 필사적으로 채우는 것처럼.

(군자금도 풍부하고, 인맥도 있어. 인재든 뭐든 충실해. 아이돌로서 기술을 갈고닦기엔 최고의 환경이야. 『Trickstar』보다도, 다른 『유닛』에서 활동하는 게 '아이돌인 자신'에게 플러스가 될 거야.)

무한한 어둠, 구멍을 아무리 막으려 해도, 더는 메아리마저 돌아오지 않는데.

(이런 방음연습실을 빌리는 것만으로도 '패배하면 적자'가 되어 버릴 것 같은, 약소하고 가난한 곳보다……. 더 좋은 환경에서 연습이나 활동을 하는 게, 훨씬 좋아.)

그는 고개를 들어, 텅 빈 방음연습실을 둘러보았다. 하지만 어디에도 동료의 모습은 없었다. 그가 줄곧 찾으며, 드디어 발견했던 반짝이는 보석들은.

　더는, 어디에도 없다.

　(학생회장도 말했었지, 청춘은 짧다고. 모두는 성숙한 판단을
한 거야. 졸업 후에 대해서도, 앞으로의 아이돌로서의 인생에
대해서도, 나도 분명 생각해야 해. 언제까지고 꿈을 꾸지 말고,
현실을 똑바로 생각해야.)

　그렇게 생각하고 있는데도, 현실 도피를 하는 것처럼── 스
바루 군은 또다시 고개를 떨구고 말았다. 어둠 속에서 웅크려
앉아, 모든 것에서 눈을 돌리려고 했다.

　고독을 실감하게 되면, 더는 일어설 수 없다. 살아가는 것조차
할 수 없다, 호흡도 고동도 멈춰 버린다. 빛을, 연료를 얻지 못
하게 된 행성은 천천히 식어 금이 가고 말라 비틀어질 뿐이다.

　('혁명 놀이' 로 시간을 허비하는 것보다, 착실히 실력을 쌓는
게 좋아. 현명한 판단이야. 언제까지고, 꾸물대고 있는 내가 바
보야.)

　그대로, 그는 사라져 버릴 것만 같았다.

　(짧았네……. 더 즐기고 싶었어, 청춘을 만끽하고 싶었어. 반
짝반짝한 시간은 순식간에 끝나버렸어, 삼일천하였구나.)

　어둠과 동화되어, 이제는 누구도 발견할 수 없는 암흑의 덩어
리로 변모한다.

　(『S1』에서 승리해서, 아주 잠시라도 학원을 바꿀 수 있었어,
우린 '대단한 일' 을 했다 생각했어. 그것만으로도 우린 행운아
였어. 그 이상은, 원해선 안 됐던 거야.『S1』에서의 승리를, 그

반짝반짝하던 무대를 '행복한 추억'으로 남기고——우린 어른이 되는 거야, 생생한 현실을 살아가는 거야.)

어제 학생회장에 의해 제시된 이 세상의 진실을, 스바루 군은 음미하고 있다. 달콤한 목소리로 이야기했던 그것은 그의 모든 것을 부수는 독이었다.

무한한 반짝임을 내뿜던 그마저 흡수하고 삼켜, 학생회장의 형태를 한 구멍은 커져 간다. 금방이라도 유메노사키 학원의 모든 것을 삼켜버리고 말겠지.

더는 꿈도 희망도 없었다.

(나도 분명 그렇게 해야 해. 다들 그렇게 어른이 되는 거야. 하지만 말이야. 홋케~, 웃키~, 사리~……. 우리, 아직 어린애잖아. 꿈을 꿔도 괜찮잖아. 그렇게 생각하는 건, 역시 나쁘었던 걸까?)

동료들을 사랑을 담아 떠올리며, 스바루 군은 온몸을 떨었다. 추워서 참을 수 없는지 자신의 팔을, 허벅지를 문지른다. 쥐어뜯는다. 피가 배어나와, 곧바로 식어 굳는다.

(또, 원래대로네. 사쿠마 선배 말대로야. 움직였다고 생각한 시곗바늘이 억지로 제자리로 돌아갔어. 예전으로…… 모두와 만나기 전으로, 돌아가 버렸어.)

자기 자신을 상처 입히며, 그는 그대로 얼어 죽어버린 것처럼 움직이지 못한다.

폭풍 속 촛불처럼—— 빛은 허무하게 사라지고, 어둠이 퍼지고 있다. 그 한복판에서 스바루 군은, 우리의 일등성은 흔적도 없이 사라지고 만다.

(난 다시, 외톨이가 되어 버렸어.)

실감과 함께 그렇게 독백하고, 이제는—— 생각마저 사라져 버렸다.

✦✧✦✦

그 순간이었다.

"아케호시~!"

대포를 쏜 것 같은 큰 목소리와 함께 방음연습실 문이 열렸다. 잠겨 있지 않았던 문의 경첩이 충격으로 이상해졌는지, 해외 어린이 애니메이션처럼 쓸데없이 흔들리고 있었다. 어두운 연습실 밖에서, 뜨거운 바람 같은 공기와 빛이 흘러들었다.

"우왓, 깜짝이야!?"

꼬리를 밟힌 가여운 개처럼 반응하고서, 스바루 군이 그쪽을 돌아본다.

그의 시선 끝에—— 서광과도 같은 빛을 등에 업고, 누군가가 서 있었다.

특촬 히어로 방송이나 열혈 로봇 애니메이션 주인공 같은, 위풍당당하게 우뚝 선 모습이다. 허리에 손을 얹고 척추의 한계에 도전하는 듯 가슴을 펴고 있다. 에헴, 이란 느낌이다. 우울하던 분위기가, 완전히 분쇄돼 있었다.

자신만만한 태도치곤 의외로 평균적인 체구로, 아직 세간의 악의에 물들지 않은 어린아이 같은 동안이다. 두 눈동자는, 눈보라 속에서 겨우겨우 도착한 오두막집 난로에 피워진 불처럼 상냥하게 타오르고 있다. 반바지 차림으로 야산을 달리는 소년 같은 짧은 머리칼은, 이곳저곳 삐죽하고 커다란 입은 호쾌한 미소의 형태가 되어 있다.

전신에서 활력과 긍정적인 에너지를 내뿜고 있는 그는, 기묘한 의상을 입고 있었다. 아이돌 의상인걸까, 일상생활에서 평상복으로는 고르지 않을 것 같은 화려한 모습이다. 원색 그 자체의, 새빨간 의상. 검은색 이너 군데군데에 석양 같은 붉은색이 들어가 있고, 허리엔 크리스마스 트리 꼭대기에 장식할 것 같은 별모양 장식. 유성을 표현하고 있는 건지, 거기에선 혜성 꼬리 같은 반짝반짝한 실이 대량으로 늘어져 있다.

기묘하고도 독특한 그 인물과 아는 사이인 건지, 스바루 군이 친근하게 말을 걸었다.

"어, 어라? 치~짱 부장! 여긴 왜 왔어?"

당황해하는 스바루 군에게, 수상한 사람인가 싶을 정도로 이상하게 밝은 의문의 청년은 '쯧쯧쯧' 하고 손가락을 흔들었다. 몸짓이, 일일이 과장됐다.

"후후후, '부장'이란 서먹한 호칭을 붙이지 않아도 돼! '치~짱'이라 부르면 된다고, 우리 사이이지 않은가⋯⋯!"

"'우리 사이'라니, 그냥 부활동 선후배 사이잖아~?"

웬일로 싫어하는 듯한, 성가셔하는 것 같은 표정으로 스바루 군이 내뱉었다.

나중에 나도 알게 되지만, 이 유쾌한 느낌의 인물은 모리사와 치아키. 사실인지 거짓인지는 알 수 없지만 유메노사키 학원에서 가장 오래됐다는 전설급 『유닛』, 『유성대(流星隊)』의 대장이다. 스바루 군이 들어간 농구부에서 부장을 맡고 있는 것 같다.

따라서 면식이 있는 것 같지만, 스바루 군의 태도엔 상당히 가시가 돋쳐 있다.

"아무튼, 이 방음연습실은 『Trickstar』가 빌렸어. 관계자 외 출입금지── 아, 이제 '관계자'는 나밖에 없지만. 하아……."

"왜 그러나, 한숨이나 쉬고! 그런 건 아케호시답지 않아! 태양처럼 더 반짝이라고! 그래, 넌 나의 태양이야……!"

"시끄러운 데다 성가시네, 무슨 용건이라도 있으세요?"

아마 기세만으로 안겨 드는 치아키 씨를, 스바루 군이 앉은 채 차버리려 했다. 발바닥으로 치아키 씨를 '꾹, 꾹' 밀어내며, 평탄한 어조로 말했다.

"나, 지금 좀 생각 중이거든요?"

"존댓말 같은 건 쓰지 마라, 아케호시! 더 형처럼 아버지처럼 날 따라주고 사랑해 주렴! 난 언제나 웰컴이다……☆"

"치~쨩 부장은, 여전히 징그럽네……?"

"그런가! 아케호시는 여전히 귀엽구나……☆"

전혀 맞물리지 않는 대화를 하며, 치아키 씨는 걷어차인 게 슬픈 듯 일단 일어서서는── 팔짱을 꼈다. 그리고 우렁차게 외쳤다.

"그나저나, 어흠! 이런 잡담을 하러 온 건 아니다, 아케호시! '진지한 용건'이 있기는 있다. 잠시 이야기할 수 있을까?"

"……상관없지만, 어차피 할 것도 없고. 용건이 뭔데?"

어색한 존댓말을 관두고, 스바루 군은 무뚝뚝하게 대답했다.

조금 그답지 않아 보이는, 치아키 씨에게 너무 냉정한 태도지만──소중한 친구에게 버림받은 직후다. 아무리 스바루 군이라 해도 조금은 인간불신에 빠져도 이상하지 않다. 아니, 평소에도 둘 사이는 이런 느낌인 걸지도 모르겠지만.

"음. 오늘 아침 연습 중 너와 이사라의 상태가 이상해서. 개인적으로 이래저래 알아봤다! 우리 『유성대』엔 조사 전문가가 있으니까~ ♪"

치아키 씨는 괜히 주먹을 불끈 쥐며, 시원시원한 말투로 이야기한다. 아무렇지 않게 말하고 있지만──『홍월』로 이적했다는 마오 군은 그렇다 치고, 아침까진 제법 평범해 보이던 스바루 군까지 상태가 이상했다 단언하고 있다.

나는 알아채지 못한 세세한 변화, 어제 학생회장의 발언으로 생긴 파문을 이 이상한 사람은 알아챈 것이다. 그것은 실제로 굉장한 관찰안이다.

그저 이상한 사람은 아닐지도 모른다. 『유성대』대장── 모리사와 치아키 씨는.

"아무래도 뭔가, 수상한 음모에 휘말린 것 같군……? 아케호시, 하지만 안심해라! 내가 왔으니 이제 안심이다! 아케호시의 우울함을 내가 모두 날려 주겠어!"

양팔을 교차하는, 정의의 사도가 변신할 때 같은 포즈. 전체적으로 바보스러운 인상을 주는 인물이지만, 설명할 수 없는 든든함이 있었다.

"난 불타는 하트의 모리사와 치아키, 유메노사키 학원을 지키는 정의의 사도다! 후하하하☆"

(음~……? 잘은 모르겠지만. 우울할 때 저런 분위기로 오면 솔직히 조금 성가신데……?)

언제나 주변을 놀라게 할 정도로 밝은 스바루 군이, 눈부신 듯 눈을 가늘게 만들며 치아키 씨를 바라본다. 압도적인 빛을 전신에 받아, 그의 뺨에도 온기가 돌아왔다.

(그래도 뭐. 치~쨩 부장은 그렇게 나쁜 사람도 아니고.)

조금 숨이 돌아와, 스바루 군은 근본적인 점을 이해하지 못하고──고개를 갸웃거린다.

('진지한 용건'이라니, 대체 뭘까?)

"……그래서?"

이제야 방음연습실에 불을 밝히며 스바루 군이 계속 웅크려 있어 몸이 굳었던 건지, 스트레칭을 한다.

그 덤인 것처럼, 아까 포즈 그대로 움직이지 않는 치아키 씨를 수상쩍은 듯 바라보았다.

"'진지한 용건'은 뭐야. 난 며칠 뒤 있을【DDD】란 드림페스에 대비해 연습해야 하는데~? 방해만 할 거라면 나가. 관계자 외 출입금지! 휘이휘이!"

"후후. 완전히 토라졌구나, 아케호시! 하지만! 홀로 남더라도 싸우려는 의지를 잃지 않은 건 아주 칭찬할 일이지!"

고개를 끄덕이며, 치아키 씨는 일일이 격한 몸짓을 보이며 외치고 있다.

"고독과 싸우며, 아무리 절망적인 상황에서도 마지막엔 대역전! 대폭발! 대승리! 그것이 정의의 사도라는 거다! 그렇기에, 넌 내 후계자로 적합해······☆"

상당히 일방적으로 엉뚱한 이야기를 하고서, 치아키 씨는 다소 진지한 표정이 됐다.

"어때 아케호시, 내 『유성대』에 들어올 생각은 없나?"

괴인이나 괴수에게 습격 받아, 공포에 떠는 가여운 피해자에게 그렇게 하듯 손을 내밀어온다. 커다란 손이다. 분명 농구도 특기겠지.

의외로 고생을 하고 있는 건지, 어째서인지 그 손바닥은 상처투성이로 붕대나 반창고가 눈에 띈다. 정말로 밤낮 가리지 않고, 악과 싸우는 히어로처럼.

"지금까지 몇 번이고 널 권유했지만, 그때마다 거절당했지! 하지만 난 포기하지 않아 아케호시! 네겐 재능이 있다, 반짝임이 있어!"

동료를 잃고 자신감도 반짝임도 빼앗겨, 절망하던 스바루 군의 온몸에 활기를 불어넣듯── 치아키 씨는 스바루 군의 모든 것을 긍정한다. 칭찬하며, 북돋아주고, 원하고 있었다.

"그 반짝임을 원한다! 넌 우리『유성대』에서 비로소 빛날 수 있는, 그리고『유성대』를 더욱 반짝이게 할 인재야!『유성대』에 들어와라, 아케호시! 혼자선 학생회를 이길 수 없어, 여기서 무릎을 꿇고 단념하는 걸론 아무것도 바뀌지 않는다!"

정의의 사도가 자주 입에 담는 근성론 같지만, 그 말에는 현실과 이어진 무언가가 있다. 실감이, 방책이, 본인의 경험에 따른 조언이 담겨 있었다.

일방적으로 '힘내! 지지 마!' 라며 등을 떠미는 것이 아니라, 함께 싸우려 하고 있다.

"우릴 이용해라! 네 힘이 되어 주마! 정의의 사도는, 언제나 '약자' 의 편이다!『유성대』는 학생회 세력에 속해 있지 않아. 게다가, '삼기인' 신카이 카나타를 거느린 유력『유닛』이기도 하지!"

이용하라니, 히어로는 보통 이런 말은 하지 않는다. 그 점이 치아키 씨의 특성이라고 해야 할지── 독특한 점이다.

게다가,『유성대』에는 '삼기인' 까지 소속되어 있는 것 같다. 세 사람뿐인 초월자, 유메노사키 학원의 특이점── 그 실력과 가치는, 레이 씨에게 배우고 인도받아 공동 투쟁하고, 어제는 와타루 씨를 통해 절망적인 실력 차이를 확인한 지금, 무겁게 울렸다.

실제로, '삼기인' 이 한 명이라도 있어 완전히 그 능력을 발휘해 준다면, 학생회──그『fine』에 보복하는 것도 가능하겠지. 현실적인 희망이다.

"네가 들어온다면 더욱 강력해질 거다. 학생회를 쓰러트리는 것도 꿈은 아냐. 언제까지고, 끝나버린『유닛』에 매달려 있어도 소용없지 않겠나?"

일부러 심한 말을 하고 있는 거겠지, 치아키 씨는 오히려 아픔을 참는 것 같은 쓸쓸한 표정으로 이야기하고 있다. 정의의 사도는 악당과 싸우지만, 때린 주먹이 아프지 않은 건 아니다.

그 아픔이 익숙해져 당연해지면, 인간에서 벗어나고 만다. 정의의 이름 아래 살육을 반복하는 병기와 같다.

"안타깝지만『Trickstar』는 빛을 잃었다. 거의 모든 별이 불타, 먹구름이 깔려 있어. 하지만『유성대』라면 넌 다시 빛날 수 있다!"

하지만 치아키 씨는 다르다. 어디까지나 인간답게, 뜨겁게 순수한 본심을 외쳤다.

그렇기에 그 마음은 가슴을 울리게 한다. 차갑게 말라 가던 스바루 군의 마음에도.

"네게서 모든 걸 빼앗은 학생회에게 복수할 수 있다! 널 배신하고, 버리고 간 녀석들에게도 따끔한 맛을 보여줄 수 있지!"

역시 때때로, 정의의 사도답지 않은 말을 섞어―― 현실과 꿈 이야기의 중간에 선, 특촬 방송의 등장인물처럼 그는 외친다.

"그리고, 넌 이 학원의 정점에서 빛나는 일등성이 되는 거다!"

“'진지한 용건'이 그런 거였어?”

시끄러웠겠지, 살짝 귀를 막고 있던 스바루 군이 얼굴을 찌푸리며 신음했다.

“그럼 여기서 끝이야. 난 『Trickstar』 외의 『유닛』에 들어갈 생각은 없어. 혼자 남더라도, 난 『Trickstar』야.”

치아키 씨의 낭랑하고 큰 목소리가 반사되는 공간 속, 스바루 군은 확실히 의사표시를 했다. 가끔 인간이 아닌 것 같은 위험한 반짝임을 띠는 두 눈동자에는, 그가 소중한 동료들과 키워온 인간다운 빛이 깃들어 있다. 그 열량을, 그대로 치아키 씨에게 향하고 있었다.

“나도 어린애가 고집부리는 것 같다곤 생각해. 비참하고 한심해. 하지만 난 『Trickstar』가 끝났다고 생각하지 않아. 배신당했다고, 버려졌다고도 생각하지 않아. 지금은 잠시 흐린 하늘이지만. 언젠가 다시 빛날 수 있을 거야.”

실내인데도 별이 가득한 하늘이 보이는 것처럼── 스바루 군은 사랑스러운 듯 하늘을 바라보며 말했다. 그 눈동자에 수많은 빛이 반짝이고 있다.

“나만은, 그렇게 믿고 싶어. 예전에…… 지금처럼 고독했던 시절엔 꿈도 꾸지 못했던 반짝반짝한 무대에 설 수 있었으니까. 모두와 함께, 그 『S1』에서.”

불과 이틀 전 일이라고는 생각할 수 없는, 기적 같은 하룻밤. 온몸이 쾌락과 함께 갈려나갈 것 같은 성원과 박수의 울림이, 그때 몸 안에서 타올랐던 열정이 아직 스바루 군 안에 남아 있다. 그건 인생을 몇 번 반복하더라도 사라지지 않을 희망의 빛이다.

"하룻밤의 꿈, 기적이었을지도 몰라. 하지만 난 다시 '그 장소'에 서고 싶어. 그 반짝반짝 빛나던 무대에."

독특한 생각과 이론을 기반으로 행동하는, 가끔 무서울 정도로 이해할 수 없고, 하지만 누구보다도 매력적인 남자애는──그답게 만면에 미소를 짓는다.

강하다. 마음은 꺾이지 않았다. 아니, 부활해 불타오르기 시작하고 있다.

"그리고, 거기에 함께 서는 건……. 『유성대』도 『fine』도 『홍월』도 『Knights』도 아니라, 『Trickstar』여야 해."

그는 더 이상 고독하게 어둠 속에서 사라지길 기다리기만 하는 가여운 아이가 아니다. 동료들과 어깨를 나란히 하고, 격전을 헤쳐 나와, 청춘 속에서 가득 열기를 받아── 스스로 빛날 수 있게 된 것이다. 인간으로서 강하게 성장해, 눈부시게 빛나며 살아간다.

"잘 표현하지 못하겠지만, 그게 내 본심이야. 미안해, 치~짱 부장. 모처럼 얘기해 줬는데. 걱정해서, 격려해 주려 했는데."

조용히 듣고 있는 치아키 씨와 똑바로 마주하며, 스바루 군은 단호히 말했다.

"내가 있을 곳은 『유성대』가 아냐."

한껏 펼치던 손을 가슴에 얹고, 자신의 모든 존재를 단적으로 표명했다.

"난, 『Trickstar』야."

"그런데 앞으로 어떻게 할 거지?"

치아키 씨는 명확하게 권유를 거절당했음에도 오히려 더할 나위 없이 기쁜 듯 미소 짓고 있었다. 강하게 성장한 아들이 고향으로 돌아와, 이전엔 닿지 않던 높은 곳에 있는 무언가를 꺼내 주어 기뻐하는 나이 든 아버지처럼. 자랑스러워 견딜 수 없다는 것 같은 태도다.

하지만 순식간에 진지한 표정이 되고는, 의외일 정도로 상황을 냉정하게 분석해 이야기한다.

"우리도 출전할 예정이니 확인했다만, 【DDD】는 『유닛』단위로만 참가할 수 있어. 연말에 있을 『SS』에 나갈 학원 대표 『유닛』을 선발하기 위한 행사라는 게 【DDD】의 목적이니까."

생각해 보면 당연한 이야기다.

덤으로 【DDD】는 학생회의 지시로 교내는 물론 일반 사회에도 폭넓게 홍보되어 있다. 길을 걷고 있으면 흔히 포스터가 눈에 들어올 정도다. 학생회장이 복귀하고 단 하루만에, 온 세상의 색이 새로 칠해진 것 같았다.

달라진 상황 속, 투사들은 다가올 결전에 대비해 움직이기 시작하고 있다.

　"개인 참가는 불가능해. 그리고 유메노사키 학원 규정에 따르면 『유닛』 최소 인원수는 두 명. 너 혼자선 결전 무대에 서지도 못할걸?"

　3학년다운 어른스러운 태도로, 떼쓰는 아이를 가르치고 이끄는 것처럼 천천히 이야기한다.

　기세나 열정, 꿈과 희망만으로 이 기괴한 유메노사키 학원에서 3년이나 살아남는 건 불가능하다. 치아키 씨는 경험을 쌓아, 역전을 거듭해 온 실력자겠지.

　그 발언엔, 무시할 수 없는 무거움이 있다.

　"남은 사람이 한 명뿐이면 『유닛』도 강제 해산이야. 넌 아무것도 하지 못한 채, 잔혹한 현실 앞에 서 있을 수밖에 없어. 그래도 넌 마지막까지 『Trickstar』로 남을 생각인가?"

　"…………."

　스바루 군도 그 부분을 고려하지 않았던 건 아니었겠지만. 다시금 확인해 절망적인 상황을 실감하고 만 것 같다. 미소를 지우고, 가혹한 조건 아래—— 납득할 수 있는 미래를 선택하려 고민하고 있다.

　그 모습을 조용히 지켜보던 치아키 씨가, 갑자기 몸을 젖히며 소리 높여 웃었다.

　"……후, 후후! 후하하하! 후하~하하하하☆"

　"왜, 왜 그래? 정신이라도 나갔어? 치~쨩 부장."

"아니, 이제야 이해가 돼서 말이야. 그렇군, 그녀가 그런 복장을 하고 있었던 건 '그런 이유'에서였나. 후하하하하☆"

"'그녀' ……?"

말을 이해하지 못하고 있는 스바루 군의 시선에, 치아키 씨는 의미심장하게 연습실 입구를 바라보았다. 그리고, 스바루 군과 다시 마주하며 그의 어깨에 손을 올린다.

"뭐 됐어. 네 마음은 아주 자~알 알았다, 아케호시."

소중한 후배를 가까이서 바라보며, 마음속을 털어놓는다.

"시험하는 듯한 말을 해서 미안하다. 학생회장의 '술수'에, 네 마음이 꺾여 있었다면……. 이 이상, 전장에 서게 하는 것도 마음이 아파. 우리 『유성대』가 소중히 보호해야 할, '약자'라 판단할 수밖에 없었어. 하지만 넌 전사다! 아직 전장에 서 있어!"

환희에 떨며, 치아키 씨는 있는 힘껏 스바루 군을 끌어안았다.

"네 영혼은 아직 죽지 않았어! 네 마음은 강철이야── 아니, 세상 무엇보다 단단하고 아름답게 빛나는 보석이다! 난 기쁘구나, 아케호시! 아직 싸울 기개를 잃지 않았다면, 마음이 꺾이지 않았다면! 가능성은 제로가 아니다!"

싫어하며 버둥대는 스바루 군을, 치아키 씨는 감격의 눈물까지 글썽거리며 정신없이 꼬옥꼬옥 끌어안는다. 게다가 결코 가볍지는 않을 스바루 군을 들어서 그대로 빙글빙글 돌기 시작하고 말았다. 이제는 포옹이 아니라 프로레슬링 기술 같았다.

"비열한 짓을 반복해 널 슬프게 한 학생회장에게 마땅한 벌을 내리자! 힘을 보태게 해 줬으면 좋겠다! 내 '진지한 용건'은, 바로 그거야!"

꽝장히 매력적인 미소를 짓고는, 인간풍차라고밖에 표현할 수 없는 움직임을 드디어 멈추고―― 치아키 씨는 스바루 군을 살포시 바닥에 내려 주었다. 뛰어난 균형 감각으로 어지러워 하지도 않는 스바루 군을, 다시 가까이에서 바라보며 선언했다.

어떤 잔인한 죽음을 맞은 자라도 다시 살아날 것 같은, 힘찬 목소리였다.

"아케호시. 넌 혼자가 아냐."

"에. 어, 어떻게 된 거야……?"

말 그대로 휘둘리던 스바루 군이, 흐트러진 옷을 적당히 고치는 사이에―― 더욱 놀랄 전개가 이어진다.

치아키 씨가 과장되게 팔을 펼쳐, 열려 있는(아마 경첩이 부서져 닫히지 않게 된)문을 우러러보며, 변함없는 커다란 목소리로 사자후를 날린다.

"나오거라, 내 동료들이여! 정의를 사랑하는 동포들이여! 정의의 사도는 언제나 당당하게 이름을 밝히지! 그것이 약자들을 안심시키고, 웃게 만드는 것이다!"

먼저 자신이 최고의 미소를 지은 후, 치아키 씨는 양팔을 프로펠러처럼 마구 돌려―― 오른쪽 주먹은 허리에, 왼쪽 주먹은 오른쪽 어깨에 얹어 포즈를 완성했다.

"먼저, 나부터 이름을 밝히도록 하지! 난 『유성대』의 리더, 불타는 하트의 모리사와 치아키! 유성 레드……!"

"아, 이제 들어가도 됨까?"

절묘한 타이밍으로, 치아키 씨의 목소리를 다소 가르며 누군가가 들어왔다.

"음~. 아직 타이밍을 잘 못잡겠슴다!"

곤란한 표정으로 볼을 긁으며 등장한 건, 이젠 상당히 오래 전 일인 것처럼 느껴지는【용왕전】에서 처음으로 만났던 나구모 테토라 군이다. 그도 『유성대』의 일원이고── 같은 가라테부에 소속된 키류 쿠로 씨와 함께, 우리를 격려하고 응원해 줬다.

심홍색 매쉬가 들어간, 소년만화처럼 삐죽삐죽한 검은 머리칼. 천진난만함을 남기면서도 단정한 풍모. 치아키 씨와는 다른 색의, 아마 『유성대』 전용의상을 입고 있다. 여담으로 색은 검은색이지만, 『UNDEAD』에 비해 광택이 강하고 빛을 잘 반사한다.

"아무튼……. 검은 불꽃은 노력의 상징! 진흙으로 더러워진 불타는 투혼!"

치아키 씨에 비해 다소 부끄러움이 있는 느낌이지만, 테토라 군은 열심히 이름을 밝힌다. 오른팔은 알통을 만들듯 하며, 왼손은 쭉 펴서 손날로 옆을 가른다.

"유성 블랙! 나구모 테토라……!"

갑자기 시작된 히어로 쇼 같은 소개의 연속에 스바루 군이 반응도 하지 못하는 사이, 테토라 군 뒤에서 새로운 인물이 스르르 모습을 드러낸다.

이를 알아채고, 테토라 군이 서둘러 손짓했다.

"자, 미도리 군도 얼른! 제대로 소개 안 해두면, 리더가 나중에 시끄러울 겁다!"

"으~⋯⋯?"

대답인지 신음인지 알 수 없는 소리를 입에서 내며, 테토라 군에게 이끌려 드디어 전신을── 겨우겨우 보인다. 어째서인지 출입구 옆에서 몸 반쪽을 숨기려 하고 있다. 아무래도, 대단히 내성적인 아이인 것 같다.

그의 이름은 타카미네 미도리, 역시 『유성대』의 멤버.

*미목수려. 그렇게 표현하고 싶어질 만큼 감미로운 미모. 어떤 여자애라도 포로로 만들어버릴 것 같은 동화 속 왕자님 같은 이상적 인물 그 자체. 1학년이라고는 믿을 수 없는 큰 키로, 여분의 근육이나 지방은 일절 없다. 신이 지상에 내려올 때 깃들 것 같은, 처음부터 그 모습으로 창조된 것 같은 완벽한 아름다움. 눈에 편안한 연한 색 머리칼과 반짝이는 에메랄드 눈동자.

상당히 특이한 인상을 주는 『유성대』 의상도, 그가 입으면 어딘가 먼 마법나라의 왕족이 입기 위해 만들어진 것 같다. 미남은 뭘 입어도 어울린다는 말에 대한 본보기 같았다. 덤으로 그도 역시 의상의 색은 달라, 그 이름대로 녹색이다.

계속 바라보고 싶어지는, 넋을 잃을 정도의 미청년이다. 하지만 그는 그걸 부끄러워하듯 얼굴을 숨기고, 자신의 손을 잡아끄

---

* 미목수려 : 눈썹과 눈이 수려하다는 뜻으로, 얼굴이 매우 아름다움을 이르는 말

는 테토라 군의 뒤에 숨으려 하고 있다. 계속되는 재촉에, 마지못해 알아들을 수 없을 만큼 작은 목소리로 중얼중얼 이름을 밝혔다.

"이름이 '미도리(翠)'라서, 그린……."

목소리도 아름답지만, 역시 미약해 걱정이 될 정도다.

"유성 그린, 타카미네 미도리……."

의욕 없이 적당히 손을 움직이고 있는 미도리 군을 지켜보며, 어딘가 만족스러운 듯 고개를 끄덕이며—— 치아키 씨가 높이 높이 주먹을 들어 올렸다.

"다섯이 모여! 우린 『유성대』!"

"너, 너희는 대체 뭐야. 계속해서 나타나고! 그나저나 '다섯이 모여'라고 하는데 세 명밖에 없잖아!?"

태클을 넣을 타이밍을 놓쳐 마지막까지 성실하게 그들의 소개를 듣고 있던 스바루 군이, 쌓여 있던 것을 토해내는 것처럼 크게 외쳤다. 어느새 아까의 침통한 분위기는 날아가, 조금 즐거워 보이기까지 했지만.

"?"

스바루 군의 말을 듣고, 고개를 갸웃거리던 치아키 씨가 동료들에게 물었다.

"흠, 이상하군. 어이 블랙, 나머지 둘은 어디 간 거지?"

"헤? 아참 블랙이 저였죠, 제대로 이름으로 좀 불러주십쇼! 알기 힘듭다!"

살짝 반응이 늦었지만, 테토라 군이 진지하게 대답했다.

"그게, 센고쿠 군······옐로는 첩보 활동 중입다! 다른 『유닛』
의 동향을 파악하거나, 【DDD】에 대해 자세히 알아보거나 하고
있는 것 같습다."

센고쿠 군이라는 아이와는 나도 면식이 있다. 부끄럼이 많은지
그다지 대화도 나누지 못해 잘 모르겠지만, 닌자라는 모양이다.

"블루······신카이 선배는 어째선지 교복 차림으로 분수에서
헤엄치고 계시기에, 아는 사이라 여겨지고 싶지 않아 패스했습
다! 이상입다!"

귀를 의심할 것 같은 말을 하며, 테토라 군이 가라테 예의에 맞
춰 인사했다. 신카이 선배라는 사람과는 면식은 없지만── 그
인물이 마지막 '삼기인'. 잠깐 이야기를 들은 것만으로도, 이미
충분히 성가실 것 같은 느낌이다.

테토라 군도 미도리 군도 어딘가 조금 특이한 아이고, 치아키
씨는 무슨 생각으로 그런 인재들을 모은 걸까. 신비한 정의의
사도의 마음속은, 내겐 헤아릴 수 없다.

·✦✦·✦✦·

"저기, 이건 대체 무슨 모임이야······?"

머뭇거리고 있던 미도리 군이 테토라 군의 옷깃을 잡아당겼
다. 익숙하지 않은 사교장에 억지로 끌려온, 작은 아이 같았다.

"딱히 할 일 없으면, 나 가도 돼······?"

"자자 기다려 그린, 오늘부터 우린 이 방음연습실에서 특별

훈련을 할 거다. 【DDD】까지 시간이 없으니, 최악의 경우 숙식하면서라도 집중해서 연습하자고 ♪"

동료들을 색깔로 부르는 치아키 씨의 부름에, 그린――미도리 군이 얼굴을 찌푸렸다.

"에~ 그런 열혈 전개는 싫은데……?"

"자, 잠깐 기다려. 이 방음연습실은 우리 『Trickstar』가 빌렸다니까. 멋대로 여기서 연습하면 곤란하다고!"

아까부터 웬일로 휘둘리기만 하는 스바루 군이, 역시 평소와 다르게 상식적인 이야기를 한다. 동료들이 없기에, 지금은 자신이 『Trickstar』의 대표로서 말할 수밖에 없는 것이다. 하지만 괜찮아, 이 이상은 익숙하지 않은 일을 하지 않아도 돼.

그 정도의 일은, 내게도 가능하다.

" '멋대로' 는 아냐. 확실히 허가는 받았다고, '그녀' 에게."

치아키 씨가 윙크하며, 열려있는 방음연습실 출입구에―― 아니, 내게 눈짓을 준다. 등장할 타이밍을 놓치고 쩔쩔매던 나는, 조심스레 실내를 들여다본다. 실은 처음부터 계속 여기에 있었지만.

"자, 어서 들어와. 부끄러워할 필요 없어, 의상도 잘 어울리는걸?"

다정하게 손짓하는 치아키 씨를 보며 고개를 끄덕이고, 나는 천천히 실내로 들어선다. 익숙하지 않은 옷을 입고 있기에, 움직임이 아무래도 어색해지고 만다.

그런 나를 보고, 스바루 군이 의외라는 듯 눈을 동그랗게 떴다.

"아, 전학생⋯⋯. 어떻게 된 거야, 그 이상한 옷은?"

"'이상하다'고 하면 안 됩다! 다른 사람의 옷은 항상 칭찬해 줘야 한다고, 대장이 그렇게 말씀하셨습니다!"

테토라 군이 호쾌하게 웃고는, 자신들이 막고 있어 내가 들어오지 못하는 것을 눈치챘는지── 한 발 물러나준다. 그걸로 드디어 나도 스바루 군 옆까지 도착할 수 있었다.

미안해. 혼자 있게 해서.

"대장이 직접 만드신 거니 말입다, 잘 어울리지 않습까~? 정말 사랑스럽습다, 전학생 씨!"

대장=쿠로 씨의 말에 착실히 따라 열심히 칭찬해 주는 테토라 군이다. 칭찬받는 것은 별로 익숙하지 않기에 부끄럽다. '고마워.'라고 머리를 숙였다.

"하지만⋯⋯ 저 아이돌 의상은 아직 가봉 상태인 것 같으니 말입다, 너무 격하게 움직이지 않는 게 좋겠습다. 우리 대장도 여성용 의상엔 익숙하지 않아서, 여기저기 엉성한 부분이 있으니 말입다~?"

"아이돌 의상, 이라니⋯⋯?"

전혀 사정을 파악할 수 없는지, 스바루 군이 당황해 했다.

"전학생은 『프로듀서』잖아? 왜, 아이돌 의상을 입고 있는 거야⋯⋯?"

다행이다, 아이돌 의상으로 보이는 것 같다── 하고 나는 그다지 관계없는 걸 생각하고 있다. 다시금, 내가 입고 있는 걸 내려다보았다.

테토라 군은 쿠로 씨가 손수 만든 것이라 했지만. 이번에도 그는 도와주거나 조언 등을 해 주었을 뿐── 기본적으론 내가 직접 만들었다.

『Trickstar』의 전용의상을 만들 때 쿠로 씨에게 천을 빌리거나 했었기에, 나는 어제 점심시간에 재료비와 남은 천 조각을 돌려주러 갔었다. 그랬더니 그 돈만큼 일해 달라는 말에, 그가 의뢰받았다는 의상제작을 돕게 된 것이다.

나 같은 건 비교도 되지 못할 정도로 바느질 솜씨가 좋은 쿠로 씨고, 딱히 내가 도울 필요는 전혀 없었을 텐데. 그러니 아마 호의로 말해 준 것이겠지.

금전 거래를 하는 것도 트러블의 불씨가 될 수 있다며, 노동을 대가로 해 주었다.

하지만 나는 그다지 도움이 되지 못하고, 쿠로 씨의 지도로 바느질 훈련을 했다──는 걸로 처리됐다. 받기만 해 한심하다.

아무튼 나는 쿠로 씨의 일을 도우며, 『Trickstar』의 의상을 만들고 남은 천으로 아이돌 의상을 마련하기로 했다. 예비로 한 벌 더 만들 수 있을 정도의 천도 남아 있지 않았고. 어중간한 양의 천 조각을 어떻게 할지 조금 고민한 결과다.

쿠로 씨도 대량으로 갖고 있던 남은 천을 제공해 주어, 나는 그것들을 조각조각 이어 붙여서 내 의상을 만들었다. 『Trickstar』 전용의상과 꼭 닮은, 하지만 여성용 옷이다. 남은 천을 썼기에 푸른색과 붉은색이 섞여 있다.

스바루 군과 마오 군의 붉은색, 호쿠토 군과 마코토 군의 푸른

색, 각각 배분했던 색을 섞었다── 어떤 신데렐라도 싫어서 입지 않을 것 같은, 누덕누덕 기운 자국이 가득한 의상. 비뚤어지고 보기 흉하지만 『Trickstar』의 의상과 같은 옷감으로 만든, 세상에서 단 한 벌밖에 없는 무대 의상이다.

먼 미래에, 내가 『프로듀서』가 되지 않고──본래 걸었을 평범한 인생을 보내게 된다 해도. 옷장 안에라도 이 의상을 넣어두면 언제라도 청춘을, 유메노사키 학원을, 『Trickstar』를 떠올릴 수 있다.

그들과 함께 달렸던, 농밀하고도 매일매일 새로웠던 나날을.

그렇게, 앨범에 사진을 남기는 것처럼── 노후의 즐거움을 위해 마련한 의상이었다. 남은 천을 쓰레기통에 버리는 것보단 의미가 있겠지.

느긋하게 완성할 생각이었지만, 오늘 필요해져 서둘러 완성해 왔다. 바느질이 엉성한 건 쿠로 씨가 여성용 의상에 익숙하지 않아서가 아니다── 그의 명예를 위해 말해두겠지만, 내 바느질 솜씨가 형편없었던 것뿐이다.

그것을 지금 내가 직접 입고 있다. 미완성이며 볼품없고 부끄럽지만, 옷장 깊숙한 곳에 넣어두는 건 아직 이른 것 같으니까.

아직, 나는 유메노사키 학원에 있으니까.

무슨 인과인지 『프로듀서』로서, 아이돌들과 함께 살아가고 있으니까.

"그래, 그녀는『프로듀서』지."

치아키 씨가 뭘 부끄러워하는 거야, 하고 내 등을 툭 밀었다. 기세 좋게 스바루 군 앞에 쓰러지고 말아, 그가 순식간에 받쳐 주었다.

이래선 안 된다. 난『프로듀서』니까. 생초보라도 풋내기라도, 그런 기대를 받았으니까. 할 수 있는 걸 있는 힘껏 하고 싶다.

그렇게 생각해서, 이곳저곳 뛰어다니며—— 열심히 생각해 쓸 수 있는 수단은 모두 사용했다. 그 결실을 볼지는 아직 알 수 없다.

치아키 씨는 흐뭇하다는 듯, 내 머리를 거칠게 쓰다듬었다. 그, 그만해 주세요.

"『프로듀서』는 아이돌을 지지하고 격려하며, 반짝이게 하지. 곤란한 상황일 땐 손을 빌려주지. 그리고 등을 밀어 무대로 보내는 그런 존재다.【DDD】엔『유닛』단위로만 참여할 수 있어. 그러니, 아케호시 혼자선 출전할 수 없다."

내가 생각한 비책이라고도 할 수 없는, 아마 바보 같은 생각을 치아키 씨가 말주변이 없는 날 대신해 설명해 준다.

"그래서, 그녀가 일시적으로 '아이돌'이 되는 거다."

그것이,【DDD】에서 내가 취해야 할 작전이었다.『S1』에서 모두가 짜냈던 치밀한 작전에 비하면, 허술하기 그지없는 계획이지만.

"물론, 그녀는 아이돌로서 연습한 적은 없어. 무대에선 아무런 도움도 되지 않지. 엄밀하겐 『아이돌과』 학생이 아니니, 본래라면 드림페스에 참가할 자격도 없어."

모든 칩을 걸어, 적어도 승부에서 도망치지 않고 전력으로 임한다.

이제 나는 어디에도 도망칠 수 없다. 여기서 살아갈 거다. 모두의 곁에서. 아무것도 하지 못하고 무의미하게 짓밟히는 것뿐일지라도, 어떤 괴로움을 무릅쓰고라도 마지막 순간까지.

여기에 있을 거다.

"그러니 출전할 땐, 복면을 쓰고 '수수께끼의 아이돌'로서 행동하는 등의 준비가 필요할지도 모르겠군. 하지만 이대로 나가지도 못하고 부전패로 끝났을 【DDD】에, 『Trickstar』도 참가할 수 있다는 거지. '0' 였던 가능성이, 아주 조금이라도 생겼어."

덤으로 서류상, 나는 지금 아이돌과 학생으로도 등록되어 있다.

프로듀스과엔 나밖에 없기에, 편의상 아이돌과에 인적사항이 기록되어 있는 것이다. 급히 만들어진 프로듀스과엔 전용 커리큘럼도 교실도 없다. 지금만 한정적으로, 아이돌과와 일체화되어 있는 것이다.

그래서 아이돌과 학생으로서, 『유닛』 멤버로 이름을 남기는 것 정도는 가능하다. 감쪽같이, 서류도 통과시켜 보일 것이다.

학생회를 거치면 묵살당할 것 같은 느낌이 들었기에, 담임인 사가미 선생님께 머리를 숙여 여러모로 부탁드리기도 했다.

평소엔 태만하다 해야 할까 글러먹은 사람의 본보기 같은 선생님이지만, 이번만큼은 놀랄 정도로 든든하게 이것저것 맡아 주셨다. 고맙습니다, 사가미 선생님.

물론 깊이 추궁당하면 곤란해질지도 모르겠지만, 그 점은 어떻게든 서류상의 마술을 구사해── 온갖 수단을 다해, 그 입장을 굳게 지켜 보일 것이다.

아마 번잡한 절차 속에 뒤로 미뤄졌을 애매모호한 내 입장이, 지금이야말로 큰 도움이 된다. 그것마저도 무기로 삼아, 강대한 적에 맞서자. 단순한 보충인원이든 뭐든 좋다, 나중에 혼이 나고 벌을 받는다 해도 좋다. 아이돌을, 무대에 꼭 올려 보내고 말겠어.

내가 정말 좋아하는, 『Trickstar』를.

"가능성이 제로가 아니라면, 싸울 수 있다. 희망이 있다. 앞으로 나아갈 수 있다. 그렇지, 아케호시?"

아직 조금 이해가 되지 않는 건지, 그저 신기하다는 듯 나를 바라보고 있는 스바루 군의 등을── 든든한 형처럼, 치아키 씨가 있는 힘껏 때렸다.

"그래서 그녀가 여기 있는 거야. 네게 힘을 보태고 자욱이 낀 먹구름을 날려 버리기 위해. 『프로듀서』로서, 여기에 있는 거다."

앞으로 푹 고꾸라진 그를, 이번엔 내가 끌어안는다. 받쳐 준다. 언제라도.

너희가, 그걸 허락해 주는 한.

"몇 번이라도 말하지, 넌 혼자가 아냐."

힘차게 단언한 치아키 씨의 말에, 내 팔 안에서 스바루 군이 살짝 몸을 떨었다.

"어, 어쩌다가 전학생이 아이돌 의상으로 나타나게 된 건진 모르겠지만……. 이야, 놀랐어."

내게 무심히 안긴 스바루 군이, 이것저것 머릿속에서 정리하고, 이해하려 노력하고 있다. 생각을 방해하지 않기 위해, 나는 가만히 움직이지 않는다.

——스바루 군.

——혼자 있게 해서 미안해. 힘들었지. 괴로웠지. 이제 괜찮아. 내가 뭘 할 수 있을 진 모르겠지만, 옆에 있을게. 네가, 정말 소중해.

말하고 싶은 건, 가득 있는 느낌이 들었다. 하지만 그 무엇도 입에 오르지 않는다. 말하는 건 서툴다. 격려도 동정도, 사랑마저도, 본심도 그 무엇도 지금은 입에 담으면 거짓말같이 들릴 것 같은 느낌이 들었다. 그저, 마음속에서 그의 이름을 계속 불렀다.

스바루 군. 스바루 군. 스바루 군.

웃어 줘.

옆에 있을 테니까.

(그러고 보니. 학생회장은 나나 모두에 대해……아이돌에 대해선, 열심히 얘기하고 있었지만. 전학생에 대해선 마치 없는 사람처럼 화제에 올리지도 않았어.)

나도 신경 쓰였던 점에, 스바루 군도 도달한 모양이었다. 납득한 것처럼 몇 번인가 고개를 끄덕이기에, 밀착해 있는 나는 이상한 목소리가 날 것 같았다.

(당연한 일일지도 몰라. 막 전학을 온 데다. 『프로듀서』로선 풋내기인걸. 아이돌에 대해선 거의 몰라. 전학생은 얼마 전까지 우리와 다른 세상에 살고 있었어.)

스바루 군의 전신에, 서서히 열이 깃들기 시작한다. 태양을 끌어안고 있는 것 같아 무섭기도 했지만── 기뻤다.

그는 아직 살아 있다. 마음은 꺾이지 않았다. 아니, 아무리 짓밟히고 쓰러지더라도── 불사조처럼 몇 번이고 부활한다.

(학생회장에겐 보잘것없는 존재였을지 몰라. 그래서 보고도 그냥 지나쳤지, 전학생은 학생회장의 맹점이었어. 그 『황제』가 놓친, 작은 가능성이었어.)

그 눈동자에, 전의가 불탄다. 미래가 보이면, 스바루 군은 그곳을 향해 일직선이다. ──우주공간이라도 돌파해 누구보다도 빨리 달려가, 반짝임을 붙잡고 만다.

(하지만 전학생은 '보잘것없는 존재'가 아냐. 뿔뿔이 흩어진 우릴 보고, 절망에 빠진 날 보고, 뭔가 해야 한다고 생각해 줬어. 그래서 아마, 키류 선배나 많은 사람들과 상담하면서──.)

드디어 내가 끌어안고 있단 걸 알아채고, "미안해."라며 어째 선지 사과하고 나서 스바루 군은 조금 내게서 떨어졌다. 온기가 멀어져 나는 조금 슬펐다. 아쉬움에 그의 손을 잡으니, 어딘지 신기하다는 듯 물끄러미 그것을 바라본다.

마치 처음 만난 것처럼, 바로 곁에서 물끄러미 나를 바라보았 다.

(의상을 만들고, 부끄러워하는 것 같지만 제대로 입고. 복면 아이돌로 참가하다니, 누구도 생각하지 못할 것 같은 발상을 얻 어 달려와 줬어.)

그는 순진한 동물처럼, 아까부터 아무 말도 하지 않고 있다. 하지만 마음은 전해져 온다. 왠지 모르게 알 수 있다. 매일매일, 엄마처럼 계속 그들을 생각하고 있었다. 자신의 일부처럼, 그 들의 마음이 내 안에도 있다.

착각일지도 모르겠지만, 그렇게 믿었다.

(그 마음이 기뻐. 아니, 존경해. 내가 침울해져 고개를 떨구고 있는 사이에도, 전학생은 포기하지 않고 분주히 돌아다녔어. 미래를 보고, 앞을 향해 나아가고 있었어.)

왠지 갑자기 즐거워진 건지, 스바루 군이 내 양손을 잡아당겨 위아래로 정신없이 흔들었다. 어깨 관절이 빠지는 줄 알았다.

역시 이 남자애는—— 나 같은 사람은 전혀 이해할 수 없다.

그렇기에. 더 알고 싶다 생각하게 되고, 사랑스럽다.

(나 혼자 이렇게 멈춰 있을 때가 아냐!)

기뻐하며, 스바루 군이 제대로 자기 발로 섰다. 나와 맞닿아 있을 때 받았던 체온을 끌어안듯, 두 손을 주먹쥔다.

(희망의 별은, 아직 반짝이고 있어!)

역시 갓 태어난 아기가 첫 울음소리를 내는 것처럼, 그는 소리 없는 소리로 외치고 있다. 나도 기뻐져, 소리 높여 계속 웃었다. 뭘까 이거.

"아하하. 나, 왜 침울했던 걸까? 바보 같지~?"

스바루 군이 웃고 있는 내 뺨을 부드럽게 쓰다듬는다. 정신을 차리니, 어느새 난 울고 있었던 것 같다. 흐르는 눈물을 그가 닦아주었다. 소중하다는 듯이.

"그래, 난 혼자가 아니었어. 멋대로 좌절하고, 외톨이가 됐다……는 생각에 빠져 있었지만. 전학생이 있었지."

그래. 존재감이 없을지도 모르겠지만, 잊으면 곤란하다. 나는 언제까지나 기억하고 있다. 아무런 장점도 없는 배경이나 조역일 뿐인 나를── 기다렸다는 듯 만면에 미소로 맞아주었다. 바로 네가, 그 전학 첫날에.

그 순간에, 유메노사키 학원에서의 내 이야기에 막이 오른 것이다.

그건 아직 결코 끝나지 않았다. 학생회장의, 에이치 씨의 거대한 이야기에 눌려── 당장에라도 쓸데없는 것이 되어 사라져 버릴 것처럼 덧없는 이야기지만. 아직 현재진행형으로 글자 수를 늘려가고 있다.

그것을 멈출 권리는, 누구에게도 없을 거다.

신과 같은 그 『황제』라도.

목숨을 빼앗기더라도. 나의, 우리의 인생을, 없던 것으로 하게 두지 않을 거다.

"고마워. 나 정말 감동했어! 기뻐서, 눈물이 나와 버렸어!"

이번에야말로 그저 생리적인 반사가 아닌, 인간적인 눈물을 글썽이며 스바루 군은 울며 웃었다. 그가 태어나서 처음 인간으로서 흘린 눈물이라면, 보석이나 무언가에 가두어 평생—— 보물 상자에 넣어두고 싶을 정도다.

아름답고도, 고귀하고도, 뜨거운 눈물이었다.

"후하하☆ 울고 있을 새는 없다, 아케호시!"

조용히 상황을 지켜보던 치아키 씨가 호탕한 목소리를 내며, 둘만의 세계를 형성해 버린 우릴 현실로 돌려놓았다. 똑같이 멍하니 서 있던 『유성대』 멤버들의 어깨를 두드리며, 듬직하게 가슴을 펴고 있다.

"【DDD】 때까지 시간이 없다, 지금부터 고강도 특별 훈련을 시작하자!"

들뜬 기색으로, 준비운동 등을 하고 있다.

"우리 『유성대』와 『Trickstar』의, 합동연습이란 형태로 해 줬으면 한다. 사람이 많으면 연습의 폭도 넓어지잖아? 이 방음 연습실을 사용하게 해 주는 답례로 서로 돕는 거다. 이렇게 넓은 곳을 적은 인원으로 쓰기엔 아까우니까."

아마 고독감에 약한 스바루 군을 배려해 함께 있어 주려는 거겠지. 『유성대』는 강호 『유닛』이다. 자체적으로도 얼마든지 연습 장소를 확보할 수 있을 텐데도. 아마 레이 씨가 그렇게 해 준 것처럼, 우릴 가르치고 이끌어 주며 보호해 주는 것이다.

그리고 등을 밀어 준다. 실제로, 그들은 우리와 아무런 관계도 없는데도──훌륭한 선의로 협력해 준다. 유메노사키 학원엔 악귀 같은 사람들만 득실대는 건 아니다. 그 사실을 다시금 깨닫게 해 주는, 치아키 씨는 틀림없는 히어로였다.

모든 악의를, 날려 보내 주었다.

"이 정도의 참견은 하게 해 줘, 아케호시. 난 네 선배이자 부장이자, 정의의 사도다. 곤란할 땐, 편~히 기대렴!"

혈기왕성한 대장의 재촉에, '어쩔 수 없네.'──같은 분위기로 테토라 군과 미도리 군도 함께하고 있다.

단숨에, 분위기에 행복감이 넘쳐흐른다. 무엇이라도 할 수 있을 것 같은 기분이 들었다.

"아하하. 끌려 다니는 저흰 고생임다~. 그래도 『Trickstar』는 미운 학생회를 쓰러트려 준 영웅임다!"

육식동물처럼 이를 드러내며, 테토라 군이 곧바로 근육 운동을 시작한다.

"대장의 『홍월』을 지게 만든 거라, 마음은 조금 복잡함다만. 그래도 전 『Trickstar』에게 희망을 받았슴다! 응원함다. 아니, 함께 싸우고 싶슴다! 이런 데서 『Trickstar』를 사라지게 둘 순 없슴다!"

싸우길 결심한 남자애는 언제라도 멋지다. 강하고 듬직하고 아름다운 미소다. 테토라 군은 보기보다 근력이 있는지, 팔굽혀펴기 자세에서 양손으로 물구나무를 섰다.

"함께 학생회를 쓰러트리고, 이 학원에 정의를 되찾는 검다 ♪"

"너무 열정적이야, 이 사람들……. 난 왜 이런 『유닛』에 들어와 버린 걸까……. 하아, 우울해……. 죽고 싶어……."

"왜 그러나, 기운이 없구나 그린! 크게 외쳐라, 영혼에 불을 지펴라! 노력, 우정, 승리! 대승리에 대폭발이다! 후하하하……☆"

한편으로 확연히 의욕이 없어 보이는 미도리 군을, 치아키 씨가 억지로 끌고 오듯 해서 페어 스트레칭을 시작한다. 중얼중얼 말하며 저항하는 것보다 상황에 흘러가는 게 편하다고 생각한 걸까—— 미도리 군도 마지못해 함께하고 있었다. 사이가 좋은 건지 나쁜 건지.

"아하하☆ 나, 아까까진 침울했었는데……. 왠지 굉장히 두근두근해졌어. 즐거워졌어!"

스바루 군이 아침 해 같은 미소를 짓고, 그 온화한 공간 속에 들어간다. 누구보다도 재빠르고 힘차게 움직여, 영혼에 불을 지핀다. 결전은 눈앞에 다가와 있다. 1초도 여유는 없다. 무한한 에너지를 그저 활활 태워, 미래로—— 앞으로 나아갈 수밖에 없다.

태양이 언제까지나 어둠 속에 웅크려있으면 곤란하다.

"모두 고마워! 나, 열심히 할게☆"

경쾌하게 선언하며 춤추기 시작한 스바루 군을 방해하지 않도록 벽 쪽으로 물러나—— 나는 지켜본다. 기자재를 조작해 음악을 틀었다. 그에 맞춰, 아이돌들이 노래한다.

울려 퍼지게 하자, 우리의 앙상블을.

후기

안녕하세요. 『앙상블 스타즈!』 시나리오 담당 아키라입니다.

지난 권 발매 후 상당히 공백이 생겨버렸지만, 덕분에 이렇게 다시 소설판 앙스타를 전해드릴 수 있게 됐습니다.

본 작 『황제의 귀환』은 발매중인 『청춘의 광상곡』, 『혁명아의 개가』에 이은 소설판 시리즈 제3권으로, 타이틀에 나왔다시피 만반의 준비를 한 그분이 본편에 등장하십니다. 다시 봐도 상당히 긴 대사에다 시적인 언동을 보이시기에, 굉장한 기세로 페이지 수를 먹히고 말았습니다. 『황제』 폐하는 대식가시네요.

다음 권도 결정되어 있어(제4권 『노랫소리여 하늘까지 닿아라』가, 가까운 시일 내 발매 예정입니다), 어떻게든 메인 시나리오는 마지막까지 소설로 만들 수 있을 것 같아서 감개무량합니다.

그건 그렇고. 앙스타에도 점점 새로운 캐릭터가 모습을 보이고 있는데, 그런 아이들은 메인 시나리오 시점에서는 (앱에) 존재하지 않았기에 등장하지 않습니다.

슬픈 이야기기도 하고, 신규 집필 파트에서 얼굴만이라도 잠깐 내비칠 수 있도록 부탁드렸습니다. 먼저 『Knights』_{나이츠}의 긍지 높은 <ruby>사자심왕<rt>라이온 하트</rt></ruby>, 츠키나가 레오 씨를 모셨습니다.

모두 힘차게 인사합시다, 웃츄~☆

아키라

Lionheart

왜 모차르트를 싫어하냐고, 그 바보에게 물은 적이 있다.

딱히 그렇게 흥미는 없었지만.

녀석은 의외로 독설가고 다른 사람의 마음을 전혀 생각하지 않지만, 누굴 나쁘게 말하고 있는 모습도 그다지 본 적 없으니까. 나 같은 비뚤어진 사람마저 '사랑해' '넌 최고야'

'멋져' 라며——값싸 보이는 대사와 함께, 긍정해 주는걸.

정말 싫어하는, 아니 증오하는 상대에게만……. 그렇다고 싫다는 소리는 하지 않겠지. 아무리 상대가 바보고 어리석어도, 엄청난 악인이라도 그 안에서 반짝임을 찾아내 버릴 수 있는 녀석이니까.

그게, 그 바보의 구제불능인 점이자 불행한 점이기도 하지만.

"왜, 냐고 물어도 말이지~……?"

방과 후의, 유메노사키 학원.

우리가 멋대로 연습 장소로 삼고 있는, 책상이나 의자가 구석으로 몰린 빈 교실.

"음~, 싫은 건 싫어."

전혀 논리적이지 않은 소리를 하면서, 그 바보—— 츠키나가 레오는 입술을 삐죽였다. 그 몸짓 탓도 있지만, 여전히 어린애 같아 보인다.

사람에 따라선, 처음 보면 여자애라 생각할지도 모른다. 이 녀석은 전체적으로 작다고 해야 할까, 사랑스러운 풍모를 갖고 있다. 키가 작고 가냘프다, 그런데도 약해 보이지 않는 점이 신기하지만. 뭐 작은 동물이라 해도 육식을 하긴 하겠지.

창문에서 들어오는 저녁놀에 물들어 녹아 있는, 황혼색 머리칼. 적당히 묶은 그것을 손끝으로 집거나 하며, 어째서인지 그 바보는 바닥에 뒹굴뒹굴거리고 있다.

아직 누구에게도 발견되지 않은 신종 짐승, 그 꼬리 같은 꽁지머리가 '깡충, 깡충' 눈에 거슬리게 뛰어오른다. 마치 제집에 있는 양 이 녀석은 어디에서든 이런 느낌으로 편히 쉬고 만다. 어떤 장소에서도 왠지 거북함을 느끼는, 나와는 정반대다.

바보는 우리 『Knights』 전용의상을 벗고 옷을 갈아입던 도중에, 아무래도 즐겨 말하던 영감에 사로잡힌 모양이라……. 어중간하게 벗은 채, 메모장에 펜을 굴리고 있다.

빈 교실은 그렇게 자주 청소하진 않으니, 먼지라든지 묻을 텐데—— 신경 쓰지 않고 뒹굴뒹굴 뒹굴뒹굴……. 성가셔서, 발로 밟아 멈췄다.

나는 이 녀석을 나름대로 존중하지만, 이런 점은 마음에 들지 않는다. 어린애 상태로 고등학생이 된 것 같은 녀석이다, 부모님의 얼굴이 궁금해지는걸. 『Knights』의 전용의상은 순백을 기조로 하고 있어 더러워지면 눈에 띈다고.

"모차르트는 말이지——."

내게 밝힌 사실은 개의치도 않고, 바보는 불쾌하다는 듯 신음했다.

"기본적으로, 돈을 위해 작곡했다는 모양이야. 그래서 싫어, 응—— 아마도."

"통설이잖아, 경쟁자가 흘린 나쁜 소문 같은 거 아닐까. 그 시절 음악가는 모두 먹고사는 데 궁핍했을 거고……. 그런 의미에선, 모두 돈을 위해 작곡했단 거잖아. 지금처럼, 너처럼 취미로 작곡할 순 없었어."

수업에서 배웠던 걸 되새기며 그렇게 말한 후, 나는 쓴웃음을 지었다. 어째서 나는 잘 알지도 못하는 먼 옛날 음악가를 변호하는 걸까……. 바보 같아.

"뭐, 아무래도 상관없지만?"

"세나, '아무래도 상관없다' 고 말하는 거 금지."

내 이름을 이상한 억양으로 입에 담으며, 바보는 왠지 슬픈 듯 나를 올려다본다.

"아무래도 상관없지 않아, 전부."

"에~? 그건 네 가치관이잖아, 나한테 강요하지 말라고?"

"아니, 소극적인 말은 자기 자신도 후퇴시켜. 더러운 말은 자기 자신도 더럽혀, 말의 힘을 얕보면 안 돼. 제대로 말은 들어. '임금님' 의 명령은 절대적이야~ ♪"

농담조로 말한 후, 바보는 갑자기 진지한 얼굴이 되고는 버둥거리며 날뛰었다.

"크아아, 누가 '임금님' 이래……?!"

"자기 입으로 말해 놓고는. 그나저나 이야기가 딴 데로 새잖아, 네 나쁜 버릇이야……. 배금주의라도 좋잖아, 비즈니스로 작곡하는 게 그렇게 나쁜 일이야? 오히려 사랑을 위해 세계를 위해 신을 위해서라며 지껄이는 위선자들보다 난 좋은걸?"

"그건 세나의 가치관이야, 나한테 강요하지 마~. 히히…… ♪"

내 말을 흉내 내며, 의기양양하게 낄낄 웃고 있다. 이런 점은 정말 애란 말이야……. 우선, 짜증이 났기에 머리를 밟아 주었다.

"음~ 뭔가 달라, 내가 얘기하고 싶은 건 그런 게 아냐. 어렵네——아아 정말, 언어는 자유롭지 못해! 바벨탑은 무너졌어……! 역시 말로는 아무것도 설명할 수 없어, 이런 건 쓰레기야! 음악만 있으면 돼!"

자신을 향한 심한 취급에는 역시 신경 쓰지 않고, 바보는 어울리지도 않는 찡그린 표정을 지었다.

그나저나—— 너, 말의 힘을 믿는 건지 안 믿는 건지 대체 어느 쪽이야?

제대로 생각하고 말하란 말이야……. 일일이 흘려듣지 않고 귀를 기울여주는 게 바보 같아지니까.

"세나, 그거 알아? 기본적으로 돈을 위해 작곡했던 모차르트가 거의 유일하게, 이익과 상관없이 만들었던 곡이 있어. 그게 역사에 남은 명곡. '작은 세레나데' 야."

"아아, 그것도 수업에서 배웠어. 너 가끔은 출석 좀 해. 그러다 유급한다?"

"수업은 좋아하지 않아. 누군가에게 가르침을 비는 건 딱 질색이야. 원숭이에게 수학을 배우는 인류가 있어? 있을지도! 잘 모르겠지만, 왠지 학교 수업은 세뇌 같아서 '불안불안' 해! 틀에 맞추려고 한단 말이야, 우주는 이렇게도 넓은데!"

"또 이야기가 샜네. 뭐, 돈을 위해 작곡해 왔을 텐데……. 갑자기 생각을 바꿨다는 게 마음에 들지 않을 뿐이야, 넌? 진정한 음악을 하지 않고, 순수하지 않아서?"

"모르겠어! 하지만 맘에 안 들어! 모차르트가 어떤 녀석인지는 모르고, 실제로 만나서 얘기해 보면 정말 좋아질지도 모르겠지만! 돈을 위해서가 아니라도 명곡을 쓸 수 있는 모차르트를, 배금주의라 낙인찍은 세상과 운명이 저주스러워! 아아, 내가 맘에 안 드는 건 그건가?"

"나한테 묻지 마. 너랑 얘기하고 있으면, 오히려 혼란스러워져……뭘 말하고 싶은 건지도 모르겠고. 이제 이 이야기는 이걸로 끝내는 게 어때?"

도로 헛수고란 생각에, 바보와의 대화를 포기하고 난 교실 문을 향해 발걸음을 옮긴다.

"난 이제부터 일하러 가야 하니까……. 그만 가 볼게. 너도 너무 오래 있지 말고 집에 가지? 가족들, 걱정하시잖아?"

"음~……가족을 위해서라면, 나 같은 건 없는 게 좋겠지만."

웬일로 석연치 않은 반응을 보이고서, 바보는 재주 좋게 바닥을 구르며 몸을 일으킨다. 그리고, 나를 향해 뭔가를 던졌다.

순간적으로 받는다. 빨려 들어오는 것처럼 그것은 내 손안으로. 바라보니, 아무래도 음원이 든, 지금은 보기 힘든 카세트테이프인 모양이다.

"뭐야 이거?"

"신곡. 제목은~ 음~……? '작은 세나 이즈미'♪"

"에에, '작은 세레나데'에서 베낀 거잖아. 너 정말 언어 센스는 최악이네……. 뭐야 이거, 곡 같은 거 받아도 곤란한데. 어떻게 하라고, 다음 라이브에서 쓸 거니 연습해 두란 거야?"

"맘대로 해! 만들고 싶어서 만들었을 뿐이야, 와하하☆"

"음~. 뭐 일단, 받아 두겠지만. ……그럼 간다, 안녕~?"

"세나. 난 말이야, 모차르트가 싫은 게 아니라"

바보는 웬일로, 똑바로 날 보며──뭔가 곤란하다는 듯 웃으며 말했다.

"어쩌면, 부러운 걸지도 몰라."

그 말의 의미는, 귀찮아 들을 기회를 놓쳤기에 지금도 알지 못한다.

✦✶✷✦✶

그리고, 세월이 흘러──.

이런저런 일이 있어, 그 바보는 자주 틀어박혀 있게 됐다. 전혀 모습이 보이지 않기에 얼굴도 희미해졌을 정도다. 하지만 여전히, 그 녀석이 『Knights』의 리더이기에……. 드림페스에 나가기 위한 서류 등에, 녀석의 허락이 필요하다.

이제 곧, 【DDD】라는 야단법석이 시작되는 것 같고.

우리도 거기에 나갈 예정이니까.

따라서, 나는 녀석의 집을 찾았다.

엉뚱한 인격의 그 녀석이 태어나 자랐다고는 생각할 수 없는, 평범한 주택이다. 세 들어 사는 건 아니라 했고, 그럭저럭 유복한 가정이겠지만. 만화에 나올 것 같은 부자도 많이 재적 중인 유메노사키 학원에선 자랑할 정도의 가문이나 재력도 아니다.

극히 평범한, 중류층 가정이다.

지금은 그렇지도 않지만, 나도 이 집엔 자주 발을 들였던 시절이 있으니까……. 헤매지 않고 금방 도착했다. 현관 앞에서 잠시 망설였지만, 그 바보를 위해 시간을 허비하는 것도 화가 나기에── 시원하게 벨을 눌러 준다.

걸어오는 도중에 교복에 붙은 것 같은 꽃잎이 성가셔 손가락으로 털고 있으니, 천천히 천천히 현관문이 열렸다. 둥실둥실 부드러운 묶은 머리가 문 틈새에서 보인다.

그 바보의 여동생이다. 집에 막 돌아온 건지, 중학교 교복을 입고 있다. 조금 소심한 아이라 '주뼛주뼛' 거리며 내 쪽을 엿보고 있었다.

하지만 그 아이도 몇 번이나 방문한 적 있는 내 얼굴은 알고 있다. 조금 경계하던 태도였지만 이윽고 표정을 풀며── 귀엽게 미소 지어 주었다.

"아, 안녕하세요. 저기, 이즈미 씨."

"응, 안녕. 오빠, 집에 있니?"

"아아, 오빠는——."

기어들어가는 목소리로, "있긴 있는데요." 하고 여동생이 말했다.

나는 "그렇구나."라고 대답하고, 여동생이 무서워하지 않도록 천천히 다가갔다.

"그럼 미안하지만……. 이거, 그 바보에게 전해 줘. 내용은 딱히 확인할 필요 없지만, 도장만 찍어달라고 해 줘. 내일 다시 회수하러 올게."

그렇게 말하며 봉투를 건네주고, 역할은 끝났으니 나는 발걸음을 돌린다.

"저기."

그랬더니, 여동생이 뭔가 결심한 것 같은 모습으로——내 교복 옷깃을 붙잡았다.

곤란한 듯 눈썹을 늘어뜨리며, 필사적으로 호소한다.

"오빠가, 방에서 나올 수 있도록 얘기해 주지 않으시겠어요……? 이즈미 씨 말이라면, 오빠도 들을 거라 생각해요."

떨리는 목소리로 말하는 여동생의 커다란 눈에는, 눈물이 가득 담겨 있다.

"저, 적어도, 밥은 먹으라고……. 제가 말해도 들어주지 않아요. 이대로는, 병이 나고 말 거예요. 도, 도와, 도와주세요."

평소처럼 '나한테 말해도 곤란해.' 라고 거절할 뻔했다. 이제
와서 내가 뭘 말하더라도, 그 바보에게는 전해질 것 같지 않다.
녀석은 스스로 원해 귀를 닫고 전부 내버리고 도망친 거다. 나
는 화가 났고, 환멸도 느꼈고, 더는 그 녀석에게 아무것도 기대
하지 않는다.

귀여운 여동생에게 걱정을 끼치는 한심한 오빠는 말이야——
살아 있는 의미가 없지. 이젠 빨리 죽는 게 좋지 않겠어?

후련해, 진심으로.

그렇게 말해 줄까 생각도 했지만. 눈앞에서 눈물을 흘리며 오
열하고 있는 여동생이……. 예전의 녀석과 너무 닮아 보여서.

나는 아무 말 없이 서 있을 수밖에 없었다.

어째서, 이렇게 되어버렸을까.

"어이."

갑자기 그리운 목소리가 귓불을 때렸다.

놀라 돌아보니, 여동생 바로 뒤—— 현관 옆에 있는 녀석의 방
문이 아주 조금 열려 있었다. 그 안에서, 녀석이 살짝 얼굴을 비
치고 있다.

남매가 서로 같은 움직임을 보이네.

조금 우스워 입가를 일그러뜨린 내게, 녀석은 다 쉰 목소리로
으르렁거렸다.

"루카를 울리지 마."

"……내가 울린 게 아니잖아."

여동생의 이름을 입에 담으며 정말 미약하게 호소하는 녀석을

보고, 왠지 굉장히 허무해졌다. 말해 주고 싶은 것, 부딪혀 주고 싶은 감정이 의외로 수북하게 쌓여 있었을 텐데.

초라하고 구깃구깃해진 실내복으로……. 묶지도 않고 덥수룩해진 머리로……. 눈 밑에 다크서클을 만들고 세상에서 가장 무력한 생물처럼 떨고 있는, 녀석을 보고.

아아, 이미 전부 끝나 버렸다는 사실을 깨달았다.

우리의 청춘은, 이미 균열 투성이가 되어 순도를 잃고── 산산이 부서지고 말았다. 사랑스러운 반짝임은, 이젠 모두 과거다. 이 녀석은 그 속에 매몰되는 걸 선택했다.

그래도. 내겐, 아직 남은 일이 있다.

"……밥 정도는, 챙겨 먹어."

그것만 고하고, 이번에야말로 나는 자리를 뜬다.

더는 결코 뒤돌아보지 않는다.

부서진 꿈의 잔해를 쓰다듬으며 기뻐하는 취미는 없다.

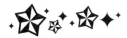

녀석의 집에서 가장 가까운 역까지, 짧은 길을 골라 해안선을 걸었다.

아직 막 봄이 된 시기라 모래사장엔 인기척이 없다. 매너 나쁜 누군가가 남긴 맥주 빈 캔이나 불꽃놀이 잔해, 썩은 해초나 마모된 조개 등이 굴러다니고 있다. 신발이 더러워질 것 같아 상당히 불쾌하지만……. 신경 쓰지 않고, 성큼성큼 걸었다.

모래사장을, 보기 흉하게 잔류한 과거의 누적물을 발로 차 흩 뜨리며.

지금에 와선 다소 옛날 모델인 iPod과 연결된 이어폰을 귀에 꽂는다. 랜덤으로 적당히 곡을 재생해, 머릿속에 소용돌이치는 분노에서 의식을 떼어놓으려 한다.

iPod에 들어 있는 건, 녀석이 만든 곡들뿐이다. 필요 없다고 했는데 줄줄이 신곡을 만들어선 멋대로 내 iPod에 넣는다. '굳이 직접 곡을 사지 않아도 자동으로 늘어난다면 싸게 먹히니 좋겠지.'라며 나도 그걸 방치하고 있었다.

녀석의 곡, 싫지 않았으니까.

불쾌한 것들뿐인 이 세상에선, '싫지 않다' 조차도 흔치 않다. 상당히 얻기 힘든 거라 생각하고 있었는데.

하지만 마지막으로 이 iPod에 곡을 넣은 건, 언제였을까.

이젠 기억이 나지 않는다.

밀어닥치는 파도 소리가, 천천히 멀어져 간다.

많이 들어왔던 음악 속을, 나는 고개를 떨군 채 걸어간다.

"⋯⋯⋯⋯."

그 도중에, 무심코 발을 멈추고 말았다.

듣기가 괴로운, 노랫소리가 들어간 곡이 있다. 음정은 어긋 나 있고 때때로 목소리도 굳어 있다. 초보자의 노랫소리다. 그 런데 자신이 음치라는 자각 없이 신이 난 큰 목소리라── 함께 노래방엔 가고 싶지 않은 느낌이야.

옛날의, 내 노랫소리다.

모델 일은 완벽하게 하지만 남들 앞에서 노래한 경험은 없었으니까……. 뭐, 형편없는 건 어쩔 수 없지. 지금은 많은 연습을 통해 잘 부를 수 있게 됐고.

다이어트처럼, 실패했던 점을 기록하면……. 자신이 얼마나 성장했는지 지침이 된다. 그렇게 생각하고, 지우지 않고 iPod 안에 남겨두었다.

듣고 있을 수가 없어서, 몇 초 지나면 대체로 다음 곡으로 스킵해 버리지만. 오늘은 왠지 그것도 두려워, 정지도 하지 못하고 그대로 두었다.

노랫소리가 갑자기 끊기고, 쓸데없는 음성이 들어온다.

바보같이 밝은, 웃음소리.

──와하하하☆ 너, 얼굴은 예쁜데 노래는 이상해서 재밌어!

──그래도, 목소리는 예뻐! 연습하면 좋아질 거야. 네 목소리 정말 좋아♪

그 뒤는 짜증이 난 나의 고함과 함께, 녀석을 향해 의자 등 이것저것 물건을 던지는 소리와 그걸 화가 날 정도로 화려하게 피하고 있는 그가 내는, 우당탕거리는 소음이 언제까지고 울려 퍼진다…….

그사이에도 아름다운 선율은 변함없이 흐르고 있다. 나쁜 의미로, 이런 건 어느 가게에서도 취급하지 않는다. 이 넓은 대우주에서, 오직 내 iPod에만 들어 있는 가치 없는 음의 나열이다.

계속 멈춰 서 있던 나는, 그 바보 같은 청춘의 잔향을 마지막까지 들은 후 다시 걷기 시작한다. 모든 생물이 멸종한 황야 같은,

어둑어둑한 모래사장을.

녀석은 아이처럼 순수하고, 선의와 정열로 사랑의 선율을 연주하고 있었다. 난, 그런 그 녀석이 만드는 곡이 싫지 않았다. 아니, 상당히 좋아했다.

나는 녀석처럼 철면피가 아니라서, 정말 좋아한다는 소리는 하지 않지만. 비뚤어진 사람이라 솔직하게 호의를 나타내는 것도 할 수 없지만.

그래도. 어디에 사는 누군지도 잘 모르는 사람을 위한 것이 아니라, 물론 돈을 위해서도 아니라……. 적어도 나를—— 우리를 위해 만들어진 곡이었으니까.

좋아했어.

그 녀석이 자아내는 곡에 맞춰 노래할 수 있는 것이 내 행복이었다.

하지만.

그 녀석의 검은 슬픔에 녹이 슬어, 악의에 의해 꺾이고 말았다.

녀석은, 더는 싸울 수 없다. 우리 『Knights』의 앙상블은—— 완벽한 형태로 울려 퍼질 일이 영원히 없겠지. 결여되고, 일그러져, 부서지고 말았으니까.

그렇지만. 녀석이 남긴 것이 아주 조금이라도 남아 있다. 이 iPod에, 쇠퇴하는 『Knights』 속에, 그리고 내 가슴속에도.

그것을 끌어안고, 비록 허세라도 긍지 높게—— 사지로 향하자.

돌을 맞고 욕을 먹어, 침을 맞더라도.

내가, 아무리 추하게 썩어 역겨운 악행에 손을 물들이더라도.

나를 좋아한다고, 아름답다고 말해 주었던 녀석이 단 한 명이라도 있었으니까. 긍정해 주고, 사랑받아, 이 세상에 태어나서 다행이라고 생각할 정도의 청춘이……. 아주 짧은 시간이라도, 내 인생에 존재했으니까.

나는 결코, 그걸 '없었던 일'로 하고 싶지 않으니까.

걸어간다. 더는 고개를 숙이지 않고, 앞으로 앞으로.

피에 물든 황야를, 비록 혼자일지라도.

우리 '임금님'은, 도움이 되지 않으니까——.

귀찮지만, 내가 대신 결투해 줄게.

앙상블 스타즈! 황제의 귀환

2019년 06월 25일 제1판 인쇄
2024년 01월 10일 제5판 발행

지음 아키라 | **원작 · 일러스트** Happy Elements 주식회사 | **옮김** 이미지

발행 영상출판미디어(주)
등록번호 제 2002-000003호
주소 07551 서울특별시 강서구 양천로 570 NH서울타워 19층
대표전화 02-2013-5665

ISBN 979-11-6466-183-1
ISBN 979-11-319-8605-9 (세트)

ENSEMBLE STARS! Volume3:KOUTEI NO KIKAN
ⓒAKIRA 2016
ⓒ2014 Happy Elements K.K
All Rights Reserved.
First published in Japan in 2016 by KADOKAWA CORPORATION, Tokyo.
Korean translation rights arranged with KADOKAWA CORPORATION, Tokyo.

 노블엔진(NOVEL ENGINE)은 영상출판미디어(주)의 라이트노벨 및 관련서적 브랜드입니다.

빛나라! 나의 별!
앙상블스타즈에서
나의 별을 만나 보세요!

키즈나 아이 1st 사진집 AI

〈〈 2019년 7월 출간 〉〉

어째서 내 세계를 아무도 기억하지 못하는가

3

~신들의 길~

◆

영웅 시드의 검과 무술을 계승하여 '진정한 세계를 되찾겠다'고 결의한 소년 카이는 누군가의 영향으로 표변한 만신족 영웅·주천 알프레이야를 격파. 이오 연방의 땅에 한때의 휴전을 가져다준다. 그리고 성령족이 지배하는 유룬 연방으로 가는 안내자로 엘프의 무녀 레이렌이 더해진 일행. 그러나 흉포해진 거대한 베히모스의 습격으로 사태는 급변하고, 그에 이끌리듯이 올비아 예언신의 사당에 도착한다.

"당신들에게 세계의 운명을 맡기고 싶습니다. 이 세계는 『거짓』입니다."

잔에게 구세주가 되라고 요구하는 예언신. 그러나 카이는 이 세계에서 있었던 일을 근거로 신의 말에 의문을 품는데——

사자네 케이 지음 | **neco** 일러스트 | **2019년 7월 출간**

청춘의 상상, 시동을 걸어라!

아야사토 케이시 × 우카이 사키 콤비의 다크 판타지 제3탄
갈라진 길이 교차할 때, 잔혹한 세계의 진실이 모습을 드러낸다.

이세계 고문공주

4

14계급 악마와 계약자 토벌을 끝낸 엘리자 베트에게, 『황제』의 계약자── 인류의 적이 된 카이토를 죽이라는 명령이 내려진다.

한편, 도망 생활을 이어가던 카이토와 히나에게는 예기치 못한 내방자, 수인이 찾아온다. 누군가에게 동포를 학살당한 그들은 사건 해결을 위해 카이토에게 조력을 구하고 있었다. 카이토는 곧바로 수인 영역을 방문 참상을 확인하고, 악마의 소행임을 확신한다.

──하지만 열네 악마는 이미 전부 죽였을 텐데?

**갈라진 둘의 길이 교차할 때,
잔혹한 세계의 진실이 모습을 드러낸다.**

 아야사토 케이시 지음 | 우카이 사키 일러스트 | 2019년 7월 출간
청춘의 상상, 시동을 걸어라!